AF000964

Estabulario

Estabulario

SERGI PUERTAS

IMPEDIMENTA

Primera edición en Impedimenta: marzo de 2017

Juan Álvarez Mendizábal, 34. 28008 Madrid

http://www.impedimenta.es

Diseño de colección y coordinación editorial: Enrique Redel
Maquetación: Nerea Aguilera
Corrección: Susana Rodríguez

ISBN: 978-84-16542-77-2
Depósito Legal: M-3952-2017
IBIC: FA

Impresión de sobrecubierta: Frampa
Impresión de cubierta e interiores: Kadmos
Compañía, 5. 37002, Salamanca

Impreso en España

Impreso en papel 100% procedente de bosques gestionados de acuerdo con criterios de sostenibilidad.

A Hernán Migoya y Pier Brito,
por el *log out*

A Enrique Redel,
por el *log in*

Disfrutaba con aquella situación, era
interesante, tenía algo de definitivo.
Pero la verdad es que no creía que fuera
a pasarme nada. Ser herido solo era
algo que eligen determinadas personas,
como la mala suerte, o envejecer.

Tobias Wolff, *Ladrón de cuarteles*

Los horrores habían salido del apartamento
de Horace. Ni siquiera los policías y
sus damas están a salvo, pensaban los
horrores. Nadie está a salvo. La seguridad
no existe. ¡Ja ja ja ja ja ja ja ja ja ja ja!

Donald Barthelme, *City Life*

Obesidad Mórbida Modular

El mensaje barre las redes, dispara alertas en todos los móviles de la ciudad. Tercera campaña de dos por uno en el Budha's Duck Paradise, las puertas girando sobre sus ejes a noventa revoluciones por minuto. Un segurata descorre el cordón durante veinte segundos, una multitud penetra el edificio como una verga inflamada y hambrienta. Los recién llegados se precipitan hacia el Mostrador de los Dioses, empujan a un Chacón que impacta contra Menéndez. El sudor lubrica el contacto entre los dos camareros, sus cuerpos titánicos pugnan por recobrar el equilibrio tras el frotamiento de pieles, los magrets de pato oscilan en sus respectivas bandejas. Las sandalias de cáñamo retoman el contacto con el embaldosado. Chacón parpadea perplejo tratando de localizar la ciento veintitrés entre la jungla de mesas. Por el rabillo del ojo ve a Torrecillas, que corre a abroncar a uno de los nuevos porque lleva tres coma dos mesas de retraso. No corrías así antes de que te nombraran encargado, Torrecillas, no corrías así cuando todavía llevabas la OMM™. Pero Chacón se apresura porque hoy Torrecillas anda cruzado y sabe que el siguiente puede ser él. Y apresurarse embutido en la OMM™ es como abrirse paso a través de un mar de grasa, como bucear en plomo gelatinoso.

Se detiene junto a la mesa de bambú, las cachas temblequeando. Apenas puede respirar. Allá abajo, una muchacha caballuna enfrascada en el móvil, un patán engominado. Los flecos del taparrabos de Chacón ondean obscenamente sobre el mantel oriental, sus manazas empujan la canastilla del pan para hacer sitio. «Sean bienvenidos a nuestra humilde morada», jadea descargando los magrets, buscando ese registro entre la solemnidad y la ternura que les inculcaron durante la formación. «Los patos surcan el cielo, Buda los pone en su plato», dice. «¿Qué coño significa eso?», pregunta la muchacha sin levantar la vista. «El rollo ese de los chinos, en plan paz y prosperidad, ¿no?», dice el engominado. Chacón carraspea, eleva al cielo dos brazos que pesan como dos personas. «¡Mientras haya paz en los corazones habrá amor en la Tierra!», exclama con una jovialidad angustiosa. «Vaya chorrada —dice la muchacha barriendo la pantalla con el dedito—, todo el mundo sabe que el pato que sirven aquí es cancerígeno.» El engominado emite una risita, enfoca a Chacón buscando complicidad: «Si fuera cancerígeno, Buda no nos lo serviría, ¿a que no?».

Chacón intenta una sonrisa que es toda mofletes y toda papada, pregunta si los señores desean más vino.

Las sandalias de cáñamo tiradas por el suelo, el taparrabos desmadejado como una serpiente de seda. Los pies le están matando, la banqueta se le clava en el culo. La interfaz gráfica de la OMM Manager™ reluce frente a Chacón en la penumbra del vestuario, el móvil emite un graznido. Le quedan dos intentos. Chacón prueba otra vez, pulsa de nuevo Aceptar. Otro graznido, otra equis destellando en rojo. Le queda un intento.

«Hostia puta», exclama dando un tremendo pisotón que pone la estancia a temblar. «¿Otra vez sin crédito?», pregunta Menéndez, que ya ha acabado de vestirse y tiene su OMM™ bien apiladita en la banqueta. Chacón se pasa una mano por la cara. «Qué va. Es que ayer cambié la contraseña de mi OMM™ y no recuerdo qué puse.» Menéndez introduce otro módulo en su taquilla, el esfuerzo le arranca un quejumbro. «Entra en Usuarios y perfiles y que te la reenvíen por email.» «Es que ya no tengo acceso al correo con el que me di de alta, me caducó.» Chacón se queda cabeceando frente a su móvil, escroleando el menú con un mosqueo creciente. «Está siendo una semana de mierda. Solo quiero quitarme esta porquería y marcharme a casa, ¿es tanto pedir?» «Si te la quitas por Bluetooth no necesitas contraseña.» «Para eso tienes que tener actualizado el firmware.» «Pues actualízalo.» «Ya lo he probado y no funciona.» «En el panel de Dispositivos ADN.» «Que sí, que lo he intentado mil veces pero siempre me da error.» Con un bufido Menéndez cierra su taquilla, se vuelve hacia Chacón. Son un palo y un flan. El palo se queda mirando al flan. El palo hace chascar la lengua, extiende la mano hacia el flan. «Venga, trae.» «No podrás.» «Que traigas, capullo.» Chacón frunce los morros, permanece cabizbajo porque cuando Menéndez se pone así dan ganas de mandarlo a la mierda, aunque hay que reconocer que Menéndez de esto controla. «Vete, ya me las apañaré», murmura Chacón. Menéndez le arrebata el móvil, extrae el OMM Communicator™ del puerto. «Ahora te esperas tres segundos, ahora lo vuelves a insertar.» Menéndez se sienta junto a Chacón, luego conmuta al Navegador, descarga la OMM Manager™, la reinstala. Nueva versión de firmware disponible, dice la pantalla en verde. La barra de progreso se pone a progresar.

«No lo pillo, se me colgaba nada más empezar», dice Chacón. «Ve anotando los pasos.» «Tranqui, que ya me fijo.» «Claro, lo fácil es dar por culo a Menéndez, ¿no? Pide un boli en la cocina, joder.» Chacón mete los pies en las sandalias, recoge su taparrabos de la banqueta. Con un gruñido remolca pasillo adentro el trasatlántico de carne que lleva puesto.

Adolescentes de cachondeíto, escaleras mecánicas fuera de servicio. El metro vomita a Chacón en el extrarradio, lo pone a arrastrar los pies por las aceras. Recuesta la espalda contra el muro, los labios plegados en una maldición. Los gotarrones ruedan por su pecho, quedan atrapados entre la seda y su barrigón. El sudor le huele como a plástico mojado, tres tramos más de escaleras y ya está. Chacón hace girar la llave en la cerradura, trastabilla por el comedor, se desparrama en un sofá que cruje a cámara lenta. Destapa el cubo de cartón, rescata un cacho de pato, se lo mete en la boca. Despliega sobre su regazo el móvil, la tableta, las instrucciones que le ha garabateado Menéndez. Su frente se llena de arrugas.

Primero: Arrancar la tableta. Descargar la aplicación desde el enlace blablablá.

Segundo: Acceder al móvil vía WiFi desde la tableta.

En el tercer paso, la aplicación se vale de técnicas de fuerza bruta para obligar a la OMM Manager™ a cantarle la contraseña, pero ahora resulta que al ejecutarla se le advierte de que antes de emprender acciones es conveniente actualizar el firmware. Chacón vuelve a fruncir el ceño, elige Ignorar. La tableta dice que el móvil no responde. Chacón elige Esperar. El móvil sigue sin responder. Chacón elige Cerrar. Ahora es la tableta la que no responde. Chacón elige levantar su cacha y descargar un soberano patadón contra el suelo.

Un chasquido proveniente del pasillo, una puerta que se abre.

«¿Qué haces?», pregunta Marina asomando al comedor con los párpados a media asta. «Intento quitarme esta mierda.» «¿En serio has venido así?» «Aún gracias que me han dejado el mantel. ¿Qué querías que hiciera, que les pidiera un frac?»

Marina suspira, da unos pasos hacia Chacón, le acaricia la calva. «¿Otra vez, cariño?» Chacón se limita a encogerse de hombros, a reiniciar la tableta. «¿Por qué no llamas a Menéndez, que te eche un cable?» «¿Ese? Ese no se entera, ha sido él quien ha terminado de cargársela.» «Estás muy mono así gordito.» «Ja ja ja, mira cómo me río.» «Que sí, que a los delgaduchos la OMM™ os favorece.» «Marina, ya vale.»

Marina traga saliva, aprieta los labios. «Escucha, cielo, esta mañana ha venido Carranza.» Carranza es el casero y su sola mención acostumbra a capturar la atención de Chacón de inmediato, pero sigue tecleando. «Dice que ya lo ha puesto a la venta, que lo siente mucho», prosigue Marina. «Qué hijo de puta, dijo que hasta final de mes.» «Dice que ya no depende de él, que mires directamente en la página de subastas.» «Fantástico —asiente Chacón—, de puta madre.» Ya no está viendo la tableta, solo su fetiche de color oro. Sus dedos percuten con fuerza contra la pantalla táctil. «Carranza dice que los instrumentos musicales tienen poca salida, cariño, que podrás recuperarlo por quinientos o menos.» Chacón menea la cabeza. «Joder, dijo que nos daba hasta final de mes.» «En realidad dijo que hasta el día 20.» Chacón se detiene en seco, clava su mirada en Marina, levanta las cejas. «No me apetece nada dormir con la OMM™ puesta, estoy intentando concentrarme. ¿Puedo? ¿Por favor?»

Marina bufa, se vuelve al dormitorio. Chacón rescata otro troncho de pato, pone las muelas a trabajar. Sus dedazos grasientos extraen el OMM Communicator™ del puerto, vuelven a insertarlo. Nada. Chacón abre el panel de Dispositivos ADN, pulsa el botón de refrescar. El dispositivo no pudo instalarse. Mierda. OMM Manager™ no es una aplicación de Win128 válida. Mierda, mierda y mierda.

De un manotazo Chacón aparta la tableta, echa la cabeza atrás. Diez euros por establecimiento de llamada, quince euros por minuto. Pinza el móvil entre hombro y oreja, aguarda pacientemente mientras el *Imagine* de John Lennon tintinea y los fantasmas de Charlie Parker y John Zorn le sobrevuelan. Chacón toca en sueños su saxo vibrante y dorado y perfecto. Si desea modificar su plan, marque uno; si quiere consultar su facturación, marque dos; para hablar con una de nuestras operadoras, marque tres. Charlie Parker empeñando su magnífico King Super-20 para chutarse caballo, Charlie Parker humillando a Dizzy Gillespie en su concierto magistral del 53 con un saxo prestado de plástico. Todas nuestras operadoras están ocupadas, ocupa usted el quinto lugar. Los perfiles de los amigos de Chacón van desfilando por las redes sociales, Chacón abre el Juicy Krush, comienza a apilar frutitas. Ocupa usted el cuarto lugar. Chacón observa el bamboleo de sus carrillos reflejado en la pantalla y de pronto cae en que lo que está viendo no es un saxofonista de élite, que lo que está viendo es otra cosa muy distinta. Ocupa usted el tercer lugar. Ocupa usted el segundo lugar.

Cuando la llamada se corta, Chacón vuelve a llamar.

Cien pulgares pulsan simultáneamente en sus respectivos móviles, inundando el panel de pedidos. «Los patos surcan el cielo, Buda los pone en su plato.» Y luego: «¿Los señores prefieren su pato a las finas hierbas o al estilo Budha's, con crujiente de cebolla y un toquecito de azafrán?». Y luego: «Mientras haya paz en los corazones, habrá amor en la Tierra». Chacón está saltándose la mitad de las fórmulas, abreviando la otra mitad porque se ha dado cuenta de que cuando se detiene más de dos minutos junto a una mesa los clientes arrugan la nariz, miran inquietos a su alrededor. El panel certifica que lleva dos coma tres mesas de retraso, una de las piernas le falla, a punto está de impactar contra la doscientos sesenta. De pronto ya no está tan seguro de poder seguir remolcando la OMM™, de conseguir cubrir las cuatro horas que deben de faltar aún para que finalice el turno.

Torrecillas le indica que se acerque. Chacón comprende que todo ha terminado. Que los tres patos muertos que descansan en su bandeja son los últimos que va a servir.

Sigue al encargado por el pasillo. Torrecillas se encara con él, le enfoca con la barbilla. «Tengo un problema técnico

—balbucea Chacón—, me lo están solucionando.» Torrecillas arruga la nariz. «Joder, Chacón.» «Le echo colonia, pero no sirve de nada.» «Haz el favor de ir al lavabo y limpiar el módulo de evacuación.» «Creo que el filtro está embozado, llevo una semana sin poder quitarme la OMM™.» «¿Cómo?» «Cambié la contraseña, no me acuerdo de qué puse.» «¿Y para qué la cambias?» «Pues porque me caducan. ¿A ti no te pasaba?» «Con las últimas versiones del firmware ya no. ¿Pero cómo se te ocurre presentarte al trabajo así?» Chacón se viene abajo, se embarca en una crónica caótica de sus conversaciones con las operadoras, de las innumerables horas frotando con el estropajo en el baño. Montañas de esponjas sucias, el engrudo amontonándose sobre periódicos mojados, peleas a grito limpio con Marina. El galimatías es demencial pero Chacón sigue adelante porque le parece que Torrecillas se está ablandando, que le vence la incomodidad. Cuando empieza a hacer muecas y a agitar la mano, a Chacón no le queda otra que callar.

«Vete a casa y que te lo solucionen», dice Torrecillas.

«¿A casa?»

«Vuelve cuando te lo hayan arreglado. Si eso te lo apunto como vacaciones, pero haz algo ya, joder.»

Chacón parpadea muy aprisa, su sonrisa suma un pliegue a su papada.

«Gracias. Les he apretado las tuercas, me han prometido que el miércoles me restauran la cuenta.» «Mejor que sea el martes. Anda, lárgate ya.» Chacón oscila sobre sus patazas, emprende el camino hacia el vestuario.

En la calle, miradas de soslayo, Buda convertido en el centro de atención. Chacón se ha quitado los collares y la bisutería, se ha envuelto en el mantel. Los flecos del taparrabos ondean enloquecidos sobre su micropene. En las profundidades del metro, un hedor amarillo, una peste insidiosa. Envuelve a Chacón haciéndose más y más patente, dejando una estela por todo el vagón. El sudor que emana de la OMM™ tiene ahora una textura espesa, lechosa. Chacón toma asiento, empuña el móvil, se pasea por los perfiles de sus amigos en las redes sociales, apila frutas en el Juicy Krush. A su alrededor todos se han levantado, se ha abierto un claro sagrado. Apartad, hijos de puta. Dejad paso al Buda fecal.

El problema es que la última versión de la OMM Manager™ viene con una protección que chequea el tamaño de los archivos y lo coteja con los de la aplicación original. Si las cifras no coinciden, el software llega a la conclusión de que ha sido hackeado y se sabotea a sí mismo. Chacón repite las hipótesis que ha leído los foros dando vueltas sobre sus patazas, cada vez más crispado, ahogándose en su papada y en su bilis. «Queremos recordarle, señor Chacón, que si ha manipulado usted el software no podemos responsabilizarnos de su mal funcionamiento.» «Los parches los descargué desde la página oficial, señorita. Son el 27C, el 29R y el 34K.» «Tomamos nota, señor Chacón, muchas gracias.» «Luego están el 56M, el 59N...» «Muchas gracias por la información, señor Chacón, uno de nuestros técnicos se pondrá en contacto con usted. ¿Le puedo ayudar en algo más?» «No me cuelgue, señorita, es muy urgente. Necesito quitarme esto pero ya.» «Queremos recordarle, señor Chacón, que recomendamos que la implantación y la desimplantación de la OMM™ se realice siempre vía Bluetooth.» «¿Me está usted escuchando? Llevo dos semanas siguiendo sus instrucciones y lo único que he conseguido es que el panel de Dispositivos ADN deje de detectar el OMM Communicator™.» «Queremos recordarle, señor Chacón, que desaconsejamos utilizar la OMM™ durante más de doce horas seguidas.» Chacón detiene en seco sus andares, traga saliva. «Oiga —dice pasándose una mano por la cara—, iré adonde ustedes me digan, presentaré la documentación que haga falta. Pero si no me quito esta cosa perderé mi trabajo y no podré pagar las mensualidades. Porque hay un problema de evacuación grave, esto no absorbe más, ¿entiende lo que le digo?» «Por supuesto, señor Chacón.» «Todo está filtrándose vía cutánea, ¿quiere que sea más explícito?» «Un técnico se pondrá en contacto con usted, atenderemos su solicitud lo antes posible, señor Chacón...» Para entonces la puerta del lavabo se ha abierto, Marina ha emergido cargando con una caja de cartón llena de cosméticos. Se dirige al dormitorio con paso firme. Chacón gesticula tras ella, la persigue jadeante por el pasillo. «Estoy solucionándolo, ¿lo estás viendo o no lo estás viendo?» «¿Oiga? ¿Le puedo ayudar en algo más, señor Chacón?» «Espérese.» Marina se ha acuclillado frente a la maleta, deposita en ella los cosméticos, la cierra con movimientos espasmódicos. «No me jodas, Marina. No puedes hacerme esto. Ahora es cuando más te necesito, en unos días estaremos riéndonos.» «¿Señor Chacón, me escucha?» Las mejillas de Marina se llenan de lágrimas, despliega el asa extensible, pone la maleta a rodar. Chacón le bloquea el paso. «Te digo que necesito que hablemos.» La voz de Marina brota desquiciada a través del pañuelo que le cubre la mitad inferior del rostro. «¿Para qué, si no me escuchas? Lo siento, no puedo más.» Chacón extiende un dedo en su dirección. «¿Te operarías tú de algo que se soluciona escribiendo una contraseña?» «Ya has visto lo que dicen en los foros, no quiero quedarme a verlo.» «Los foros están llenos de alarmistas y flipaos, lo sabes tan bien como yo.» «¡Estás haciendo lo de siempre, tú mismo te das la razón!», grita Marina, y le empuja con tanta rabia que Chacón se hace a un lado. «Si quieres suicidarte allá tú, pero tendrás que hacerlo solo.» «Marina, se te va la olla.» Chacón cojea tras su mujer, que por fin sale del piso. «¡No puedo cargarme la OMM™, ni siquiera he terminado de pagarla!» «¡Pues bien que has encontrado dinero para pujar por tu porquería!» «¡Abandoné mi carrera de músico por ti, ¿de verdad me estás dejando tirado?!» Gemidos, sollozos. Marina sigue descendiendo por la escalera. Chacón entreabre los labios, se asoma a la espiral cuadrangular del hueco, la ve avanzar por el piso inferior abrazada a su maleta. «Marina... ¿Se puede saber qué estás haciendo?» La figurita femenina desaparece tras un recodo. «¡Muchas gracias por tu apoyo! —grita Chacón— ¡ni se te ocurra volver!» Chacón se mete en el piso, pega tal portazo que la vibración se propaga por las paredes. Queda el vacío.

Chacón jadea en él como un perro encerrado, repara en el saxofón que hay tirado sobre el sofá. Lo toma entre sus manos. Se pierde en una serie de fraseos rápidos y percusivos, coquetea con una pentatónica menor. Doce minutos después vuelve a estar apilando frutitas en el Juicy Krush, pasando revista a los perfiles de sus amigos en las redes sociales.

Verde pastel en las paredes, batas blancas pulcramente plegaditas sobre el escritorio. Le han trasladado a este cuarto aduciendo motivos de higiene. Lleva semanas sin comer decentemente. Extiende el brazo, coge un caramelo del bol, lo desenvuelve, lo chupa. Tararea la tonadilla de un anuncio. Al otro lado de la cristalera, el anciano de las muletas sigue sin quitarle ojo de encima. Le mira como se mira a una cosa indómita que puede atacarte en cualquier momento. Chacón baja la mirada, se remanga el mantel, se pellizca la panza. La OMM™ se ha vuelto más dúctil, más viscosa. Chacón incrementa la presión de sus dedos, muerde con fuerza el caramelo. Gotas ocres empiezan a resbalar por sus cachas formando un charquito pastoso a sus pies.

Un crujido a su espalda, Buda hace ademán de incorporarse. «No hace falta que se mueva, el doctor Rubio le atenderá aquí.» Tras la enfermera entra un hombre de sienes plateadas que le saluda tras la mascarilla, que se instala tras el escritorio vacío. El doctor Rubio despliega el papelamen que Chacón ha rellenado a la entrada, asiente ensimismado. «Así que quiere usted que le desimplantemos la OMM™.» «De momento solo quiero saber si hay alguna manera de que puedan quitármela sin rompérmela», se apresura a corregirle Chacón. «Se puede intentar», dice el doctor Rubio. «¿Cuál es el problema exactamente?» Chacón le cuenta que anoche se publicó un nuevo parche, que Chacón lo arrastró a la carpeta de Actualizaciones, que respondió sí a todo. Desde entonces no se puede acceder al directorio de la OMM Manager™. El doctor Rubio pone cara de susto, pero es por algo que ha leído. «¿Un mes y medio? ¿Lleva usted mes y medio sin quitársela?» Chacón se encoge de hombros, hace una mueca. «La verdad es que no me encuentro demasiado bien.» «¿Cuál es su aseguradora?», pregunta la enfermera. «Ahí lo tiene. —Chacón señala el documento membretado con un pato que descansa sobre la mesa—. El servicio técnico me está solucionando el problema, pero quería informarme por si acaso.» «No está usted trabajando», dice la enfermera. «He tenido que cogerme unas vacaciones forzosas, eso es lo más gracioso. Que me hipotequé hasta las cejas para comprar la OMM™ y ahora es la OMM™ lo que me impide trabajar.» «Tenemos que quitársela ya», dice el doctor Rubio. «¿No podemos esperar un par de semanas?» «Depende de la cantidad de tejido que esté dispuesto a sacrificar. Cuanto más tardemos, más soldada estará a su organismo.» «Señor Chacón —interviene la enfermera—, la operación cuesta diez mil euros. ¿Los puede usted pagar?»

A Chacón le hace crack el cerebro. Mira alternativamente a sus interlocutores. Expele una risa nasal.

«Me lo cubre el seguro, ¿verdad?»

«Para eso tiene usted que estar trabajando.»

«¿Cómo?»

«Su OMM™... ¿está en garantía?»

La expresión de Chacón fluctúa, el desasosiego le sacude las facciones.

«Me la pillé de segunda mano.»

El doctor y la enfermera intercambian una mirada. El doctor deja escapar una larga bocanada de aire.

«¿Ha probado a quitársela por Bluetooth?», pregunta finalmente.

La multitud va cediendo bajo el empuje de su monstruosa panza, la cola se abre en canal como una bestia destripada. «¿De qué va ese?» «¡Eh, tú!», grita indignada cada una de sus cien cabezas. Chacón consigue cruzar la puerta giratoria, el segurata que le iba a la zaga ha desenfundado el walkie.

Canta el código de incidencia, aguarda órdenes a través del auricular. Chacón se abre paso a empellones hasta el Mostrador de los Dioses, se acoda sin aliento sobre la superficie de sándalo. «Mientras haya paz en los corazones, habrá amor en la Tierra», saluda Menéndez distraído, arrastrando el ratón por la alfombrilla. «Llama a Torrecillas ahora mismo.» «Coño, Chacón, ¿qué haces aquí?» «Llámalo.» «Es mejor que te vayas, Chacón. —Menéndez gesticula hacia el piloto rojo que destella al fondo—. Creo que no eres bienvenido, se va a armar una buena.» «¿Quieres ver la que se ha armado? Mira. —Chacón tira del mantel a cuadros que le cubre el pecho—. ¡Mira!» El hedor invade el hall, Menéndez recula horrorizado frente a ese engrudo marrón que forma hilillos entre la ropa y la piel. «Joder —dice llevándose una servilleta a las narices—, ¿pero qué te ha pasado?» Los seguratas se abren paso a codazos, alcanzan por fin el mostrador, pero para entonces Chacón ya les ha dado la espalda, se dirige a la cocina a toda pastilla. El buda vestido avanza entre los budas desnudos capturando las miradas de los comensales, alguien bromea sobre el buda leñador. El revuelo crece cuando los de seguridad agarran a Chacón del mantel, cuando Chacón lucha por sacudírselos. «Venga, Chacón, vámonos a casa.» «¡Estoy muy enfermo, ¿me oís?! ¡Cuando enferméis dejarán que os pudráis, no moverán un dedo!» «Chacón, no fastidies», masculla Medrano por lo bajini. «Dile a Torrecillas que venga, Medrano. Dile que no pienso marcharme hasta que hable con él.» Nueva tanda de forcejeos, Chacón se libera de un tirón, echa a caminar. Uno de los seguratas ha sacado su porra, golpea a Chacón en los riñones. Suena como cuando sacudes un colchón mojado con un tablón de madera. Los comensales ya no ríen, empiezan a levantarse. «¡Dale fuerte! —grita Medrano—, ¡el cabrón no nota nada!» Pero cae la tercera hostia, cae la cuarta y el picor de Chacón se transforma en escozor, se está empezando a amedrentar. Ahora los comensales gritan y es entonces cuando Chacón repara en el manchurrón negro que se le derrama por el costado.

Se detiene, mira al segurata a los ojos. Está tan asustado como él.

«Chacón, tranquilízate», dice una voz a su espalda.

Chacón se vuelve, se topa con Torrecillas. El encargado le mira con los brazos en jarras.

«Necesito operarme urgentemente, lo que me habéis hecho con el seguro es una cerdada», balbucea Chacón. «Trabajaré horas extra si hace falta, pero por favor, por favor, necesito que me quiten la OMM™.» «Sé razonable, Chacón, ¿cómo vas a trabajar con esas pintas?» «No pienso irme hasta que no me arregléis esto.» «Va, Chacón, salgamos fuera.» «Hostia puta, ¿ya no te acuerdas de quién te colocó? ¡Me lo debes!» «Hay una solución para todo.» «¿Me estás diciendo que me pagáis la operación?» «Te estoy diciendo que no vamos a dejarte tirado. Te estoy diciendo que podemos llegar a un acuerdo que resulte ventajoso para todos. ¿Te parece bien?»

De fondo, una flauta de bambú. Conversaciones reanudándose tras los biombos orientales. Chacón mira a su alrededor, el escozor pulsando contra su riñonada.

«Esta vez vais a apechugar con vuestras responsabilidades —dice—. No podéis amenazarme. No tengo nada que perder.»

* * *

Esta vez la pausa al otro lado de la línea es estremecedoramente larga. «En la ficha no consta que su OMM™ esté averiada, señor Chacón. Por otra parte veo aquí que arrastra usted un retraso en los pagos.» Chacón cierra los ojos, respira hondo. «Es la tercera vez que la incidencia se cierra sola, es imposible comunicar con ustedes.» «¿Puedo preguntarle cuánto hace que lleva usted la OMM™ implantada?» «Puede preguntármelo y le responderé que mañana se cumplen dos meses. ¿Sabe usted qué sucede cuando llevas puesta la OMM™ durante dos meses?» «Le recordamos, señor Chacón, que recomendamos no sobrepasar las doce horas...» «Oiga, este es un caso de vida o muerte.» «Vamos a tomar nota de la incidencia, pero nuestro departamento contable me solicita que se ponga usted al día con las mensualidades para que podamos...» «Estoy chapoteando en mi propia mierda, ¿cuánto cree que puedo aguantar así?» «Hacemos todo lo posible por mejorar nuestro servicio día a día, señor Chacón, gracias por su comprensión.»

Chacón vuelve a cerrar los ojos. Su voz se quiebra.

«¿Qué clase de comprensión me estás pidiendo si ni siquiera te comportas como una persona? Voy a morir, ¿entiendes? La infección empieza en las mucosas y luego se transmite a la sangre. ¿Lo entiendes o no lo entiendes? ¿Cómo te llamas?» «Quisiera recordarle, señor Chacón, que en caso de que se produzca una incidencia con el evacuador, se recomienda no orinar ni excretar hasta que...» «Respóndeme. ¿Cómo te llamas?»

Un titubeo, una pausa.

«Pásame con tu responsable.»

«¿Desea usted presentar una queja?»

«Escucha, tienes que pasarme con alguien que pueda

resetear mi contraseña, alguien de otro departamento, alguien que tú conozcas. Si no lo haces, estoy muerto.» «Atenderemos su solicitud lo antes posible, señor Chacón.» «Por favor. Te lo suplico.» «Lo siento, no puedo.» «Claro que puedes. Tienes que poder porque me encuentro fatal, no sé cuánto más podré resistir. ¿Cómo te llamas?»

Un suspiro al otro lado de la línea. Silencio.

«Pásame con tu responsable, anda.»

«Tío tío, no me jodas, ¿vas a presentar una queja?» «Solo te pido que hagas algo, que demuestres que sigues siendo humana.» «No puedo hacer nada, no es culpa mía.» «Sí que lo es.» «¿Pero tú qué dices?» «Al menos en parte.» «No es verdad.» «Te responsabilizo de lo que me pase en adelante si no...» «Para el carro, loco, los culpables sois vosotros.» «¿Que yo soy...?» «¡Sí, tú! ¿Para qué os ponéis esa mierda si ya ni siquiera está de moda?» «¡Necesitaba el trabajo, hija de puta, necesitaba...!»

Pero la teleoperadora ya ha colgado. La línea se queda pitando a intervalos como el soporte vital de un desahuciado.

Ahora Chacón llamará de nuevo, pero antes necesita un respiro, un incentivo, algo que le haga sentir bien. Despega la espalda del sofá con un chapoteo, dejando un pegote en el respaldo. El costadillo se le resiente. Ya no duele como antes pero el flujo negro no deja de supurar. Chacón se limpia la mano restregándola contra el apoyabrazos, la mete en el cubo de cartón que le envían a domicilio a diario. «Mientras haya paz en los corazones, habrá amor en la Tierra», anuncia en grandes letras rojas. Hoy el pato viene marinado, todavía sigue tibio. La verdad es que no está nada mal.

Chacón mastica, accede a Favoritos en su tableta. El hilo que ha encontrado hoy en los foros suena muy prometedor, porque detalla paso a paso cómo hackear el OMM Communicator™ mediante una aplicación pirata que reemplaza a la OMM™ Manager y que se salta a la torera la autenticación mediante contraseña. Para empezar, hay que retirar el dispositivo del puerto. Luego, hay que eliminar del registro una serie de entradas. A continuación hay que insertar el OMM Communicator™ otra vez. Úsalo por tu cuenta y riesgo, advierte el forero. A cada paso que completa, las tripas de Chacón rugen como un reactor nuclear. Tiene tanto miedo que apenas consigue tragar el pato. Tres horas después está vomitándolo de rodillas en la bañera.

Es una cosa marrón con un bulto amarrado a la espalda. Una cosa marrón con una roncha negra en el costado y un tubo dorado que pende de una correa. La cosa marrón empieza a acostumbrarse a ser una cosa marrón, porque la cosa marrón cumple hoy cuatro meses. Desciende por la escalera dejando a su paso un reguero ocre. En la calle le espera Carranza.

«Tendrás que firmarme esto», dice el casero tendiéndole un portapapeles y un bolígrafo.

Detrás de Carranza, cobijados tras la furgona azul, dos agentes de policía observan la escena con desagrado.

Chacón agarra el bolígrafo, apoya el portapapeles contra un turismo. Firma la orden de desahucio, le entrega el papel rezumante a Carranza. Chacón echa a andar.

«No me quedaba otra —dice el casero—, lo siento mucho.»

La respuesta de Chacón suena como una ráfaga de piedras estrellándose contra un charco. Se detiene, vacía su esófago contra la pared. Carraspea, cruza la calle. Descarga su pringosa mochila y su saxofón en un banco público. Toma asiento.

Es hora punta. Todo son idas y venidas apresuradas. Los transeúntes aminoran el paso ante la anomalía, lo aceleran cuando les golpea el olor.

Chacón recuesta los codos sobre el respaldo del banco, alza la mirada al sol. Hace un día espléndido.

«No te mueres —dice—. En los foros no se enteran, ¿sabéis?»

La muchedumbre sigue desfilando impertérrita.

Chacón baja la mirada, el suelo está empezando a encharcarse. Lo cual significa que la policía no tardará en echarle, a eso también empieza a acostumbrarse. Chacón extrae el móvil de la mochila, pasa el índice por el nailon para limpiarse el engrudo, consulta la mensajería instantánea. Marina sigue sin contestar. En su foto de perfil aparece ahora de la mano de un señor elegante y esbelto, frente a un hotel que a Chacón le resulta más que familiar. ¿Dónde era aquello? ¿Mallorca?

De pronto un destello eléctrico en el cerebro, una inesperada conexión neuronal. Mallorca. Chacón queda paralizado, sus labios temblequean desbocados. Sus dedazos le propulsan a través del escritorio, de las carpetas, de las aplicaciones. Ejecutan la OMM™ Manager. «Vamos, vamos —apremia entre dientes al relojito de arena—. No puedes fallarme ahora. Tienes que arrancar.»

El relojito que gira y gira, desaparece. La interfaz gráfica de la OMM™ Manager se despliega frente a él, exhibiendo sus ribetes magentas, sus formas geométricas perfectas.

Chacón conmuta al campo de Contraseña, empieza a

teclear. Un gotarrón de engrudo se escurre pantalla abajo. No ha terminado de escribir cuando la humedad establece un contacto, activa la opción de Aceptar.

Le quedan cero intentos. Terminal bloqueada.

Por favor, actualice el firmware de su Obesidad Mórbida Modular™.

A Chacón se le detiene la respiración, se le escapa una carcajada acuosa. La pantalla del móvil se llena de diminutas salpicaduras marrones.

Chacón pulsa el icono del Juicy Krush. «Mientras haya paz en los corazones, habrá amor en la Tierra», murmura mientras apila frutitas. Luego pasa revista a los perfiles de sus amigos en las redes sociales.

Manos libres

Puré de patatas en polvo, dátiles, cebollas. Que si cueces, que si fríes, que si pochas. El hielo se ha licuado en su té, el pijama se le adhiere al cuerpo como un parásito famélico. Algo explota en la calle. La vibración se propaga por las paredes del ático, las vitrinas castañean de dientes. Tatiana mira en derredor, sale a la terraza, achina los ojos. Una delgada columna de humo se alza a lo lejos, más allá de las torres. Abajo, en el mercado, la actividad prosigue. Tatiana regresa junto al aparato de aire acondicionado, se deja soplar en la cara. Un escalofrío le desciende por la espalda, David Bisbal le canta a las doradas playas de Almería desde Los 40 Latino. Tatiana recula, mueve los labios en silencio. Está visualizando cebollas, exprimiéndolas como concepto. Se fuerza a imaginarlas como protagonistas, como secundarias, como extras. Da un paso hacia el frío, retrocede hasta la canícula. La alternancia la estimula, el contraste imprime brío a su cerebro. Las cebollas se transmutan en sofrito, el sofrito chorrea sobre un plato de carne picada, la carne picada se apila sobre un lecho de ¿puré? Pero para preparar un pastel de carne se necesita carne, y eso es algo que Tatiana no tiene. Se desploma sobre el sofá de cuero, bufa. Rescata el móvil de entre los almohadones, busca a Meri en la agenda, pulsa sobre el icono de manos libres. El tono de llamada resuena por todo el salón, los dálmatas de porcelana cobran un aire irreal. El silencio se hace más patente. La mirada de Tatiana atraviesa los biombos de bambú, fuga más allá de los tapices de cachemira. Un chasquido y sus ojos recuperan foco. «Qué pasa, loca», saluda Meri. «Eso digo yo, descastada, que llevo llamándote desde ayer.» «He estado liada.» «¿Y eso?» «Bah, movidas mías.» «¿Has vuelto a pelearte con Karim?» «He estado haciendo limpieza, chica. Es como si el piso creciera, no se termina nunca.» «Haberme llamado, podríamos haber charlado mientras pasábamos el mocho.» «Paso de que me aguantes, me pongo de muy mal humor.» «¿Y esta mañana?» «¿Esta mañana qué?» «¿Por qué no me has llamado? No entiendo por qué pasas de mí de esa manera.» Meri respira hondo en su extremo de la línea. «Tatiana, estamos hablando, ¿qué te pasa?» Las comisuras de la boca de Tatiana se retraen. «Nada, que se supone que somos compañeras.» Del lado de Meri le llegan una serie de chasquidos amplificados por el altavoz del Samsung, luego una especie de bufido. «¿Has vuelto a pelearte con Karim?», insiste Tatiana. «Te he dicho que no, ¿vale?» «Vale, vale.» Los chasquidos se reanudan. «Gestiono muy mal mi tiempo, lo siento», dice Meri. «No pasa nada.» «Soy un desastre, tendría que haberte llamado, ¿vale?» «No pasa nada, Meri, ¿de acuerdo?» «¿Viste Estoicismo y estómago?» «¿Cómo?» «El concurso que te dije.» «Al final no.» «No puedes perdértelo, vuelven a echarlo hoy a las tres.» «¿Has decidido ya qué vas a hacer de comer?» «Calla, calla, que llevo desde las doce cocinando, últimamente me están viniendo más de diez.» Tatiana se encoge de hombros. «Tampoco son tantos.» «¿Que no? ¿Cuántos tienes tú ahora?» «Depende del día. Ayer conté ocho. Pero cuando Gloria, teníamos unos quince cada una.» «¿Os los mataron en el frente o los envenenasteis vosotras?» Meri emite un resoplido seguido de un sonido como de despachurrar. Tatiana se sonríe. «No fastidies que ya estás colocada, tía.» Meri aflauta la voz. «Solo un poquito, para que la comida me sepa más rica, mami», dice. «¿De qué comida hablamos?» «Pues de la misma que ayer.» Los ojos de Tatiana se agrandan. «¿Han vuelto a traerte cordero y te quejas?» «No me quejo.» «¿Sabes cuántas semanas llevo yo sin probarlo?» «No más de las que llevaba yo.» «Cordero dos días seguidos.» «Mis soldaditos me adoran.» «No puedo decir lo mismo de los míos.» «¿Por?» «¿Tú sabes qué me han traído? Prepárate a compadecerme.» Para entonces Tatiana se ha metido en la cocina, está escarbando en las bolsas de supermercado. Le va cantando a Meri lo que extrae de ellas, la hace partícipe de sus dudas. «Haz puré con ensalada y sírvelo frío», sentencia su compañera. «¿Frío?» «Con este calorazo, caliéntalo y terminarán vomitando.» «Pues también es verdad.» «Diles que es un plato típico de España, eso siempre les pone.» «¿Es lo que les dices tú?» «Claro.» «¿Pero tú hablas con ellos?» «Qué va, tía. ¿Tú?» «Anda ya.» «Pensaba.» Ambas ríen.

Tatiana alinea las judías sobre el mármol, va aplicándoles el cuchillo. Los golpes que escucha al otro lado de la línea dejan constancia de que Meri sigue cortando, machucando, picando. «Tienes que ver el concurso, tienes que ver Estoicismo y estómago», dice al cabo de un rato. «¿Cómo se llamaba el canal?», pregunta Tatiana. «Melilla Multimedia.» «Creo que aquí no se coge.» «Seguro que ni lo has buscado.» «Volveré a intentarlo.» «En serio que te va a molar.» Las cejas de Tatiana se alzan, su cuchillo deja de lonchear pepino. Pone la olla bajo el grifo, pica perejil. Es una ingeniera al frente de un proyecto que requiere multitarea, sincronización. La presencia virtual de Meri la relaja, hace que todo fluya.

Para ser francos, con Gloria fluía mejor. Con Meri siempre hay que hacer *ese* esfuerzo suplementario.

«¿Y de qué va ese concurso?», pregunta Tatiana. «Bueno, hay unos tipos colgados.» «¿Cómo colgados?» «Colgados de los pies.» Tatiana frunce el ceño. «¿Es violento?» «Es de preguntas y respuestas.» «No será chabacano.» «Te digo que es un concurso, un programa cultural.» «Si eso, lo miro y te digo.» «Se aprende mogollón.» «Guay.» «Prométeme que lo mirarás.» «No es culpa mía si no pillo el canal.» «Joder, Tatiana, míralo, tía. No pido tanto.» Tatiana vuelve a detenerse en seco, hace una mueca antes de reanudar su tarea. «Haré lo que pueda, ¿contenta?» Meri emite una risita. «Perdona, se me va la olla», dice. «No pasa nada.» «Estoy hecha polvo, tía.» Tatiana menea la cabeza. «Es esa porquería que fumas, que te tiene todo el día atontada.» «Te acabo de decir que estoy muy liada con el piso, Tatiana. Estoy harta de que no me creas.» «¿Quién dice que no te crea? Pero las dos necesitamos compañía y estás encerrándote más y más en ti misma. Echar unas risas de vez en cuando ayuda, ¿sabes?, y siempre hay motivos para reír.» «Cuando te escucho hablar así, a veces me das miedo, Tatiana.» «Meri, por el amor de dios, no podemos quejarnos.» «¿Por qué lo dices? ¿De qué se quejó Gloria?» «Meri, no sigas.» Se hace un silencio. «Lo siento, me duele la cabeza.» «Deja de fumar porros y tómate un ibuprofeno.» «Trajeron, pero se me ha terminado.» «Enséñale el blíster a tu hombre, a mí me funcionó.» «Eso haré, gracias.» Tatiana escucha un resoplido creciente a su espalda, se vuelve hacia la olla. El vapor está desplazando la tapa. Tatiana la retira, vacía en el agua hirviendo dos cartones de leche, diez sobres de puré. Arroja medio bloque de mantequilla. Tras una vacilación arroja el otro medio. El altavoz del Samsung sigue replicando chasquidos y golpes al otro lado de la línea. «Eso ya casi está —dice Meri deteniéndose al fin—, creo que me vuelvo a la cama.» «¿Quedamos luego para hacer bicicleta?» «Estoy agotada, no me encuentro demasiado bien.» «Meri, por lo que más quieras.» Un rumor anuncia que el puré ya hierve. Tatiana apaga el fuego, se calza las manoplas aislantes, se mordisquea el labio inferior. «¿Meri? ¿Sigues ahí?» «No pasa nada, estoy de puta madre», dice Meri. Y añade: «Estoicismo y estómago, acuérdate». A continuación un sonoro beso, a continuación el clic de colgar.

Tatiana se acuclilla junto a la nevera abierta, se alivia con el fresquito que irradia. Extrae dos estantes, logra encajar la olla. Se pone en pie, mueve el cuello en círculos para liberar tensión. El problema de Meri es que lo encara todo como una obligación, todo le da pereza. Pon lo mejor de ti en lo que haces y todo se volverá divertido. No necesitas colocarte si haces las cosas con cariño, incluso fregar los platos puede ser un acto de amor. Tatiana niega con la cabeza, mueve los labios en silencio. Consulta el reloj de pared. Las dos menos cuarto y todavía quedan verduras que trocear. Las dos menos diez y mete las ensaladeras en la nevera. Las dos menos cinco y despliega el mantel sobre la mesa del comedor. Reparte cubiertos a destajo, arroja las servilletas. Apresura el paso hasta el salón, cierra la puerta tras ella. Las 14:07. Tatiana está empapada en sudor.

Cruza la estancia hasta situarse bajo el aire acondicionado, alterna frío y calor. Luego se dirige al dormitorio, abre el armario, saca el burka. Lo alisa propinándole unas palmadas, le arranca una pelusilla. Se enfunda en él, eclipsando el colorido pijama con su negro profundo. Tatiana se vuelve hacia el espejo. «Estoicismo y estómago», dice.

Media hora más tarde la cocina sigue en silencio. Tatiana se ha arrellanado en el sofá, empieza a tener hambre. Vuelve a cambiar de canal, vuelve a cargar y a descargar las piernas en el reposapiés. En el televisor Toshiba de cincuenta y cinco pulgadas, centenares de refugiados se adocenan a las puertas de la capital, sus rostros inflamados voceando contra las verjas coronadas con alambre de espino. Alzan los brazos en dirección a la cámara, lanzan latas y piedras. Tatiana pinza el velo entre los dedos, lo levanta. Se lleva el té a los labios, escupe una brizna de menta. Una de las verjas cede, los refugiados se precipitan por el hueco, caen al suelo, son aplastados por sus propios compañeros. Los soldados irrumpen descargando culatazos contra quienes abren la marcha, la condensación del té helado gotea sobre el sofá. Tatiana hojea el manual de la tele, vuelve súbitamente la cabeza. Los ruidos que llegan desde la escalera han capturado su atención. Cataclac en la puerta de entrada, la algarabía de voces y pasos reverbera por el pasillo. Luego, sillas arrastrando por el comedor. Tatiana consulta el reloj. Las 15:05, ya les vale. Tatiana usa los cursores para avanzar por los menús, encuentra una opción que dice: Sintonización automática. Vacila unos instantes, apunta, dispara. Audio y vídeo se interrumpen, la pantalla se tinta de azul. Canales encontrados: 00. En la cocina los soldados charlan animadamente, se escuchan los cling clangs de la vajilla. Canales encontrados: 72. Tatiana se mordisquea la uña del meñique. Canales encontrados: 83. En el comedor alguien declama con solemnidad, se escucha una risotada. Tatiana se remanga de nuevo el velo, apura su té. Desde la cocina, biribips de microondas. Los minutos transcurren impenitentes, canales encontrados: 83. Al otro lado del tabique, los mangos de los cuchillos se arrancan a percutir sobre la mesa, inician un crescendo rítmico. Más biribips de microondas, los soldados se ponen a cantar. Tatiana pulsa en el mando a distancia, el 83 permanece inmortalizado en pantalla. Tatiana pulsa el botón de apagado, el azul se limita a emitir un parpadeo. Tatiana arrastra con rabia el pulgar por los botones. Nada. «Madre mía», dice.

Se inclina en el sofá, busca el cable de alimentación. El crescendo del comedor culmina en un bramido triunfal. El siguiente lo emite la tele, que se acaba de reactivar. Búsqueda completada, dice el aparato sintonizándose en el canal 1. Tatiana pulsa el 2, luego el 3, luego suspira aliviada. El orden ha cambiado pero todo parece funcionar. Hay cuatro entradas en la categoría de Nuevos, una de ellas viene etiquetada como Melilla Multimedia. Tatiana la selecciona, acepta. La pantalla se oscurece, aparece un pozo marrón. Suspendidos sobre él, tres individuos penden bocabajo como fardos, recortados contra un decorado que simula una selva, sujetos al techo mediante una decena de cuerdas. Tres arneses de cuero les inmovilizan los brazos. Un hombrecillo que luce una americana granate mira muy fijamente al fardo de la derecha, la palabra ANDALUSÍ parpadea en pantalla.

Americana Granate ha desenfundado unas tijeras, un redoble de tambores alienta el suspense. «¿Cuál era el dialecto del árabe que se hablaba en Al-Ándalus?», pregunta Americana Granate abriendo y cerrando sus tijeras. El fardo que está siendo interrogado niega con la cabeza, emite una risa nerviosa, ja ja ja. Las tijeras siegan una cuerda, el fardo pega una sacudida y lo mismo hace su sonrisa. Queda pendiendo de las cuerdas restantes, solo que un poco más ladeado. «La respuesta correcta era *andalusí*», sentencia Americana Granate. El público estalla en un aplauso, pese a que no se ve público por ninguna parte. Americana Granate, a quien otro fardo acaba de llamar Alfredo, camina en círculos alrededor de los hombres que cuelgan, se detiene frente al que queda a su izquierda. En pantalla parpadea la palabra GRANADA. «¿En qué ciudad nace el río Genil?», pregunta Alfredo. El redoble de tambor ha rearrancado, Alfredo ha vuelto a sacar las tijeras. La cuerda pega un latigazo en el aire al ser cercenada.

Nuevo aplauso entusiasta por parte de un público invisible. Tatiana resopla, se remanga el burka, se come un cubito de hielo.

A lo largo de la siguiente media hora, Alfredo da más vueltas que un vinilo, el esquema se repite con variaciones mínimas. Cada vez que un concursante responde correctamente, su marcador se incrementa en cien euros. Cada vez que yerra, una cuerda menos le separa del pozo. La escenografía es chapucera y kitsch, Alfredo está tan desesperado por comunicar que resulta deprimente. En pantalla parpadea la palabra, TRÍPOLI, y luego la palabra ALPUJARRAS, y luego la palabra NINGUNA. Alfredo sonríe como un tiburón conforme las respuestas van apareciendo sobreimpresas.

Tatiana chupetea el hielo del té cada vez más irritada. No logra apartar la mirada a tiempo, siempre termina por ver las respuestas. «Madre mía», dice. En el comedor, vuelven los golpeteos de cubertería, vuelven los cánticos. La cacofonía y los patinazos de dicción certifican que los soldados han vuelto a conseguir vino. Tatiana le da más voz a la tele, cruncha un cubito entre las muelas. El jolgorio en la cocina se desmadra, se escucha un impacto muy fuerte. Tatiana mira hacia la puerta, se ha tragado el hielo sin querer. Son las 15:43, su estómago ruge como una mala bestia. A qué esperan para largarse. Alfredo vuelve a sonreír con compasión impostada, encoge los hombros, corta otra cuerda. El más torpe de los fardos se precipita al pozo con un sonoro splash. El engrudo es opaco y muy espeso, ni siquiera salpica. El concursante se deshace de su arnés, bracea desesperadamente hasta darse la vuelta. Saca un brazo del engrudo, intenta limpiarse la cara. Dos ojos muy blancos parpadean enmarcados en marrón. Los cánticos del comedor languidecen. El concursante ha hecho pie en el fondo y está dando saltitos, logra cargar una rodilla sobre el borde del pozo, emerge, patina, cae. Risas. Tatiana se levanta del sofá, apaga el televisor. En el comedor, sillas arrastrando, flecos de fin de conversación, recogida de bártulos. Pasos que se alejan, voces que se diluyen.

Cataclac en la puerta de entrada.

Tatiana aguarda unos instantes antes de entrar en la cocina. La atmósfera está sobrecargada, el olor a sudor y a puré la golpea de lleno en la cara. Tatiana tose, se asoma al pasillo, comprueba que todos se han ido. Solo entonces se permite pasar al comedor.

Engrudo pegado a la mesa, engrudo pegado al suelo. Grumos adheridos a las sillas, grumos adheridos a las paredes.

Puré por todas partes, secuelas de una batalla campal. Tatiana pone los brazos en jarras, respira hondo. Coge un cucharón, rasca con brío el fondo de la olla. Apenas logra rebañar un montoncillo. Lo colma con los restos de las ensaladeras, se arranca el burka de un tirón, lo cuelga del respaldo de la silla. Se sienta, come en silencio. El puré luce marrón allí donde se ha pegado, los dátiles están insípidos, las cebollas lacrimógenas. A Tatiana le cuesta tragar, pero vacía el plato en escasos minutos. Se llega de nuevo hasta la olla, vuelve a rascar infructuosamente. Recorre las ensaladeras vacías con la mirada, frunce los labios. Se acuclilla junto a las bolsas que acaban de dejar los soldados. Hay calabacines, pan, albóndigas en lata, fideos. Un ladrillo de membrillo envuelto en papel grasiento. Una bandeja de fresones. Incompatibilidades manifiestas, combinaciones espinosas. Aceptar el desafío, dar siempre lo mejor de ti misma, no amedrentarse frente a las dificultades. Tal vez una sopa, ¿pero qué clase de sopa? El menú de mañana es un crucigrama ininteligible. Tatiana cruza apresuradamente la cocina con la bandeja de fresones bajo el brazo. Cobijada en un ángulo muerto, lanza una mirada furtiva hacia la cámara que pende del techo. La cámara zumba, efectúa otro barrido. Tatiana desgarra el porexpán con las manos desnudas, pinza un fresón entre los dedos, se lo mete en la boca. Cierra los ojos. Se come otro, y otro. Mastica con fruición, churretones de jugo rojo escurriéndole por la barbilla. Por una vez no pasará nada, se dice lanzando otra mirada a la cámara, engullendo otro puñado de fresas. En breve recogerá la cocina, solo unos poquitos más y ya está.

* * *

Cae la noche y Tatiana hace una mueca frente al espejo del baño, corrige el ángulo de mandíbula, se afana con el colorete. El contestador automático ha sido su único interlocutor a lo largo de la tarde, Meri sigue desaparecida. Cada cual tiene sus problemas, hay que ser empático. Nunca sucumbir a la ira, porque la ira conduce al odio, y el odio conduce al sufrimiento, y el sufrimiento conduce a Algeciras, y no quieres terminar en Algeciras, ¿a que no? Tatiana sufre un acceso de calor porque esta broma tenía su gracia y ya no, porque ahora mismo daría lo que fuera por volver a Algeciras. Porque está agotada, porque la sombra de ojos no hace más que realzar sus ojeras. Un cataclac de la puerta de entrada, un «salam alaykum» mascullado. «Salam alaykum, Ahmed», responde Tatiana. Devuelve el pincel a la caja, pone morritos, se ahueca la melena.

Corretea hasta la cocina. Las apreturas del vestido rojo la obligan a desplazarse a pasitos cortos, los tacones de aguja no ayudan.

Los biribips de microondas anuncian que el agua ya hierve. Tatiana pone la tetera en la bandeja, pone la bandeja en su mano. En el salón la espera Ahmed, el macuto en el suelo, el Kalashnikov en el regazo. Su turbante, su chilaba sucia y su barba descuidada son un grito rotundo en el piso inmaculado. El sofá ha empequeñecido bajo la presencia del hombretón. Ahmed ha sacado hachís de la cajita de nácar, se está fumando un canuto. Gesticula hacia Tatiana, enseña sus dientes amarillentos. Pone énfasis en cada sílaba, parece estar pidiendo algo. La sonrisa de Tatiana fluctúa, hace una fugaz reverencia. Sin dejar de hablar en árabe, Ahmed aparta el fusil a un lado, extrae un paquetito del macuto. Se lo tiende a Tatiana. «¿Para mí?», pregunta ella señalándose, jijijeando una risita modosa. Ahmed asiente enérgicamente, con esa sonrisa tan franca y tan tierna y tan suya. Tatiana va rasgando más y más capas de servilletas, va retirando más y más ristras de celofán. De todo ello emerge un collar de perlas, un anillo áureo. Tatiana se pone el collar, se prueba el anillo en distintos dedos hasta lograr deslizarlo en el meñique. La sonrisa de Ahmed se ensancha. Tatiana se arroja sobre su cuerpo fibroso, se sofoca en la espesura de su barba. Se deja arrullar por los besos, por esas manos encallecidas que le recorren la espalda. Carga una rodilla sobre el apoyabrazos del sofá, se pone a horcajadas sobre Ahmed. Su tensión nerviosa remite, la chilaba de Ahmed se abulta. Instantes después, Tatiana es follada contra el respaldo de manera vigorosa y expeditiva.

Son las 23:02, el ventilador traquetea sobre la cama, los ronquidos de Ahmed retumban por el dormitorio. Tatiana se agita, se libera de su abrazo. Ahmed ronronea como un gato viejo. Tatiana coge el móvil de la mesita de noche, abre la aplicación de mensajería. «¿Duermes, Meri?», escribe. Enviar. La pantalla flota impertérrita en la oscuridad. «¿Te hace un Cruzapalabras?», pregunta Tatiana. Enviar. Sigue sin haber respuesta, ni siquiera el icono de leído. La pantalla se apaga. Meri pulsa sobre ella y la enciende. La pantalla se apaga. Meri pulsa sobre ella y la enciende. La pantalla se apaga.

Alejandro Sanz cantando en Los 40 Latino, Tatiana de pringue hasta los codos. Se llega hasta la pila de la cocina, respira hondo. Se lava las manos, hace sus estiramientos moviendo los hombros en círculos. Lleva desde primera hora de la mañana experimentando una especie de vértigo, una increíble pesadez. Coge el cuchillo de nuevo, el membrillo sigue despachurrándose bajo su filo. A su espalda la olla desborda, la sopa crepita sobre la vitrocerámica. El móvil se arranca a sonar. Tatiana baja el fuego, consulta el display. La palabra Meri parpadea sobre la foto de un gatito. Las personas perdonamos, lo que nos distingue de los animales es nuestra capacidad para empatizar. Tatiana descuelga, pulsa el icono de manos libres. Los chasquidos comienzan a resonar línea a través. «¿Meri?», frunce el ceño Tatiana. «Qué pasa, loca», dice Meri. «Nada, por aquí.» «¿Cocinando?» «No, de fiesta.» «Ja ja ja. ¿Qué haces?» «Yo qué sé.» «¿Tus soldados no te han traído corderito?» «¿Y a ti?» «Sí.» «¿Cordero otra vez?» «¿Viste Estoicismo y estómago?» El membrillo está poniéndose increíblemente pastoso, Tatiana vuelve a sentir el impulso de lavarse las manos. «¿Me oyes?» «Sí», responde Tatiana. El cuchillo planea erráticamente sobre el ladrillo dorado. «¿Te pasa algo?» Tatiana inspira, espira. «Pasa que sigo teniendo la impresión de que últimamente me evitas, eso es lo que pasa.» «Qué dices.» «Es la pura verdad. Nunca contestas.» «Soy yo quien te acaba de llamar, Tatiana.» Tatiana regresa a la pila, pone las manos en remojo. «Con Gloria hacíamos bicicleta todas las tardes», dice. «Creía que hablar de Gloria te deprimía.» «Gloria tenía sus cosas, pero al menos se esforzaba en ser mi amiga.» «Ya.» «Nos lo hacíamos llevadero.» «Joder, Tatiana, qué quieres que te diga si no me gusta la bicicleta.» «Es mejor pasarse el día drogada.» «No me paso el día drogada.» «No ni poco.» «Es solo un porrito de vez en cuando.» «Cada vez que me engañas, te estás engañando a ti misma.» «Tatiana, hablo muy en serio, he estado muy liada.» «Ya.» «Meter el cordero en el horno lleva tiempo. Cuando te lo traigan verás.» «A mí también me da trabajo cocinar estas porquerías, pero cuando me llamas siempre te cojo, ¿o no?» «Tatiana, tía, que lo siento de verdad, ¿vale?» «Vale.» «Bueno, ¿viste el concurso o no lo viste?» «¡Meri! ¡Hay vida más allá de la televisión! ¡Háblame de tus sentimientos!» «Sí, bueno, quería comentarte que ayer fue muy flojo. Normalmente está mucho mejor.» «Meri, no quiero herirte, pero me pareció una porquería.» «Tuviste mala suerte, eso es todo.» «¿Por qué aparecen las respuestas antes de que hagan las preguntas? Le quita toda la gracia.» «Solo te pido que le des otra oportunidad porque vas a alucinar.» «¿Pero es siempre lo mismo, con el pozo en medio y tal?» «Tienes que verlo por ti misma, tía.» «Meri.» «Qué.» «Tú no estás bien.» «Solo te estoy pidiendo que lo veas.» «¡Y yo que te des cuenta de lo que nos estás haciendo, de lo que te estás haciendo a ti misma! Todas tenemos nuestras razones para estar tristes, vale, pero mira qué les está pasando a los refugiados, piensa en cómo se sienten. ¡Por una vez piensa en alguien que no seas tú!» Tatiana agita la sartén con tanto ímpetu que el sofrito salpica, briznas de cebolla frita se estrellan contra su pijama. Tatiana la deposita en el fogón, mira de reojo. La cámara de seguridad gira sobre su eje, barriendo la cocina con su piloto verde. Tatiana fuerza una risa insincera. «¿Crees que podemos hablar de los refugiados?», pregunta. «Lo dudo», responde Meri. «Da igual, podemos hablar de muchísimas cosas.» «¿Y Gloria? ¿De qué habló Gloria?» Tatiana pugna por no dejarse llevar, cuenta en silencio hasta tres. «Meri, si puedo hacer algo por ti, dímelo. Pero si prefieres que desaparezca, necesito que me lo digas también. Tú harás tu vida, yo haré la mía y no volveré a llamarte.» Tatiana toma conciencia de su propio ultimátum, su corazón se encoge expectante. «Te prometo que en adelante te cogeré el teléfono siempre —dice Meri—, que seré una buena compañera.» Su voz ha sonado franca y compungida. «Tampoco pido eso», dice Tatiana. «Te doy mi palabra de honor, te lo juro.» «Vale, vale.» «Pero antes me gustaría que le dieras otra oportunidad a Estoicismo y estómago.» Tatiana se petrifica. Meri prosigue: «Es lo único que pido a cambio. ¿Puedes mirarlo, por favor?» A Tatiana no le resulta nada fácil hablar ahora mismo. «Vale», acierta a decir. «¿Me lo prometes?» «Te lo prometo.» «Genial.» Tatiana escucha cómo Meri le da una profunda calada a su porro. «Supongo que por la tarde estarás liada», dice Tatiana. «Si te digo que estoy liada, te enfadarás.» «No me enfadaré.» «Te enfadarás.» «Solo me sentiré un poco decepcionada.» «Estoy acabando, Tatiana, te lo juro.» «Ya.» «El cordero da guerra pero me falta poco.» «Vale.» «Cuando termine de hacer limpieza a fondo, todo será diferente. Por una vez confía en mí.» Tatiana asiente enérgicamente. «Confío en ti, cómo no voy a confiar en ti.» «Tatiana.» «Qué.» «¿Necesitas un tentempié?» Tatiana arruga la frente. «¿A qué te refieres?» «Un tentempié. Que si lo necesitas.» «¿Hablas de droga?» «Que no, tía, que es solo un tentempié y ya está, ja ja ja.» «Meri, no son solo porros, ¿verdad? ¿Qué te estás tomando?» «Te juro que nada.» «Meri, ¿Karim te ha pegado? ¿Qué te ha hecho esta vez?» «¡Te quiero, loca, hablamos luego!» Llamada finalizada. Tatiana inspira, espira. Se pregunta si ha echado sal en el sofrito, se concentra en recordar cuánto hace que ha puesto la sartén en el fuego. Hay otras cuestiones pugnando por abrirse paso en su cabeza, pero son cuestiones de otra índole.

* * *

Se ha quitado el pijama, el burka la asfixia pese a que no lleva nada debajo. El aparato de aire acondicionado vibra, emite estertores a intervalos. Los cubiertos claquetean en la cocina, los soldados dan cuenta de la comida, charlan animadamente. Alfredo camina en círculos, abre y cierra sus tijeras. Tatiana no da crédito a lo que está viendo. El escenario es el mismo de ayer, el pozo es el mismo de ayer, la americana granate es la misma de ayer. Incluso los fardos que penden del techo son los mismos de ayer. Alfredo está repitiendo las preguntas de ayer, las mismas y en el mismo orden. Solo que hoy las respuestas no aparecen sobreimpresas en pantalla. No es el único detalle que permite adivinar que no se trata de una reposición: cuando el primer concursante se precipita al pozo fecal, no se mancha la cara, no se pasa la mano por ella. Cae bocarriba, da la espalda a la cámara, logra encaramarse en el borde al primer intento. Tatiana sorbe de su vaso frente al televisor Toshiba. No puede evitar establecer paralelismos entre lo que sucede en pantalla y su actual situación. Siempre el sofá, siempre el té helado. Siempre los fogones, siempre la escoba. Los soldados armando jarana, Ahmed y sus joyas y sus regalos. En el comedor una voz grita en árabe, otra le da la réplica. Ambas estallan en una carcajada. Se escucha una fuerte palmada. Alfredo pregunta por el rey de Siria, el fardo se pone pensativo. Como concursante resultaba penoso, deprime aún más como actor. Aventura una respuesta, es silenciado por un chorro de música. Es el himno de España.

Tatiana parpadea perpleja, Alfredo le ha dado la espalda al fardo, su busto llena la pantalla por completo. Su expresión se ha vuelto severa, hay en ella una urgencia contagiosa. Tatiana siente cómo le cala los huesos incluso antes de que empiece a hablar.

«Necesito que escuchéis con atención —dice Alfredo—, apenas tenemos unos minutos: Todos los canales siguen intervenidos, y esto abarca la telefonía, la mensajería instantánea y por supuesto la televisión. Seguid usándolos con la máxima cautela porque todo cuanto digáis y hagáis está siendo grabado. Nuestros técnicos todavía no han podido habilitar una línea de voz segura, pero esperan conseguirlo antes de que termine la semana. Recordad que coordinaremos vuestra liberación desde aquí, de modo que permaneced atentas a este canal. Nuestros tanques están a las puertas de la ciudad, a unos cincuenta kilómetros de vosotras. Tenemos infiltrados en Melilla Multimedia, en Radio Yihad, en media docena de pisos harén. En dos semanas estaréis de regreso en casa, abrazando a vuestras familias, pero para cruzar las murallas y sacaros de ahí necesitamos toda la ayuda que podáis prestarnos. Necesitamos que liquidéis a vuestros anfitriones si es que no lo habéis hecho aún. Todos ellos son mandos, y un ejército sin mandos es un ejército sin vertebrar. Cada inquilina debe comunicarse con la compañera que le han asignado, funcionaréis como comandos de dos. Ponednos en contacto con la vuestra, conseguid que vea nuestro programa. Colaborad entre vosotras para gestionar las ejecuciones, nada es más importante que una comunicación sin fisuras. Hasta que dispongamos de una línea franca, seguiremos usando la siguiente nomenclatura: un cordero en el horno es un anfitrión muerto. Un tentempié es un arma de fuego. Solicitadla si no os atrevéis a usar el cuchillo, y uno de nuestros infiltrados os la hará llegar.» Tatiana rompe su parálisis, mira a la puerta de la cocina a través la rendija del burka. Baja radicalmente el volumen del televisor, se arrima a él. «Esperad a que vuestro anfitrión os dé la espalda, la nuca es el blanco recomendado. También podéis apuntar al corazón. Son armas de calibre grueso, un disparo debería bastar. Repetimos: los demás canales siguen intervenidos, de modo que os rogamos la máxima discreción o nos estaréis poniendo en peligro a todos. Ayer no conseguimos ofuscar sus mecanismos de vigilancia, pero mañana esperamos estar con vosotras de nuevo. Han sido años muy duros, somos conscientes de ello, pero sabed que no os olvidamos, que estamos aquí para ayudaros, que vuestras familias os quieren. Serán juzgados por crímenes de guerra, seréis recibidas como heroínas…» Alfredo mira fuera de plano, hace un gesto afirmativo con la cabeza. «¡Viva España!», grita. Recula hasta el decorado, da dos vueltas alrededor del pozo. Su expresión fluctúa como la de un esquizofrénico, se vuelve hacia el fardo más cercano. «¿Quién ejerce de narrador en *Las mil y una noches*?», pregunta Alfredo. Se ha recompuesto parcialmente, ha recuperado su simpatía antinatural. «Sherezade», dice el fardo. «¡Sherezade!», repite Alfredo asintiendo con ímpetu. Ni siquiera ha sacado las tijeras. El público invisible aplaude igualmente.

Tatiana se queda acuclillada a dos palmos de la pantalla. A esta distancia la imagen se emborrona, se pixela, parece más irreal. Tatiana se incorpora, recula, se desploma en el sofá. Subidón de griterío en el comedor, los cubiertos percuten contra la mesa. Tatiana menea la cabeza como quien espanta una alucinación, traga saliva. Su garganta rasca como una lija, la riega con té por debajo del velo. El griterío prosigue, de un momento a otro se arrancarán a cantar. Las sillas arrastran, se escucha un golpetazo tremendo, luego otro. El tercero viene seguido de un estallido de cristales, metales estrellándose contra el suelo. Tatiana aprieta los dientes, un cubito de hielo cruje. El siguiente golpe impacta contra la puerta, Tatiana pega un brinco. Cruza los brazos sobre el pecho, su desnudez bajo el burka la hace sentir vulnerable. Alfredo emite una risa que incluso a este volumen suena afectada. En la cocina retruena un arma de fuego. Tatiana gime, agacha instintivamente la cabeza. Un segundo disparo y Tatiana se arroja al suelo, la adrenalina la pone a reptar. En la cocina, interjecciones en árabe, un quejumbro desgarrador. Un tercer disparo perfora la puerta, Tatiana se guarece tras el sofá. Diálogos entrecruzándose como ráfagas, alguien emprendiendo una carrerilla, un portazo en la entrada. Tatiana hipnotizada por la puerta de la cocina. Alfredo hace una reverencia hipócrita, cierra sus tijeras sobre otra cuerda. En el comedor un grito que hiela la sangre en las venas, la puerta de la calle se abre y se cierra de nuevo. La voz de Alfredo queda horadando el silencio. Tatiana desenchufa el televisor, se incorpora, corre a la terraza con la cabeza gacha.

Al fondo, las sempiternas torres presidiendo la ciudad. Abajo, el sempiterno bullicio en el mercado. Tatiana gime al borde de la histeria bajo un sol que cae a plomo, que le abrasa la cabeza y los hombros. Tras la barandilla, la cornisa parece lo suficientemente amplia para brindarle acceso a la terraza vecina. La aferra con fuerza, preparada para saltar al otro lado, atenta a la próxima señal.

La señal no llega, el ático permanece en silencio.

Tatiana entra, da unos pasos cautelosos por el salón, se inclina frente a la puerta de la cocina. Arranca astillas en torno al agujero de bala, mira por él. El mantel encharcado, los fideos derramados, una silla caída. Tatiana pega el oído a la puerta, se concentra. Nada.

En el pasillo, franjas rojas zigzagueando, como si hubieran arrastrado un cadáver por el suelo. El rastro termina en la puerta de entrada. Tatiana las sortea de puntillas, otea en el interior del lavabo. Luego camina hasta la entrada, se detiene frente a la plancha de acero. Coge el pomo, trata de hacerlo girar. La puerta sigue cerrada a cal y canto. El otro acceso a la cocina permanece entreabierto. Tatiana se llega hasta él, empuja la puerta con suavidad. Nadie.

Una cacerola volcada, Duralex esparcido como metralla. Platos hechos pedazos, un manchurrón rojo en la pared, charcos de sopa y sangre. Sobre el mármol, un Kalashnikov. Tiene descascarillado el cañón, mira telescópica, muescas en la culata. Alguien ha tatuado un número 62 en la madera. Todavía está caliente, pesa tanto que a Tatiana casi se le cae. Lo sostiene con reverencia, la hace sentir pequeña y fuera de lugar. Tatiana deja el Kalashnikov sobre la mesa. Gira sobre sí misma, abre el armario, saca el mocho. Cristales amontonándose contra la pala, cenefas rojas a su paso. Antes esa sangre fluía por un cuerpo, era parte de alguien. Ahora no es más que porquería, algo que debe desaparecer. Tatiana sigue fregando. No es la sangre lo que la perturba, es lo rápido que están cambiando las cosas. Aquí los cambios no son ninguna tontería, aquí los cambios tienen consecuencias. Tatiana escurre el mocho, el agua se tinta de rosa. Desde la esquina opuesta de la cocina, tres bolsas de supermercado le plantean la pregunta más práctica, la más concreta. Una pregunta que vienen haciéndole a diario desde hace año y medio. ¿Mañana para comer qué? Tatiana mira a cámara, mira el Kalashnikov. Pasa revista a las bolsas. Una coliflor, puerros, tarros de garbanzos. Sangre por todas partes pero ni rastro de cordero.

A las 21:13 Enrique Iglesias está dándolo todo en Los 40 Latino. Tatiana se repasa el pintalabios con la lengua, consulta los resultados en el espejo. Se atusa la minifalda de cuero, regresa pizpireta al sofá. Enrique Iglesias ni siquiera le gusta, pero en Melilla Multimedia no paran de echar dibujos y los demás canales siguen dale que te mete con los refugiados. Tatiana los ve correr semidesnudos por la pantalla, los ve arrojar cócteles molotov contra los comercios, los ve apedrear a una anciana. Pies sucios, costillares arqueados, pieles llagadas. Manos amputadas, quemaduras de tercer grado, cicatrices de oreja a oreja. Locuciones ininteligibles en árabe como banda sonora del caos informativo. Ni una sola alusión a los tanques, a la ofensiva española. Tatiana vuelve a conmutar a Los 40, suenan Fito y Fitipaldis. Tatiana se sonríe. Cataclac en la puerta de entrada.

Tatiana se tensa en su asiento, cuenta los pies que avanzan por el pasillo. Le sale un total de dos.

Ahmed entra en el salón, descarga el Kalashnikov de su hombro. «Salam alaykum», dice el anfitrión con una sonrisa triste. «Salam alaykum», responde su inquilina. Ahmed arrastra las babuchas hasta el sofá, se desploma junto a la muchacha. Abre la cajita de nácar, saca un canuto, lo prende. Expulsa el humo contra el techo bajo la atenta mirada de Tatiana. Dice algo en árabe, ríe con desgana. A continuación inicia el monólogo más largo que Tatiana le ha escuchado nunca, no hay asomo de alegría en él. Ahmed va desquiciándose más y más, como si a fuerza de hilar su discurso perdiera sujeción de sí mismo. Imposta voces, les da la réplica, hace aspavientos. Tatiana se está asustando. Ahmed eleva un puño al cielo, grita una palabra de tres sílabas. Se lleva una mano a la cara, se derrumba.

Tatiana se echa en sus brazos, se cobija en su barba. Quedan abrazados largo rato, todo lo demás desaparece.

Media hora después, Ahmed sale de la ducha, la mesa está servida. Pasan al comedor, Ahmed descorcha el vino. Durante la primera mitad de la cena juega a sorber los espaguetis por la nariz, Tatiana se ríe con ganas. De pronto Ahmed la mira con gravedad, repite la palabra de tres sílabas, niega con la cabeza. A partir de ese momento no dice nada más. Su expresión se vacía, su mirada se enturbia.

Más tarde hace pucheros en la cama, Tatiana le acaricia hasta que se duerme. Es la primera noche que no la folla desde que se lo asignaron como anfitrión.

«Ayer volví a ver el concurso», dice Tatiana. «¿Sí?» «Sí.» Los chasquidos paran en seco al otro lado de la línea. Tatiana destapa un tarro de garbanzos, se mordisquea el labio inferior. «¿Y qué tal? ¿Se aprende?», pregunta Meri. «Supongo.» «¿Verdad?» «Vaya que sí.» «Ja ja ja.» Tatiana abre la boca, la cierra sin saber cómo continuar. «¿Necesitas un tentempié?», pregunta Meri. «Tengo uno.» «Y, bueno, ¿cuándo vas a meter el cordero en el horno?» Tatiana emite una risita. «A ver, aquí puede haber un problema.» «¿Qué clase de problema, Tatiana?» «Es que no sé si meterlo.» «¿No?» «Es que puede que no quiera meterlo, ¿sabes?» «Es lo mejor que puedes hacer, Tatiana. Es lo único que puedes hacer.» «¿Tú lo has metido de verdad?» «Hace días.» «¿En serio?» «No veas cómo huele.»

Tatiana siente frío en las palmas de las manos, traga saliva. Abre otro tarro de garbanzos. «¿Y los soldados qué dicen?» «Los soldados no dicen nada.» «¿No?» «Tengo un horno muy espacioso.» «¿Sí?» «Cabe un montón de cordero, ¿sabes?» Tatiana mira el Kalashnikov de reojo, se atraganta con su propia saliva. «¿Y bien?» «¿Y bien qué?» «¿Cuándo lo vas a meter?» «Te he dicho que no lo sé.» «¿Tienes miedo de que no salga bien?» «No es eso.» «El cordero nos está quedando genial a todas, Tatiana. El cordero no tiene ningún secreto.» «¿Quiénes sois todas, Meri?» «Ja ja ja, me has pillado, tía, qué exagerada soy.» «Meri, en serio.» «Tatiana, tienes que hacerlo, no me dejes colgada.» «Ahmed no es como los otros anfitriones, Meri. Ahmed me trata bien.» «Eres mi compañera, loca, solo te tengo a ti.» «Podemos hacer lo que nos salga del coño, Meri, no tenemos por qué obedecerles.» «Eres tú la que lleva demasiado tiempo obedeciendo, ¿es que no te das cuenta?» «Ahora aparecen dándonos órdenes desde la retaguardia. Así cualquiera, ¿no?» «Tatiana.» «No nos dicen la verdad, nos mienten siempre. ¿Has visto las noticias? Ni una palabra de España.» «La tele ya se sabe.» «¿Y qué pasó en marzo? Porque en marzo dijeron que venían y aquí seguimos, ¿o no?» «Tatiana, sabes lo que le pasó a tu anterior compañera, ¿verdad?» «Meri, ¿te has vuelto loca?» «¿No te han contado lo que le hicieron a Gloria?, ¿de verdad no lo sabes?» «Ja ja ja, Meri, es un chiste buenísimo.» «¡Tatiana, joder!» «¡Te voy a tener que colgar!» «No me cuelgues.» «¡Pues tranquilízate!» «No me cuelgues, por favor.» «Vale.» Los chasquidos percuten contra el altavoz del Samsung como un segundero errático. Siseos pulmonares al otro lado del cable dejan constancia del consumo de estupefacientes. «Tía, necesitas meter el cordero en el horno pero ya», dice Meri por fin. Tatiana niega con la cabeza en silencio. «No lo hagas por mí, no lo hagas por ellos —prosigue Meri—. Hazlo por ti, ¿me oyes? Por ti.» «¿Y tú qué sabrás lo que me conviene?» «Gloria lo habría hecho.» «No vuelvas a meter a Gloria en esto.» «¿Quieres acabar como ella, es eso lo que quieres? Pues quédate de brazos cruzados y tarde o temprano lo conseguirás.» Tatiana vacía otro tarro de garbanzos en la olla. Siente ganas de estrellarlo contra la pared. «Eso ha sonado como una maldición, Meri —masculla—, no es justo.» «Ríe un poco y haz el favor de no hablar de justicia, yo estoy hablando de cordero.» «Ja ja ja, lo siento.» «No es más que cordero al horno con su piel dorada y su cebollita, ¿vale?» «Vale.» «Con sus patatas crujientes en los bordes, ¿vale?» «Vale.» «Entonces ¿vas a hacerlo o no?» Tatiana respira hondo, recita su respuesta como una locutora de radio novata: «A ver, Ahmed y yo hemos nacido en países muy distintos y puede que no pensemos igual, pero Ahmed es una buena persona y siempre me ha tratado como a una reina.» «Tatiana.» «Es la pura verdad.» «No eres su novia, eres su puta, Tatiana.» «Adiós, Meri.» «Espera, espera. ¿Y tu tentempié qué?» «¿Mi…? Ah, ¿qué pasa con mi tentempié?» «Si no vas a usarlo, dáselo.» «¿A quién?» «A tu anfitrión.» «¿A Ahmed?» «¿Hay otro?» «No te entiendo.» «No te pido que me entiendas, te pido que se lo des. Si no vas a meter el cordero en el horno, dale el tentempié a Ahmed, ¿entendido?» «No tiene sentido.» «Es que Ahmed es una persona maravillosa, pero además es una persona muy especial, ¿comprendes?» «¿Le conoces?» «¿Cómo voy a conocerle, loca?» «No sé, sigo sin entenderlo.» «Solo digo que nos encantaría que probaras el cordero al horno. Pero si no estás por la labor, dale el tentempié a Ahmed.» «Meri, esto me sobrepasa.» «Espero que sepas elegir. Mil besos, guapísima.»

El potaje de garbanzos hace chup chup. Tatiana mira a cámara. Luego mira el Kalashnikov, tirado sobre el mármol.

Luego sale de la cocina.

El muelle presiona con fuerza, el cargador se resiste a entrar. Por fin encaja con un clic. El Kalashnikov gira sobre sí mismo, zoom a la empuñadura. «El selector tiene tres posiciones —dice Alfredo. Su mano entra en escena y procede a conmutar entre ellas—: Seguro, ráfaga y tiro a tiro.» Un plano general recuadra su busto, revela una mancha de grasa en su americana granate. Alfredo se vuelve de medio lado, apunta. «Seleccionad ráfaga colocándolo en la posición central y obtendréis esto.» Ristra de estallidos, la boca del cañón se llena de fuego. Tatiana pega un bote en el sofá. Alfredo desaparece un instante, reaparece en el plano sin fusil. «Con esto damos por concluido el tutorial de hoy. Mañana no habrá emisión pero tenemos buenas noticias para vosotras: a partir de las tres del mediodía, las cámaras estarán ofuscadas, lo mismo que la supervisión de la VoIP de vuestros móviles. Procurad no comunicaros hasta entonces, esperad a las cuatro para mayor seguridad. Aquellas de vosotras que hayáis recibido vuestras coordenadas e información acerca del punto de extracción que os corresponde, contactad con vuestras compañeras, ponedlas al día. Es posible que más adelante las comunicaciones sean intervenidas de nuevo, esta puede ser nuestra última oportunidad —Alfredo mira fuera de plano, asiente—. Tenemos que dejaros por hoy, pasado mañana os ofreceremos un protocolo para disponer de los cuerpos de vuestros anfitriones. Esperamos que para entonces algunas de vosotras ya estéis aquí. Buena suerte, chicas.

¡Viva España!» Alfredo hace un gesto a cámara, se pone a dar vueltas alrededor del pozo. Se detiene junto a uno de los fardos que penden del techo. «¿Cuál es la capital de Libia?», pregunta.

Tatiana cancela el audio, cierra los ojos. El aire acondicionado está perdiendo su guerra particular contra la canícula, el termómetro marca 39 grados en el exterior. Las 16:03 y su zumbido sigue siendo el único signo de actividad en la casa. Tatiana se levanta del sofá, la recorre en silencio, estudia cada estancia como si la viera por primera vez. Las 16:43 y los soldados sin llegar. Tatiana se planta frente a la mesa intacta, ocho tristes platos sin dueño. Tatiana coge uno de ellos, lo recalienta en el microondas. Prueba los garbanzos, arruga el rostro. Están saladísimos. Llena una jarra en el grifo, vierte un chorrito en el plato. Bebe vasos y más vasos hasta lograr terminárselo. Luego procede a recoger los demás y a vaciarlos en la basura.

La sábana es un burruño en el suelo, Tatiana se ha quitado el pijama. Cada vez que está a punto de dormirse, su mente entra en alerta, su espina dorsal se crispa. Se incorpora ahogando un grito, escrutando la oscuridad. El aire acondicionado ha vuelto a fenecer, el silencio es casi sobrenatural. Un resplandor blanco contra el azul de la ventana. No es un azul frío, es el azul de un horno de gas. Tatiana se siente febril, húmeda. Se levanta, abre para que corra el aire. Observa la esfera lunar pendiendo entre las dos torres. El claxon de un coche, una conversación lejana. Las tripas de Tatiana rugen.

Tatiana agarra el móvil, consulta el reloj. Las 4:32 a.m. Sus pulgares percuten contra el teclado arrancándole clics.

«Meri, dime al menos si estás bien», escribe, pero Meri lleva toda la tarde sin contestar, sin abrir los mensajes. Por la cabeza de Tatiana desfilan cacahuetes rebozados en miel, patatas fritas, tabletas de chocolate. Hamburguesas, tortillas de patata, pizzas de champiñones. Al desfile se añade la cara mofletuda de Gloria. Tatiana enciende la luz para ahuyentarla.

Camina presurosa hasta el salón, vuelve a encender el aire acondicionado. Luego se precipita a la cocina, abre los armarios uno a uno. El reto de combinar ingredientes de cada santo día alcanza hoy un nivel surreal: sobrecitos de café instantáneo, guindillas deshidratadas, un tarro de tomate frito. En la nevera, una jarra de agua, mayonesa reverdecida. Una solitaria barrita de cereales. Tatiana la agarra, le arranca el envoltorio, le asesta un muerdo. Mastica con avidez, eleva una mirada a la cámara. El motor eléctrico zumba, la lente queda enfocándola. Las mandíbulas de Tatiana aflojan el ritmo. «Por una vez yo tengo preferencia, ¿vale?», dice. Y como para recalcar el desafío, le sacude a la barrita otro mordisco.

Sale de plano emitiendo un sonido que es risa y es llanto. Renquea hasta el dormitorio, donde termina de dar cuenta de la golosina sentada en el borde de la cama. Algo explota allá afuera, Tatiana se llega hasta la ventana.

Las llamaradas serpentean más allá de las dos torres. Su resplandor rebota entre las fachadas, envolviendo el horizonte en un halo naranja. De los edificios de la vecindad emergen siluetas árabes que se gritan de balcón a balcón, que se apostan a contemplar el espectáculo.

Al rato, otra explosión rompe la noche. Y otra, y otra más. Llega la cuarta y el edificio retumba. Tatiana no se vuelve a levantar. Se limita a dar vueltas y más vueltas en el colchón de látex. Lanza el brazo buscando a Ahmed, pero Ahmed no está.

Las 15:50. Las 15:55. El reloj lleva toda la mañana arrastrándose sobre sus agujas. A las 16:01 el Samsung se arranca a sonar. Tatiana descuelga, pulsa el icono de manos libres. «¿Te has deshecho ya de Ahmed?» La pregunta de Meri resuena por todo el salón, le siguen los sempiternos chasquidos. Los dedos de Tatiana se atropellan por la pantalla táctil, desactivan el altavoz. «¿Me oyes?» «No», dice Tatiana pinzando el móvil entre hombro y oreja. «¿No me oyes o no lo has matado?» «No.» «¿Le diste el fusil?» Tatiana se mordisquea el labio inferior. «¿Estás ahí? ¿Pasa algo?», se inquieta Meri. Tatiana baja la voz: «¿Estás segura de que esto es seguro?». «Me da lo mismo.» «¿Cómo va a darte lo mismo?» «¿Le diste el fusil a Ahmed o no?» «No vino.» «¿Tienes ahí a los soldados?» «Tampoco han venido. No viene nadie, Meri. ¿De verdad has matado a Karim?» «Si te refieres a esa rata babosa y bigotuda —masculla Meri entre dientes—, ahora no es más que un montón de carne perforada en el dormitorio.» «¿Y los soldados?» «Amontonados sobre él, haciéndole compañía.» «Madre mía, Meri.» «Tu mamá no va a sacarte de esta, loca. Eres tú la que tienes que salir.» «¿Tú has salido?» «Las llaves giran, pero la puta puerta no se abre. Creo que alguien ha echado un pestillo por fuera —los chasquidos al otro lado de la línea dejan de sonar, luego se reanudan—. Hay como un travesaño de madera. Llevo tres días rascando, las manos me duelen que lo flipas.» Los labios de Tatiana se entreabren indecisos: «¿Qué piensas hacer? ¿Vas a salir a la calle sin más?». «En eso estamos.» «¿Y si hay soldados en el portal?» «No hay nadie.» «¿Cómo lo sabes?» «Si hubieras puesto antes el puto programa, te habrías enterado, loca.» «¿Y qué piensas hacer allá afuera?» «Pillarme un kebab, tengo un hambre que te cagas.» «No, en serio.» «Matarlos a todos.» «¡Meri!» «¿Tú qué crees? Meter las coordenadas en el GPS del móvil y salir echando leches de aquí.» «¿Qué coordenadas?» «Te dejaron un arma.» «Sí.» «Y con el arma te dejaron un sobre.» «No.» «¿No te dejaron un sobre?» «No.» Silencio. «Qué raro.» «¿El qué?» «Da igual, Tatiana, tienes que salir de ahí cuanto antes. Tarde o temprano los soldados regresarán y esta vez no será para que les prepares la comida. Esta vez no estará Ahmed para pararles los pies.» «No pienso matar a nadie, Meri.» «Lo más seguro es que ya estén todos muertos, así que lárgate y llévate el móvil.» «Ni siquiera tengo la llave.» «Pues ya puedes empezar a rascar.» «¿Estás loca? ¿Adónde iba a ir?» «¿Sabes dónde estás?» Tatiana se vuelve instintivamente hacia la ventana. «Me drogaron antes de subirme al helicóptero», dice. «Como a mí. ¿Qué se ve desde ahí?» Tatiana achina los ojos. «Dos edificios muy altos, como dos torres. Blancos, con las ventanas ovaladas.» «Ni puta idea.» «Hay una especie de minarete.» «Ni zorra. Supongo que estamos en barrios distintos.» «¿Qué son esas coordenadas, Meri?» «Puntos de extracción. Nos llevan a casa, Tatiana.» «Nos llevan a una muerte segura, Meri.» «Otra vez.» «Mira lo que han hecho con el país, son idiotas de remate.» «Haz lo que te rote, Tatiana, yo me abro.» «Meri, los soldados pueden presentarse en cualquier momento.» «Me la suda.» El rascar de la madera se intensifica como una declaración de principios. Tatiana balbucea sin saber qué decir. «¿Te vas a llevar el fusil?», pregunta. «Claro, loca —ríe Meri—, aquí sin Kalashnikov no eres nadie, todo el mundo tiene uno, ¿no?» «¿Las mujeres también?» «Si no, me deshago de él y corro. Pasar desapercibida va a estar chupado, con el burka todas somos iguales.» «Nosotras olemos diferente.» «¿Qué?» «Es la pura verdad.» La carcajada de Meri suena profundamente inquietante, los chasquidos se reanudan. Tatiana tiene ganas de llorar. «Meri, no me dejes sola, ahí afuera no durarás ni un minuto.» «Veremos.» «Usarán el GPS del móvil para localizarte.» Meri deja de rascar, respira hondo. «Escucha, bonita —dice—: llevo seis meses tragando miedo cada puto día. Miedo para comer, miedo para cenar y miedo al acostarme. De miedo voy sobrada, no necesito más, ¿entiendes?» «Por lo que más quieras, ¿no lo oyes? En la calle acaba de sonar un disparo.» Los chasquidos al otro lado de la línea prosiguen tercos, maquinales. «No me lo invento —continúa Tatiana—. Si activas el GPS, cualquiera puede averiguar dónde estás.» «Eres una cobarde, Tatiana. Te deseo mucha suerte, pero no vuelvas a llamarme.» El último chasquido coincide con la interrupción de la llamada, como si un cuchillo cercenara físicamente la línea.

Tatiana experimenta un calor repentino que le trepa por el cuello, que le sobrecarga la cabeza. Que se despliega por sus mejillas y sus orejas, que le baja por la espina dorsal.

Pulsa en el mando a distancia. Un refugiado destella fugazmente en pantalla antes de ser cancelado de un botonazo. Las congas de Los 40 Latino inundan el salón, la canícula aumenta. Lentamente, Tatiana se pone en pie, arrastra los pies hasta situarse bajo el aparato de aire acondicionado, alza la mirada hacia él. Se deja soplar en la cara hasta que el frío la obliga a recular. Luego avanza de nuevo. A continuación recula. Luego avanza de nuevo.

* * *

El ejercicio no es solo salud, también combate la ansiedad. Tatiana pedalea y pedalea enfundada en una falda a cuadros, las coletas agitándose al vaivén de sus hombros. No se ha molestado en activar el modo Registro porque hoy no hay contra quien competir, nadie a quien ganar. Solo Tatiana y su rímel corrido dándole a los pedales de la bicicleta estática, decidida a intercambiar actividad física por horas de sueño. Para cuando desmonta son las 23:24 y los soldados sin venir, y Ahmed sin aparecer, y Meri sin contestar. Ha marcado números al azar, pero solo el de Meri da señal. Tatiana la llama por vigésima vez, pulsa sobre el icono de manos libres, se queda escuchando el tono de llamada.

Se deshace del móvil, se desploma en el sofá.

Una ráfaga de ametralladora en la calle eclipsa Los 40 Latino, donde Romeo Santos canta *Propuesta indecente*. A Tatiana no le gusta nada Romeo Santos, Tatiana tiene ganas de llorar. Juguetea con las perlas que rodean su cuello, repara en que una de ellas está manchada. La rasca con una uñita, pero la mancha no se va. Tatiana sigue viéndola en su cabeza porque es de un color que últimamente tiene muy presente, del color que brota cuando nos perforan. Tatiana se quita el collar, gime. Una nueva ráfaga en la calle termina por persuadirla de abrir la cajita de nácar. En su interior: tabaco a granel, una piedra de hachís, un encendedor de plástico. Tres canutos liados. Tatiana pinza uno de ellos entre el pulgar y el índice, lo olisquea. Se lo lleva a los labios, lo prende, sorbe con fuerza. Tatiana tose, lagrimea, retuerce el porro contra el cenicero. Se siente un poco mareada, y un poco bien, y a la vez un poco mal. En Los 40, Chino y Nacho bailan muy divertido, las guitarras ganan brillo. Tatiana se deja llevar. La siguiente canción parece no terminar nunca, en la cabeza de Tatiana va instalándose una idea. Una idea que se alimenta de hambre, que la catapulta a la cocina. Tatiana pisa con fuerza el pedal del cubo de basura, se acuclilla, aparta las servilletas de papel. Los garbanzos quedan presidiendo la pila. Descansan sobre un lecho de pelusas y colillas, Tatiana les arrima la nariz. Huelen a cebolla y a limpiacristales. Rescata un garbanzo de las profundidades, se lo mete en la boca. Mastica con cautela. Tatiana tira de la bolsa hasta sacarla del cubo.

Pasa el siguiente cuarto de hora haciendo criba con manos temblorosas, llenando un plato que termina en el microondas. Tatiana saca el plato del microondas, se lo lleva al comedor, lo deposita en la mesa, se pone la servilleta. Va dando cuenta de los garbanzos en soledad, vestida de colegiala. Están aún más salados que ayer, se ve obligada a rellenar la jarra. Cuando termina, se dirige al mármol de la cocina, anuda la parte superior de la bolsa de basura y la mete en la nevera tal cual. A continuación se va a la cama.

La noche es tórrida y pegajosa. A las 2:57 una escuadra de jets sobrevuela el ático. A las 3:36 una nueva explosión pone a retumbar los cristales. Ametralladoras en la vecindad, gritos en árabe. Tatiana se limita a apretar la almohada contra su cabeza, a respirar agitadamente.

El agua se oscurece hasta volverse marrón, el chorrito se estrecha hasta desaparecer por completo. Tatiana prueba con el grifo de agua caliente, cosechando idénticos resultados. Lo mismo en la ducha, lo mismo en la cocina. Tatiana se deshace del cepillo de dientes, saca la jarra de la nevera. Se esfuerza en verla medio llena. Se sirve medio vaso, lo paladea de pie frente al mármol. Hace sus estiramientos moviendo los hombros en círculos, después de la noche en vela está cansada y dolorida. Devuelve la jarra a la nevera, sale de la cocina. Coge el móvil, pulsa sobre MERI en la agenda, pulsa sobre el icono de manos libres.

El tono de llamada resuena en el salón vacío. Son las once de la mañana.

Tatiana se desploma en el sofá, su pie juguetea con los dálmatas de porcelana. Un clic en el altavoz del Samsung, Conexión establecida. Jarana al otro lado de la línea. «¿Meri?», dice Tatiana. «¿Me oyes, Meri?» «Alto y claro, loca.» A Tatiana se le desmadra la respiración. «¿Estás bien, Meri?» «Sí, bueno, estaré mejor cuando estos hijos de puta dejen de pegarse tiros.» «¿Quiénes?» «Estoy fuera, ¿oyes, loca? —ríe Meri—, ¡estoy fuera, Tatiana.» «¿Te han rescatado?» «Estoy llegando al punto de extracción, pero hacia el Norte no puedo seguir, han levantado barricadas.» «¿Pero estás bien?» «La cosa está un poco agitada, pero cada vez estoy más cerca, tía, voy a conseguirlo.» «Aquí no viene nadie, Meri, me han dejado tirada.» «Que salgas de ahí te digo, hostias.» «Creo que a Ahmed le ha pasado algo.» «Ni me mientes a ese cabrón, lo más seguro es que esté muerto.» «¿Cómo lo sabes?» «Los tanques, Tatiana, esto está lleno de tanques.» «¿Tanques españoles?» «Los he visto con mis propios ojos, tía, llevan nuestra bandera.» Tatiana otea por la ventana. «¿Dónde estás exactamente?» «Ni zorra. Hay una especie de mezquita con azulejos azules, con unos arcos y tal.» «Desde mi ático no se ve nada parecido.» «Si el tiroteo no para, iré dando un rodeo por el Este.» «¿Tú ves las dos torres que te dije?» «Qué va.» «Dame tus coordenadas y miro si estamos cerca.» «Hay puntos de extracción en cada barrio, Tatiana, no sé si te van a valer.» «Probemos.» «Lo más seguro es que te caigan lejos.» «Dámelas por si acaso.» Tatiana se llega hasta el escritorio, saca un folio del cajón, agarra un boli. Al otro lado de la línea se escucha un disparo. «¿Meri?» «Sí.» «Dime.» «No sé si es una buena idea.» «Al menos sabré donde estás.» «Precisamente.» Tatiana parpadea frente al Samsung, la boca entreabierta. «¿Qué quieres decir?» «Es un tema de seguridad.» «Meri, eres mi compañera.» «Sí, bueno, ya nos conocemos.» «¿Hablas en serio? ¿De verdad crees que te delataría? ¿De verdad me crees capaz?» «A ver, Tatiana, no es que hayas puesto demasiado de tu parte.» «¡¿Qué?!» «Escucha, dame tú tus coordenadas.» «¿Las mías?» «En cuanto llegue al punto de extracción, pasaré nota e irán a rescatarte.» «Meri, ¿por qué no confías en mí?» «Tranquilízate, loca.» «¿Que me tranquilice? ¡Me muero de hambre y de sed, allá afuera hay una guerra!» «No.» «¿No qué?» Árabe a gritos en la lejanía, un fusil se arranca a disparar. El Samsung vibra sobre la mesa, Tatiana lo coge, se lo acerca a los labios. «Meri —exclama—. Meri, ¿estás bien?» Se escucha otro disparo. Luego otro. «¡Meri!», grita Tatiana contra un trasfondo de tiros.

Fin de llamada. Agenda. Menú.

Tatiana traza con el dedo por la pantalla, pulsa el icono de rellamada.

Teléfono apagado o fuera de cobertura.

Rellamadas compulsivas, idénticos resultados.

Tatiana abre el GPS del móvil, traza temblorosa sobre sus opciones. Activar Sistema de Posicionamiento Global. Usuarios, Dispositivos, Mi geolocalización.

Latitud: 41.35911, Longitud: 2.061631, dice la pantalla.

Tatiana copia y pega en un mensaje de texto, rescata a Meri de la Agenda. Luego pulsa en Agregar.

Tatiana inspira con fuerza por la nariz, espira lentamente. Si cierra esta ventana, los cambios se perderán. ¿Quiere enviar el mensaje primero? Tatiana hace una mueca. Su dedo responde que no.

Las 15:43 y Estoicismo y estómago no es más que el concurso repetido de siempre. Las 15:50 y el segundo concursante falla, se precipita al pozo fecal. A las 15:55, un militar pulcramente uniformado irrumpe en plató, susurra al oído de Alfredo. Suenan los primeros compases del himno de España. Alfredo se adelanta hasta llenar el plano, carraspea. La música afloja hasta extinguirse.

«Hola a todas —dice Alfredo—. Nuestra intervención de las comunicaciones los ha puesto en guardia, no disponemos de tanto tiempo como creíamos. Cada vez nos resulta más difícil ofuscarlas, pero tengo excelentes noticias para vosotras: la primera fase de nuestra incursión ha sido un éxito. Los edificios clave de la ciudad han sido tomados, una compañía os espera en cada punto de extracción para escoltaros hasta el aeropuerto. Allí hemos desplegado una unidad móvil capaz de proporcionar asistencia médica o psiquiátrica a aquellas de vosotras que lo necesitéis. Quiero recalcar que nada de esto habría sido posible sin vosotras. Nuestros servicios de inteligencia estiman que doscientos treinta y nueve de los trescientos cincuenta y seis anfitriones han sido ya eliminados, lo cual está de fábula, chicas, de fábula. Pero necesitamos un último empujoncito. Todas tenéis ya vuestras coordenadas, tenéis un arma. Lo único que necesitáis es vencer el miedo, decir ya basta. Cada anfitrión liquidado merma sustancialmente su cadena jerárquica, la segunda fase de nuestra ofensiva está a punto de comenzar. En definitiva, lo que necesito que entendáis es que no os lo pedimos por capricho. Aquellas de vosotras que estéis en condiciones de colaborar debéis hacerlo cuanto antes, liquidar a vuestro anfitrión es vuestra prioridad máxima. Si ya lo habéis hecho o vuestras circunstancias no os lo permiten, dirigíos lo antes posible a las coordenadas que se os han asignado. En el plazo de veinticuatro horas, una unidad aerotransportada os estará escoltando de vuelta a casa. Sabemos que hay disturbios y guerrillas en determinados barrios, y es cierto que correréis ciertos riesgos. Pero me veo en el deber de advertiros que pronto tendremos que hacer el petate y desplazarnos para ayudar a nuestros compañeros del frente norte. Es ahora o nunca, chicas, muchos ánimos y mucha suerte, sabemos que lo vais a lograr. Y para dar fe de ello tenemos una sorpresa. Durante veintitrés largos meses, Charo ha sido una inquilina, ha complacido a su anfitrión. Hoy Charo ya no es una esclava. Hoy Charo es una mujer libre. Hola Charo.» El plano se abre para mostrar a una rubia menuda y pizpireta de ojos muy grandes.

Charo da un paso al frente, sonríe insegura. Saluda con un imperceptible movimiento de cabeza.

«Charo no ha sido la primera en liquidar a su anfitrión pero sí la primera en alcanzar su punto de extracción —prosigue Alfredo—. ¿Qué se siente, Charo?» La sonrisa de Charo se ensancha, sus ojos crecen. Un tic le tironea de los labios. «Estoy bien —dice finalmente la muchachita encogiéndose de hombros, asintiendo con la cabeza—, muy bien.» «¿Y qué vas a hacer ahora, Charo?» Charo mira en derredor descolocada. «¿Ahora?» «Quiero decir cuando llegues a casa.» «Pues a la panificadora, supongo.» «¿Qué?» «¿Sabe si recuperaremos nuestros trabajos?» «Pero en casa te espera tu madre, ¿a que sí, Charo?» «Sí.» «¿Y quién más te espera?» «Mi hermana.» «Tu hermana, qué barbaridad. ¿Tienes ganas de verlas, Charo?» «Claro.» «Os vais a dar un abrazo muy fuerte, ¿verdad?» «Sí.» «¿Cuándo sales para Murcia?» «Mañana por la mañana.» «¿Y qué les dirías a las inquilinas que quedan? ¿Qué les dirías a las chicas que están pasando por lo mismo que has pasado tú?» Las pupilas de Charo empequeñecen, el tic vuelve a tironear de sus labios. «No sé», dice. «Pero diles algo, mujer. Algo que les infunda ánimos.» «Es que no sé.» «Pero tú prefieres estar en Murcia a estar aquí, ¿verdad? ¿O preferirías volver a ser una inquilina?» La carita de Charo se retuerce con lentitud, sus ojos se inundan de lágrimas, se elevan hacia Alfredo implorantes. Charo emite un lamento agudo y prolongado, casi lobuno. El control técnico le cancela el audio, el plano se cierra sobre Alfredo. «Sí, señor, Charo es un ejemplo de valentía, un modelo de integridad —dice señalando a cámara—. Y hay una Charo en todas y cada una de vosotras, estamos seguros de ello. No nos falléis que ya casi estamos, chicas. En breve nos vemos en persona —Alfredo carraspea, se agacha. Muestra una bolsa de basura y un cuchillo—. Las que necesitéis deshaceros del cuerpo de vuestro anfitrión, ceñíos al protocolo que describiremos seguidamente.»

Alfredo sigue hablando pero Tatiana ya no le escucha. Su lengua explora los confines de una boca cada vez más reseca. El hambre castiga, pero la sed es lo peor. Alfredo emula a un carnicero en pantalla, Tatiana le cancela el audio.

Coge el móvil, entra en la agenda, llama a Meri. Escucha el tono de llamada en el manos libres hasta que la llamada se corta. Tatiana accede entonces al GPS del móvil.

Latitud: 41.35911, Longitud: 2.061631, dice la pantalla.

Tatiana copia y pega en un mensaje de texto, rescata de la agenda el número de Meri. Luego pulsa Enviar.

Las 20:48 y Meri sin responder, ni rastro de los soldados, ni rastro de Ahmed. Los grifos siguen sin dejarse ordeñar, ahora la jarra está medio vacía. Tatiana se levanta el velo, sorbe en tensión del vaso, reprimiendo el impulso de finiquitarlo de un trago. Luego saca la bolsa de basura de la nevera, la revuelve con un tenedor. El sofrito marronea, los garbanzos se están mezclando más aún con las pelusas.

Devuelve la bolsa a su lugar sin tocarla, sale al salón, se acuclilla. La condensación del aire acondicionado sigue licuándose en la garrafa. Tatiana permanece muy quieta frente al tubo rajado, hipnotizada por el goteo lento, arrítmico. Apenas se ha acumulado dedo y medio en todo el día, apenas lo justo para enjuagarse la boca.

Tatiana camina hasta la puerta de entrada. Examina su superficie remachada, sus gruesas bisagras. Hace girar el pomo, empuja, tira. La puerta no se mueve. Tatiana le propina un golpe con la mano abierta, luego otro. Las palmadas se aceleran, se transforman en puñetazos, luego en patadas. La plancha de acero retumba impasible, riéndose de ella.

Trastabilla de vuelta al sofá, ahoga la cabeza entre los almohadones. El burka absorbe sus lágrimas como un agujero negro. Suena el timbre de la puerta, Tatiana se incorpora instintivamente. Contiene la respiración, hipa. Se le escapa un jadeo.

«¡Alllajiiyn!», repiten al otro lado. La voz es aguda, carrasposa.

Tatiana se acerca de puntillas a la puerta de entrada, permanece de pie frente a ella. «¡Alllajiiyn!», insiste el hombre. Hace sonar el timbre repetidamente, llama con los nudillos.

Tatiana corre a la cocina, coge el Kalashnikov. Lo empuña frente a la puerta cerrada. Los nudillos siguen golpeando, el hombre grita en árabe.

Los pasos del hombre descienden por la escalera.

Solo cuando se han extinguido por completo, Tatiana baja el fusil, apoya la culata en el suelo. Su boca es un erial, su cabeza zumba como una dinamo. Respira pesadamente en el silencio del pasillo.

Inicia su regreso al salón, se detiene en seco. Pasos. Esta vez ascendiendo. Vuelve a aferrar el fusil con fuerza.

La voz carrasposa masculla algo, otra le da la réplica. Babuchas recorriendo el rellano. Suena el timbre de la puerta.

La conversación al otro lado se reinicia, un tercero interviene. Voz Carrasposa parece estar dando explicaciones. La palabra «Alllajiiyn» sale una y otra vez a colación mientras llama con los nudillos, mientras pulsa el timbre con insistencia. Frases cortas y vacilantes, un diálogo a cuatro bandas desconcertado y desconcertante. Empiezan entonces los chirridos, arañazos de metal contra metal. Se propagan por la plancha de acero, la ponen a vibrar. Tatiana alza el fusil, apunta. La expresión se le retuerce, los brazos se le empiezan a cansar. La puerta retumba como un cañonazo, algo duro y pesado impacta contra ella. Tatiana, recibe otro chute de adrenalina, boquea. Su índice se ha crispado contra el gatillo con tanta fuerza que a punto ha estado de disparar. Retrocede hacia el salón derribando una lámpara a su paso, se pertrecha tras el sofá. Apoya el Kalashnikov en el respaldo, apunta a la puerta. Chirridos, grima, carne de gallina. Un sabor ácido en el paladar, escalofríos bajo el burka. La puerta recibe otro impacto, en la pared se abre una grieta. Tatiana retrepa sus rodillas sobre el sofá, gime fuera de control. Aprieta con fuerza los labios, corrige el ángulo del cañón.

Los chirridos paran, se hace la paz. Los diálogos se reanudan, tono contrariado.

Una maldición en árabe. Uno de los hombres se aleja por el rellano, los demás parecen seguirle. Tatiana afianza el dedo en el gatillo. Los pasos se alejan escalera abajo.

De eso hace ya varias horas, pero los chirridos y la voz carrasposa siguen sonando en su cabeza toda la noche. Los soldados regresan en sueños, la empujan al interior de una habitación, le arrancan la ropa a tirones. Uno tras otro se arrojan sobre ella. Tatiana rueda y rueda en la cama que comparte con el Kalashnikov, jadea cada vez que abren fuego en la calle.

A las cinco y media de la madrugada la madre de todas las explosiones, seguida del sonido de mil ventanas estallando. El dormitorio se tiñe de naranja. Tatiana se incorpora, se levanta, descorre la cortina. Las torres están ardiendo. Una gruesa humareda negra asciende hacia un cielo que ya empieza a clarear.

Somnolienta y debilitada, Tatiana aguarda a que se derrumben. Se limitan a ennegrecerse en una combustión sin fin.

A las siete, un estruendo que se prolonga durante más de un minuto, un seísmo con madera de terremoto. El amanecer se abre paso a través del polvo y las cenizas. Las torres han caído.

* * *

Distintos canales pero siempre las mismas imágenes: una marabunta de refugiados irrumpiendo en las poblaciones, internándose en ellas desde planos aéreos. Hombres astrosos capitaneando, mujeres y niños en la retaguardia. Escaparates estallando, refugiados entrando en los comercios cuchillo en mano, emergiendo de ellos ensangrentados y jadeantes. Los refugiados empujan carritos de supermercado en los que cargan televisores LCD, equipos informáticos, electrodomésticos, ropa de marca. Tatiana vuelve a cambiar de canal. Ni un solo tanque español, ni una sola imagen de las torres que se desplomaron anoche. Tatiana rescata otro garbanzo del bol, lo mastica pacientemente. Les ha sacado brillo con un trapo pero siguen estando muy salados. La jarra está casi vacía, sorbe con método y racanería. En el Toshiba, los refugiados han acampado junto a una charca, de las cañas penden mantas a modo de parasol. Fuman, juegan al fútbol, miran con inquina a cámara. Un reportero habla en árabe con el que parece su portavoz. Es un hombre entrado en años que se apoya en una vara a modo de bastón. El reportero le acerca el micro, el portavoz responde. Su tono afable contrasta con las miradas duras de sus compañeros. El reportero recupera el micro, habla a cámara con una sonrisa. El portavoz se lo tira al suelo de un manotazo, alza la vara, golpea al reportero. Los refugiados se ponen en pie, la cámara da un giro de ciento ochenta grados, se precipita por un descampado capturando retazos de cielo, retazos de suelo. Flashes de andrajos corriendo, fragmentos de irrealidad. La conexión regresa al estudio, donde un presentador con chilaba y turbante vuelve a llenar la pantalla.

Tatiana achina los ojos luchando por sacar alguna conclusión, por desentrañar el galimatías. Entonces la luz se va.

Todo queda en silencio. Tatiana se levanta. El móvil la informa de que son las 13:42, de que el nivel de batería es óptimo. De que nadie ha abierto todavía el mensaje que contiene sus coordenadas. La polvareda que ahora recubre la terraza parece informar por su parte de que el apocalipsis ya fue, de que todos se han ido.

Tatiana se corta las uñas de los pies frente al televisor apagado. Son las 16:53 y la electricidad sin volver. Sale a la terraza, el sol se ceba en su burka. Baja la mirada al mercado. Desde la caída de las torres apenas se escuchan disparos, la actividad comercial no termina de arrancar. Casi todas las persianas permanecen cerradas, los tratos se cierran con rapidez, los compradores se marchan apresurando el paso.

Un sonido en el interior de la casa, cataclac en la puerta de entrada.

Las pupilas de Tatiana se dilatan, su cerebro valora a toda prisa si le da tiempo a alcanzar el fusil. Para entonces Ahmed ya ha entrado en el salón con su Kalashnikov al hombro. A través del cristal, Tatiana ve cómo se acuclilla bajo el aparato de aire acondicionado, cómo bebe de la garrafa con avidez, cómo escupe en el suelo. Ahmed se vuelve, repara en Tatiana. Sonríe de oreja a oreja. Está embadurnado de barro de cintura para abajo, tiene la pierna ensangrentada. El hombre de las cien sonrisas pone la más triste de todas, abre los brazos de par en par. Tatiana se arroja entre ellos. «¿Dónde te habías metido, pedazo de idiota?», gime la muchacha sin parar de hipar. Ahmed la toma de la barbilla con mimo, la obliga a mirarle a los ojos. Habla muy lentamente, remarcando cada sílaba. La besa en la frente. Luego se interna en el dormitorio. Tatiana se precipita hacia la garrafa, bebe de ella hasta saciarse. El agua está como rara pero la maravilla sentirla circulando por su interior, lubricándola. Tatiana respira hondo, se desembaraza del burka, se atusa el pijama.

En el dormitorio, chilabas desparramadas por el suelo, Ahmed revolviendo el armario. Ha sacado una carpeta, extrae papeles de ella. «Tengo mucha hambre, Ahmed —dice Tatiana—, ¿has traído comida?» Ahmed la mira y sonríe, y guarda los documentos en su macuto. «Ahmed, necesito comida. Mírame, Ahmed. Co-mi-da.» Tatiana abre la boca, gesticula con la mano hacia ella. Ahmed asiente, farfulla algo en su idioma. Abre el cajón de la cómoda, coge una caja de munición. «Comida —insiste Tatiana apoyando la mano en el hombro de su anfitrión, sacudiéndolo sin miramiento—. ¿No has traído nada de comer?» La inquilina vuelve a gesticular con la mano hacia la boca.

Del macuto de Ahmed emerge una bolsita etiquetada en árabe, Tatiana la coge.

Contiene cinco esferas de vivos colores. Tatiana saca una, la olisquea. Se la mete en la boca, mastica. Está dulce y aceitosa. Tatiana va dando cuenta de las demás.

Ahmed abre y cierra cajones, zanquea hasta el salón. Arrastra una silla hasta situarla bajo el altillo, se sube a ella. «Ahmed, ¿tienes más? —pregunta Tatiana elevando la mirada hacia su hombre—. Llevo días sin comer. ¿Tienes más, Ahmed? ¡Ahmed!» El anfitrión ha descendido de la silla, atraviesa la cocina americana, zanquea hacia el comedor. Tatiana le agarra de la chilaba, se le encara.

«Escucha, Ahmed. Necesito que me acompañes al sitio que te diré, ¿me oyes?» Ahmed frunce el ceño. Tatiana se señala a sí misma, luego señala a Ahmed, luego señala al exterior. Simula pasitos con dos dedos. «Tú y yo fuera de aquí, ¿entiendes? Tú y yo...» Ahmed agarra a Tatiana por los hombros, la mira con ojos risueños. Le dice algo en árabe. La palma de su mano traza una ruta horizontal, su boca imita un motor.

Tatiana asiente, ríe. Tiene un nudo en la garganta, se atraganta en su locución. «Vámonos de aquí, cariño, no quiero que todo vuelva a empezar. No quiero un nuevo anfitrión. —La expresión de Ahmed gana en ternura, Tatiana lo estrecha contra su pecho—. No creo que puedas venir conmigo, Ahmed. Ojalá pudieras, pero no.» Tatiana siente cómo Ahmed gimotea, le escucha sollozar. Ahmed se despega de ella, le hace el gesto de que espere. Hurga frenéticamente en su macuto hasta encontrar lo que busca, se lo tiende.

Cartón rosa plastificado, textos mecanografiados en árabe.

Un sello impreso con tampón pisando parcialmente una foto de carnet de Tatiana.

Tatiana alza la mirada, ve a Ahmed dirigiéndose hacia la salida. «¿Qué es esto? ¿Qué hago con esto? —pregunta Tatiana echando a correr tras él—. ¿Lo enseño si me lo piden?» Ahmed hace girar la llave en la cerradura, abre la puerta. La cara exterior aparece astillada, repleta de surcos y muescas. Ahmed detiene a Tatiana.

«¿Pero qué haces? ¡¿Qué haces?! —La muchacha trata de abrirse paso por el hueco, todo en ella es adrenalina—. ¡No pienso quedarme aquí, ¿me oyes?!» Ahmed la amordaza con la mano, le susurra al oído. Tatiana le agarra del brazo, que permanece firme como una señal de tráfico. Ahmed habla en tono interrogativo, le retira la mordaza. «Por lo que más quieras, te lo suplico...», dice Tatiana. Ahmed la silencia apoyándose el índice en los labios.

Con él señala al exterior. Traza un arco alrededor de la garganta de Tatiana.

Señala entonces al interior del ático. Cierra el puño con el pulgar extendido.

Ahmed alza las cejas, la interroga con la mirada. Tatiana asiente, sonríe con resignación.

Carga contra Ahmed con todas sus fuerzas, logra colarse por el hueco, trastabilla por el rellano. Se lanza escaleras abajo, la mugre y las piedrecitas clavándose en sus pies descalzos. Tras ella, los pasos de su perseguidor. Tatiana dobla la esquina agarrándose a la barandilla, alcanza el siguiente rellano. El pijama se tensa bajo sus axilas, la tela se estira tras ella. La mano que la retiene se cierra con fuerza sobre su mentón, un codo se clava en sus costillas. Tatiana trata de gritar, es alzada en volandas. Patalea suspendida, ciega, muda. Logra zafar un brazo, se libera de su presa. Un empujón la catapulta hacia adelante. Para cuando se vuelve, el portazo ya ha dictado sentencia.

Tatiana se vuelve como una exhalación, agarra el pomo con ambas manos. Tira, empuja hasta que duelen.

«Ahmed», jadea con voz entrecortada. «¡Ahmed!», grita.

Escucha la llave girar al otro lado de la puerta, la aporrea con los puños cerrados. Corre rauda al salón, sale a la terraza.

Su mirada barre la calle en todas direcciones. Ahmed sale del edificio.

«¡Ahmed!», chilla Tatiana haciendo bocina con las manos. «¡Ahmed!»

El turbante avanza impertérrito por el mercado. Hay

barbillas que se alzan, ojos que la miran. Tatiana da un paso atrás, vacila. Arrastra los pies hasta el salón.

Recoge la garrafa del suelo, le enchufa otra vez el tubo, pulsa en el mando del aire acondicionado. El piloto no se enciende. Tampoco el del televisor.

Tatiana se deja caer en el sofá, mira el porro que descansa en el cenicero. Abre la cajita de nácar, saca el encendedor de plástico. Se lleva el canuto a los labios, lo prende. El ataque de tos es fulminante.

Traga saliva y sigue fumando hasta que no queda nada que fumar.

Un zumbido recorriendo la estancia, un politono sumándose a la perturbación. Tatiana gira sobre sí misma en el sofá, el costillar dolorido, la boca costrosa. Parpadea envuelta en el pijama sudado, se estira para alcanzar el móvil.

Lee el nombre de MERI en pantalla. Rápidamente pulsa Aceptar.

Al otro lado de la línea, el rugido de un motor acelerándose, aflojando la marcha, recuperando fuelle.

«¿Meri?», dice Tatiana. «Qué haces, loca.» Tatiana se incorpora sobre los codos. «Dios mío, Meri, ¿dónde estás?» «Te lo dije, loca, te lo dije.» «¿Qué?» «¡Me piro, nos piramos todas a casa!» «¿Dónde estás ahora, Meri?» El rugido del motor parece ahogarse, luego remonta. «Tatiana», dice una voz masculina. «¿Sí?» «Tenemos sus coordenadas, Tatiana, gracias por enviárnoslas.» «¿Quién es usted? ¿Y Meri?» «Meri está perfectamente y usted también va a estarlo, pero nos tiene que ayudar.» «¿Quién es usted?» «En cierto modo ya me conoce, pertenezco a la inteligencia militar.» «¿Alfredo?» «Escúcheme con atención, Tatiana: la tregua solo dura hasta mañana, en treinta y seis horas habremos evacuado. Sé que se encuentra en una posición difícil, sé que tiene miedo, y es normal que tenga miedo. Pero tengo una sorpresa para usted, Tatiana. Una sorpresa que espero que le ayude a dar el gran paso. Una sorpresa que espero que le haga reaccionar.» «Las coordenadas nunca me llegaron, Alfredo —se atropella Tatiana—. Me han dejado ustedes tirada como una colilla, con ustedes nunca puede una...» «Esta gente está aquí para ayudarte, Tatiana —irrumpe otra voz masculina al otro lado del cable—. Haz lo que te digan, cariño, todo va a salir bien.» Tatiana boquea. «¿Pablo?», pregunta. «Ya casi está, cariño —dice Pablo con voz temblorosa—. Todo va a salir bien.» «¿Qué haces ahí, Pablo? ¿Dónde estáis?» «Acabamos de aterrizar en el desierto, nos han subido a un vehículo blindado. Estamos camino de la base, a unos veinte kilómetros de ti.» «¿Y Patricia? ¿Cómo está Patricia?» «Está aquí conmigo, hemos venido a darte la bienvenida, a celebrar tu liberación.» «Pablo, dios mío.» «Perdóname por perder la esperanza, Tatiana, por pensar que no volveríamos a saber de ti.» «Pablo oh Pablo, Pablo, lo siento tanto.» «No es culpa tuya, cariño, lo importante es que salgas de ahí.» «Lo he intentado y no puedo, Pablo, no puedo.» «Escucha: Alfredo dice que no es prudente que nos acerquemos más, que debes ser tú quien dé el primer paso.» «No puedo dar ningún paso en ninguna dirección, Pablo, ni siquiera sé dónde estoy.» «Usarán el teléfono para darte instrucciones, Tatiana. Harán un seguimiento de tu posición y te indicarán cómo sortear las barricadas.» «¿Cómo está Patricia, Pablo?» «Hola, mamá.» «Patricia, cielo.» «Papá dice que no quieres venir con nosotros.»

El motor del carro ruge y ruge. Tatiana traga saliva. «Pues claro que quiero, tontorrona —dice—. Solo que hay unos hombres malos que no me dejan.» «¿Entonces no vas a venir a la fiesta?» «Y tanto que iré, cielo, pero tendrás que esperarme un poquito más, ¿vale?» Tatiana se sorbe las narices. «¿Me esperarás, cielo? —Tatiana se suena con el pijama—. ¿Patricia? ¿Sigues ahí?» La voz de Pablo carraspea y habla: «Tienes que sobreponerte, cariño, se llama síndrome de Estocolmo y es una reacción psicológica habitual». «¿Se puede saber de qué hablas?» «Solo tienes que vencer el bloqueo.» «¿Qué bloqueo? ¿Te está oyendo Patricia?» «Alfredo dice que es bueno que los niños vayan familiarizándose con la situación porque a partir de cierta edad...» «Pues dile a Alfredo que no necesito vuestra condescendencia ni que le lavéis el cerebro a mi hija, que lo que necesito es que alguien venga a abrirme la maldita puerta.» «Tienes que intentarlo, Tatiana.» «¡Lo estoy intentando, hostia!» «Me refiero a intentarlo de veras.» «Eso no es justo, Pablo.» «Tatiana, no es más que una puta puerta, joder, que nos conocemos.»

Tatiana aprieta los dientes, los pone a chirriar. Gruesos lagrimones le corren por las mejillas, se derraman sobre un dálmata de porcelana. «Eres un hijo de puta, Pablo.» Al otro lado de la línea, un llanto infantil se suma al runrún del motor. «¡Mamá, te quiero!», grita Patricia desde la lejanía. Tatiana tiembla de la cabeza a los pies. «Patricia, mamá también te quiere, ¿me oyes? Mamá te quiere muchísimo.» «Lo siento pero tenemos que seguir coordinando al resto de inquilinas, Tatiana —interviene Alfredo—. Contáctenos tan pronto como salga y la guiaremos hasta el punto de extracción más cercano.» «Mamá te quiere más que a nada en el mundo, ¿me oyes, Patricia? Más que a...»

Para entonces el Samsung ya ha emitido un chasquido, el motor ha desaparecido. Vuelve a reinar la quietud.

Tatiana se levanta del sofá, se llega hasta la cocina, coge el Kalashnikov. Se planta frente a la puerta de salida. Apoya la culata en su hombro, da un paso atrás. Apunta a la cerradura, enseña los dientes.

El cañón oscila frente a ella, el gatillo no cede.

Tatiana baja el fusil, conmuta la posición del selector. Vuelve a apoyar la culata en su hombro, vuelve a apuntar a la cerradura.

Una vena se marca en su frente, el Kalashnikov se niega a disparar.

Tatiana deja que toda su ira la invada, su índice enrojece contra el gatillo.

Los impactos contra su hombro son tan violentos como una sucesión de puñetazos, tan súbitos que apenas duelen. Solo un estruendo ensordecedor, la culata catapultándola contra la pared, el fusil cayendo al suelo.

Tatiana chilla a voz en cuello, se cubre la cara con los brazos, los oídos pitando, un creciente calor propagándose por su hombro, por su mentón.

La cerradura aparece parcialmente desgarrada, el metal se curva hacia afuera. Tatiana hace girar el pomo, tira, empuja. La puerta permanece bloqueada.

La conmoción va retirándose. Es entonces cuando las contusiones empiezan a doler de veras.

Tatiana gime, mira a su alrededor. La mayor parte de las balas han rebotado contra la plancha de acero, se han incrustado en la pared. Tatiana se mira debajo del pijama, aprieta un dedo tembloroso contra la zona enrojecida. Gime frente al principio de hematoma, respira pesadamente.

Recoge el Kalashnikov del suelo, recoloca la culata contra su otro hombro. La afianza a conciencia, enseña los dientes, apunta a la cerradura. Tensa dos dedos sobre el gatillo. Completan el recorrido sin mayor oposición. El fusil no dispara. Tatiana lo baja, vuelve a comprobar el selector. Superpuesta al pitido de sus oídos se escucha ahora una percusión. Pasos que ascienden por la escalera.

Tatiana se agacha, mira por la brecha en la cerradura. Un anciano se dirige resoluto hacia ella, su turbante se detiene en escorzo. Se abre una boca desdentada: «¡Alllajiiyn!», grita alarmado. «¡Alllajiiyn!», repite su voz aguda y carrasposa.

La manga de una chilaba se precipita contra la puerta, suena un golpe metálico. El golpe se repite, comienza el chirrido de metales. Tatiana corre a la cocina, coge un cuchillo. A continuación corre al dormitorio, se embute en el burka, se calza las sandalias.

Se queda sentada en el borde de la cama, empuñando el arma blanca, examinando su hoja larga y reluciente. Al otro lado de la puerta los chirridos prosiguen.

Tatiana se levanta, sale a la terraza, se asoma al exterior. Son las once de la mañana y no hay un solo tenderete abierto, la calle permanece desierta. Mete un pie entre los barrotes de la barandilla, con el talón tantea la resistencia de la cornisa.

Tatiana vuelve a entrar en el ático. Saca un bolso de su armario, guarda el cuchillo y el móvil en él, lo cuelga de su hombro bueno. A continuación sale a la terraza de nuevo.

«Patricia, tu mamá es una valiente —dice con voz temblorosa—, la más valiente del mundo.» Algo metálico vuelve a impactar contra la puerta de la calle. Tatiana respira hondo, pasa una pierna por encima de la barandilla. Se queda montada sobre el metal, el burka remangado en torno a sus caderas. Sus manos se cierran sobre la barandilla como si pretendiera estrangularla, descabalga con cuidado hasta que sus dos pies aterrizan en el lado exterior. Camina de puntillas por la cornisa, deslizando las manos por el metal, dando pasitos laterales, desenfocando la mirada en el frente.

Cruza más allá del pilón que demarca el final de su terraza, se interna en la adyacente. Rebasa las plantas que la ocultan de su vista, se queda mirando hacia el interior.

Al otro lado de la puerta de aluminio: azulejos celestes en las paredes, alfombrado rojo en el suelo. Sillones pardos, muebles dorados. Un enorme tapiz con motivos épicos pende del salón vacío.

Tatiana reafianza sus manos en la barandilla, levanta una pierna por encima de ella. No logra encaramarse. Maniobra temblorosa sobre una sola sandalia hasta montar la rodilla sobre el metal. La rodilla patina, Tatiana gime. Su hombro irradia cada vez más calor, tiene las manos sudadas.

Extiende ambos brazos para coger impulso, se proyecta con fuerza hacia delante apoyando el vientre contra la barandilla. Da una voltereta lánguida y torpe, cae de culo en la terraza.

Se incorpora jadeante, palpa la puerta corredera. Pinza con los dedos su reborde, empuja. Permanece inamovible en su riel.

Tatiana se vuelve hacia el exterior, coge un tiesto con ambas manos, lo estrella contra el cristal. El tiesto rebota, se hace pedazos contra su sandalia. Tatiana chilla, se deja caer al suelo, se aferra con fuerza el pie. El dolor rabioso remite, da paso a una suerte de embotamiento. Tatiana mueve los dedos en el interior de la sandalia, una punzada de dolor en el empeine le nubla la vista, casi la hace vomitar. Tatiana capta un movimiento por el rabillo del ojo.

Hay un burka erguido en el salón, mirando directamente hacia ella.

Las mujeres se estudian en silencio por encima de sus respectivos velos, paralizadas, expectantes. Tatiana se incorpora sobre su pie enrojecido, se llega hasta el cristal, lo golpea con un nudillo.

«Por favor —suplica—. Por favor.»

La mujer mira en derredor sobrecogida, los ojos envueltos en una espiral de arrugas. Coge un teléfono móvil de la mesa dorada, sus dedos empiezan a marcar.

Tatiana agarra un segundo tiesto, lo alza por encima de su cabeza. Esta vez el cristal explota en mil pedazos, la cascada de vidrios cae con estrépito. Para entonces la anciana huye ya pasillo adentro, sus gritos se pierden en la oscuridad.

Tatiana cojea más allá de la tierra derramada, el tiesto trazando aún un semicírculo sobre la alfombra roja. Tatiana abre su bolso, saca el cuchillo. Enfila el pasillo gimoteante, arrastrando el pie tras de sí. La puerta de la calle está entreabierta, por el hueco se ve la luz. Se abre de golpe impactando contra la pared, Voz Carrasposa irrumpe empuñando una palanca de hierro. La anciana del burka grita en árabe tras él, cobijando a un bebé entre sus brazos.

«¡Solo quiero salir! —grita Tatiana—. ¿Entendéis? Vamos vamos vamos —hace girar la muñeca y con ella el cuchillo—, solo tenéis que apartaros.»

El matrimonio recula por el pasillo, el bebé llora desconsolado. El hombre deja caer la palanca al suelo, alza la palma en un gesto pacificador. «Alllajiiyn», murmura señalando hacia abajo.

«Fuera. —Tatiana lanza una cuchillada al frente—. ¡Fuera!»

Los ancianos retroceden más aún, Tatiana sale dando un portazo.

Cojea escaleras abajo agarrándose con fuerza a los pasamanos, echando miradas atrás, certificando que nadie la sigue. Su pie está cada vez más abotargado y al mismo tiempo más hipersensible. Tatiana llega al cuarto piso, salta a la pata coja hasta el tercero. Farfulla monosílabos dementes. Para cuando alcanza la planta baja, su pie está casi morado.

El portón gira sobre sus bisagras, Tatiana sale a la calle. Arrastra el pie por la acera, una risa histérica abriéndose paso hacia su garganta. El sol cae a plomo sobre ella, la sequedad de su garganta es dolorosa, respira con agitación. Marcha paralelamente a la hilera de persianas cerradas, un televisor locuta en árabe desde un primer piso. No hay un alma a la vista, ha callado hasta el runrún del tráfico. Tatiana salta a la pata coja, se impulsa apoyándose en el capó de un coche. Ojalá pudiera sentarse a descansar un momento, pero a veces necesitas ese esfuerzo suplementario para materializar tus sueños, a veces necesitas abrazar el dolor para que el dolor desaparezca. Sigue adelante. Necesita abandonar la amplitud del mercado, necesita el amparo de un callejón. «¡Alllajiiyn!», oye gritar a Voz Carrasposa. Echa la mirada atrás, le ve agitando los brazos en la terraza. La anciana la mira con fijeza, permanece muy quieta junto a él.

«¡Alllajiiyn!», repite el hombre desdentado, y vuelve a gesticular hacia el horizonte. Tatiana devuelve la vista al frente, guiña los ojos al sol. Aprieta el paso pese a que tras ella no hay más que edificios, cemento por todas partes. Le parece oír un rumor, se detiene expectante. Las piedras llueven sobre ella, recibe un golpe en la frente.

Tatiana parpadea tendida boca arriba, deslumbrada por la luz amarilla. El asfalto vibra contra su espalda.

Se sobrepone al aturdimiento, se incorpora sobre los codos. Es entonces cuando los ve. Los alllajiiyn. Centenares de refugiados con sus mocasines despanzurrados, sus vaqueros mugrientos, sus camisas sudadas. Llagados, furiosos, ciegos. Corren desbocados hacia Tatiana, los bajos de las americanas ondeando tras ellos. Echan los brazos atrás, vuelven a llover proyectiles. Tatiana recibe una segunda pedrada en la cabeza.

Pegar como texto sin formato

¿Qué tal, Pepe?, ¿cómo anda María Luisa? Carpentier me ha contado que en lo que llevamos de mes ya os ha hecho cuatro visitas y supongo que eso no es buena señal, pero ¿qué saben los médicos? Nada. Absolutamente nada. Te ametrallan con su jerga y con sus conclusiones porque es lo que se espera de ellos, pero también ellos pueden equivocarse. Lo que quiero decir es que no permitáis que os roben la esperanza. Llama a Carpentier siempre que quieras, pídele todo lo que necesitéis. Sabes que está a vuestra disposición. Toda la fuerza del mundo para María Luisa y dile que le enviamos muchos besos. Sandra dice que si se os termina el ungüento aviséis, que os prepara más, que no es molestia. Desde que nos mudamos a Madrid se aburre bastante, conque no tengas reparo en aceptárselo, que así se entretiene, ja ja ja. Que hablando de entretenimiento, el otro día estuviste de fábula en el debate del telediario, nos alegró verte tan entero. Sigues hecho un campeón, macho, menudo corte le pegaste al facha aquel, ja ja ja.

En fin, te escribo porque finalmente no podemos esperar hasta septiembre. Contaba con disponer de al menos unos días de margen pero Montesinos dice que ni hablar, que tiene que ser ya. Si te digo que hemos elegido el domingo que viene pensarás que se me ha ido la pinza, pero anoche pusimos un cartucho de anuncios y qué puedo decir, aún no me he recuperado de la conmoción. Nadie se ha recuperado. Piqueras encendió el televisor y ojo porque ese cartucho lo teníamos más que visto, pero de pronto aparecieron allí una serie de cosas en las que nadie había reparado. Una cartera, un centro de mesa, una segadora de césped. Una mirada, una sonrisa, un apretón de manos. Elementos que redefinían por completo el mensaje, que nos giraron a todos la cabeza. Montesinos se puso fuera de sí, tendrías que haber estado aquí para entender de qué te hablo. Total, que nos hemos pegado una ducha rápida y hemos vuelto al tajo, aún no nos hemos acostado. Anoche nos pasamos un poquitín con la cocaína y estoy bastante empanado, pero si me vengo abajo ahora, Montesinos me mata. Figúrate que a media mañana se han presentado aquí los alemanes. Montesinos lleva más de dos horas reunido con ellos, convenciéndoles de que ha habido un cambio de paradigma. Gesticula al otro lado de la cristalera, las caras que pone son dignas de ver. Ah, me ha dicho que le disculpes por no haber podido llamarte personalmente, pero tal como anda hoy, créeme cuando te digo que prefieres no hablar con él.

Las buenas noticias son que Juli se ha pasado por aquí a primera hora y que ya tenemos las fotos de Benicarló II. Las malas, que algunas de ellas son muy malas y que es improbable que podamos repetirlas. La culpa fue del puto bolígrafo chino, que recupera a los valores predeterminados cuando la batería se agota. Nadie se dio cuenta, y por supuesto nadie lo reconfiguró para que capturara a máxima resolución antes de encajárselo a Juli en el bolsillo. Por otra parte, las condiciones de luz en Benicarló II eran pésimas, mucho peores de lo que nos habían dado a entender. Por si fuera poco, nada más entrar, a Juli se le torció el boli, y como ni siquiera se enteró, su bolsillo se ha vuelto muy protagonista. No veas la bronca que le ha echado Montesinos cuando nos hemos dado cuenta. A ver, que a veces parece que a Juli le falte un hervor, en eso le sigo, pero no es más que una adolescente rebelde buscando desesperadamente una causa. Nosotros vamos, se la damos y encima la causa involucra a su papá, qué podemos esperar. Eso Montesinos tendría que entenderlo, para estas cosas tiene muy poca mano izquierda. La de presión que ha tenido que soportar esa chavala, madre mía. Se ve que los de seguridad se pegaron a ella como una lapa durante todo el recorrido. La pobre se ha pasado la semana histérica perdida, pegando un bote cada vez que sonaba el timbre, siempre a un tris de tirar el boli por el retrete. Vamos, que rompo una lanza por Juli porque de no ser por ella no tendríamos absolutamente nada. Si consigo más material gráfico entre hoy y el sábado, te lo mando, pero no cuentes con él. En principio esto es lo que hay.

Empezamos con las fotos de archivo, que por otra parte no están nada mal. Un par de ellas las he sacado yo, a ver si adivinas cuáles, ja ja ja.

<Img_04304.jpg>

Este es Furillo. No sé si te acordarás de él, te lo presenté en Santa Pola el año pasado. Ya, yo también salí de allí con la cabeza como un bombo, pero quién sabe, a lo mejor llegasteis a intimar. A través de Furillo conocimos a Nebreda, a quien probablemente no tienes calado pero que también participará en lo del domingo. Con Furillo he tenido una relación bastante estrecha porque él también es andaluz, pero cachondeítos los justos, que es un tío formal. Hasta que no se mudó con Nebreda no me enteré de que era homosexual, pero como yo siempre digo: si no se les nota, ¿qué problema hay? Son un poquito huraños, pero hay entre ellos una chispa, un ingenio que espero que nos favorezca a todos. O al menos lo había, porque estos son de los que se fueron a los Monegros y pasaron un mes entero en los Monegros y volvieron de los Monegros fatal de lo suyo. Ahí tienes a Zapata, y ahí tienes a Valls, y muchísimos otros casos que te sonarán. Desórdenes compulsivos, apatía, paranoia, etcétera. Demasiados cartuchos de anuncios, demasiadas horas de trabajo. Añádele al cóctel montones de cocaína y la cabeza se te desboca, una parte de ti se queda para siempre en los Monegros, no sabe cómo regresar. Con esto quiero decir que he estado coordinando a Furillo y a Nebreda para la operación y, para serte franco, estoy un poco desilusionado. Esperaba dar con dos soldados, con dos héroes, y ¿qué me encuentro? Dos cuarentones mustios y circunspectos que asienten con la cabeza pero que parecen estar rebotando entre ambos extremos del universo. Pese a todo confío en ellos. No hace falta decir que también confiamos en que les insufles un poco de entusiasmo.

La historia empieza con Furillo al frente de una constructora. Furillo tiene un marrón, un marrón que gira alrededor de un complejo turístico. Nueve bloques de viviendas, dieciocho piscinas, ladrillo por valor de novecientos millones de euros. Un microuniverso vacacional estrellándose frontalmente contra la ley de costas. Pero un marrón que se desvanece con una firma no es un marrón al fin y al cabo, solo un asuntillo que hay que sacar adelante. Furillo traerá un portátil para hacer la transferencia si se cierra el trato, y un maletín con medio kilito en efectivo. Cifuentes, el Consejero Delegado de Benicarló II —que casualmente es también el Concejal de Turismo del Gobierno de la Generalitat Valenciana, no te lo pierdas—, no nos ha pedido adelanto, pero suéltale la pasta apenas entréis en su casa, seguro que no le hará ascos. Dile que lo donamos a fondo perdido, como prueba de buena voluntad. Háblale de lo que hicimos en Mallorca el año pasado, hazle ver que en última instancia todo es viable. Lo importante es que nos tome en serio, que no nos veamos en la calle durante el siguiente cuarto de hora. Ojalá pudiera mantenerte al margen de esto, pero tu presencia como mediador ha sido imprescindible para que el señor Consejero Delegado se dignara a recibirnos. Qué puedo decir, nos aportas credibilidad, ja ja ja. En fin, Furillo ha recibido instrucciones de estarse calladito porque tacto tiene el justo. Tú márcale si se te descontrola y asume las riendas de la negociación, ¿vale?

<Img_02324.jpg>

Este es Cifuentes, Concejal de Turismo del Govern, honorable Consejero Delegado de Benicarló II y, efectivamente, tu interlocutor. Aprendió a regatear cuando estuvo de embajador en Marruecos y dicen que es un hueso duro de roer, pero parece discreto, y que nos haya citado en casa nos viene de perlas. El encuentro es a las diez de la noche en su chalé de El Perellonet. Los dos millones que le estamos ofreciendo transferir a su cuenta en Suiza desde una empresa sin vínculos con la constructora vienen pareciéndole poco, es cosa de ir tanteándole, de calibrar su ambición. Yo creo que puedes subir hasta tres, lo dejo enteramente en tus manos, ja ja ja. Lo importante es que no hagas ofertas en firme ni cierres tratos apresuradamente, no fuera a despacharos demasiado rápido. Lo importante es que ganes tiempo para que Nebreda pueda hacer sus apaños en el exterior. Dice que en veinte minutos lo finiquita. No puedo darte garantías, pero el tío lleva dieciséis años trabajando en el tendido eléctrico, lo hemos visto en acción y te aseguro que controla. Sabe perfectamente qué cables cortar, y cómo, y en qué orden. A pesar de todo puede que necesite tiempo extra, así que tú estira la reunión. Cifuentes tiene fama de pimplón y tú eres hombre de mundo, de modo que si el acuerdo se cierra demasiado temprano, pídele un puro habano, dile que invite a coñac. Dórale la píldora, que de eso tú te la sabes larga, señor ministro, ja ja ja, seguro que no te va a costar.

A aquello de las nueve las luces se apagarán. No te asustes. Quédate donde estés hasta que Furillo tenga la situación controlada. Luego dirígete a la puerta de entrada, ábrela. Nebreda entrará en la casa.

<Img_04110.jpg>

Te presento a Nebreda, la media naranja de Furillo. Como digo, no es el tío más jovial del mundo, pero de tonto no tiene un pelo y su compromiso con nosotros está fuera de toda cuestión. Es un currela de los que ya no quedan, un tío duro que no abrió la boca durante toda la ceremonia de iniciación. Qué puedo decir, a Montesinos y a mí nos da buenas vibraciones, y para jugar al poli bueno/poli malo hacen falta dos. Nebreda pondrá las cartas boca arriba, intentará convencer a Cifuentes de que nos dé la clave de acceso a Benicarló II. Solo diez personas en toda España la conocen y ten por seguro que no va a dárnosla por nuestra cara bonita. Furillo no es mala persona pero a veces puede ser muy brutal. Esperemos que el interrogatorio no se prolongue demasiado y no olvides que todo lo que hacen Furillo y Nebreda es absolutamente necesario. Cuando Cifuentes suelte la clave, tecléala en la página de acceso a su cuenta, verifica que es buena. Si no lo fuera, házselo saber a la pareja para que puedan continuar.

Supongo que no hace falta que te diga que no te encariñes demasiado con Cifuentes, porque en cuanto tengáis la clave, Furillo tiene órdenes de matarlo. Ojalá pudiéramos solucionar esto con maletines de cash y transferencias bancarias, pero como bien sabes esto no es Mallorca, esto es completamente distinto. Si te violentan los gritos, retírate discretamente y no te preocupes por los vecinos. El servicio libra en domingo y el chalé más próximo está a casi un kilómetro. Tampoco por el sistema biométrico de alarmas: además de la electricidad y el teléfono, Nebreda habrá cortado todas las conexiones de red, así que cuando el honorable Consejero Delegado deje de respirar y se disparen las alertas, la señal no saldrá de la casa. Tú fúmate un cigarrito y relájate, que la noche va a ser larga y te necesitamos con la cabeza clara.

<Img_04350.jpg>

Hasta Catarroja tenéis media hora, Furillo conducirá el BMW que os ha traído hasta El Perellonet. Qué quieres si no está a la altura de tu Jaguar, señor ministro, el presupuesto no da para más, ja ja ja. Pasada la verja que ves en la foto, fíjate bien, sale un camino de tierra a la izquierda. Meteos en él sin hacer caso a lo que indique el GPS, que lo dice mal. El camino desemboca directamente en la CV-500, luego pilláis la CV-401 y así os ahorráis un montón de vuelta. A partir de ahí está fácil, porque el GPS vuelve a ser fiable. Seguid recto y os daréis de morros con la urbanización.

También te digo que si antes del domingo tuvieras tiempo de conducir hasta allí para familiarizarte con la ruta, no estaría de más. A ver, que Furillo se la ha chupado una docena de veces, es un conductor competente y como digo tenemos plena confianza en él, pero Nebreda nos ha contado que a veces su novio entra en unos trances que lo dejan casi catatónico, y que últimamente no anda muy cristiano. El finde pasado nos lo subimos al pabellón de caza de Montesinos y lo tuvimos varias horas cortando cabezas a machetazos. En general lo vi centrado, pero matar ganado no es lo mismo que matar gente, y hubo momentos en que ponía unas caras que yo qué sé.

Me jode no poder ofrecerte más garantías, chico, pero creo que es importante que sepas lo que hay. Ten en cuenta que nuestros demás candidatos eran como mínimo sociópatas, así que créeme cuando te digo que tener a Furillo a tus órdenes es lo mejor que te podría pasar. A lo que vamos: si a Furillo le da el arrechucho, es posible que te toque conducir a ti. Nebreda no tiene carnet, con él no se puede contar. ¿Cómo te ves de chófer de una parejita de maricones en la noche valenciana? Tómatelo como un ejercicio de humildad, señor ministro, que hay que probarlo todo en esta vida, ja ja ja.

<Img_02338.jpg>

Imagino que cuando he sacado Catarroja a colación, habrás sumado dos y dos. Y, efectivamente, aquí tenemos a nuestro amigo Pajares. A mí también me va a dar pena, no creas, pero al final nos ha sido imposible encontrarle sustituto. A excepción de él, todos los miembros del consejo tienen escolta policial, seguridad privada, guardaespaldas. O viven en barrios demasiado concurridos, etcétera. Pese a todo a Pajares también le ha dado por instalarse el dichoso sistema biométrico que os habéis puesto todos, así que nos enfrentamos al mismo problema: necesitamos meter el pie en su domicilio antes de cortar la electricidad y las comunicaciones. De lo contrario, todo se bloquea y no hay posibilidad de entrar.

Hemos estado hablándolo y hemos decidido que lo mejor es que no le telefonees. A partir de mañana van a empezar a pasar cosas, no puedo darte detalles. Es que el sábado salimos para Toledo a ver a la familia de Sandra, y ahora mismo ser juzgado por alta traición no termina de encajar en mis planes, gracias, ja ja ja. Sí puedo decirte que se trata de cosas que van a poner nerviosa a la clase política, y la gente nerviosa tiende a cancelar las citas aunque las convoquen sus amigos. Así que hazle una visita sorpresa, preséntate en su chalé sin más.

Pajares va a estar más que contento de recibirte porque vas a hacerle una oferta cojonuda, una que no va a poder rechazar. En esta función, Furillo es un entusiasta de los automáticos, uno con problemas de liquidez y con una colección de Omegas fabulosa. En otras palabras, me temo que vas a tener que desprenderte de ese Constellation que te compraste en Dubái. Venga, hombre, si no te lo pones nunca, ¿no ves que es una horterada?, ja ja ja. Y eso, que Furillo volverá a hacer de hombre necesitado, tú te encargarás de mediar. Empieza pidiéndole quinientos mil, Pajares se va a tocar. Evita que busque por Internet, porque eso es lo primero que Nebreda va a cortar. Rebaja el precio, marea la perdiz, gana tiempo. Si Pajares se pone picajoso con el tema de la autenticidad, dile que has traído el reloj a mi casa, que lo he examinado personalmente, que doy fe de que es bueno. Al parecer el cableado de la urbanización es bastante accesible, Nebreda dice que en un plis lo liquida. Apenas se vaya la luz, Furillo sacará el cuchillo, reducirá a Pajares. Nebreda entrará en la casa y se ocupará de la mujer y de Juli, que probablemente estarán en el piso de arriba. Tal vez tengas que arrimar el hombro, pero estoy bastante seguro de que nuestra parejita se las apañará. Lo siento por Juli porque es una chavala muy maja, pero insisto en que no podemos arriesgarnos. Tan pronto la situación esté controlada, te aconsejo que salgas de la casa cuanto antes. Espéralos en el coche, no pueden tardar. Asegúrate de que llevan una bolsa de deporte y asegúrate de que la llevan llena, porque sin ella estamos listos.

<Img_04354.jpg>

Al BMW otra vez y a seguir la ruta que señale el GPS. No tiene más secreto que tirar todo recto por la AP-7 en dirección noreste hasta dar con el desvío que conduce a Benicarló II, que desemboca en el descampado que ves en la foto.

Allí tenéis espacio de sobra para aparcar. Son unas dos horas de trayecto y los niveles de estrés serán altos, pero Furillo y Nebreda han recibido un curso que en teoría les ayudará a controlar sus emociones, se proporcionarán apoyo mutuo. El curso se fundamenta en la confrontación, así que no te inquietes si se echan en cara cosas desagradables, puede que incluso se insulten. Intervén si crees que puedes distender la situación, pero ya sabes qué pasa cuando un espíritu bienintencionado se interpone entre dos maricas encabronados, ¿no? Ja ja ja.

Antes de bajar del coche, Furillo os repartirá uniformes de operario, gafas de infrarrojos. Ponéoslos. También os dará subametralladoras Steyrs equipadas con silenciador y dos cargadores por cabeza. Funcionan exactamente igual que las Uzis con las que estuvimos tirando en Murcia, solo que son más ligeras. Espero que tu puntería haya mejorado, señor ministro, ja ja ja. Con un poco de suerte apenas tendrás que usarlas, pero llegado el caso ya te aviso: son la hostia, vas a flipar.

<Img_04775.jpg>, <Img_04776.jpg>

Entraréis en Benicarló II por la puerta sur, que es la que aparece resaltada en rojo, junto a la torre de refrigeración. Es la única con panel de acceso, a la derecha te pego un plano detalle del teclado. Pulsa almohadilla, luego asterisco, luego el código que le sacasteis a Cifuentes. Le das al botón verde y ya está. En principio no habrá seguridad ni fuera ni dentro, pero si se produce alguna incidencia, hazte a un lado y Furillo y Nebreda se ocuparán. Vas a tener que hacerles de guía, conque vamos allá con las fotos que nos ha traído Juli. Llevo toda la mañana quitándoles grano, aplicándoles filtros, aclarándolas en la medida de lo posible. He intentado que se vea más allá de los borrones, pero como digo todavía no me he acostado, la caraja me tiene empantanado, el monitor oscila de manera endiablada, ja ja ja. A ver, que acabo de comparar con las originales y algo hemos ganado, pero Photoshop no hace milagros, de modo que voy a pedirte un poquito de imaginación, ¿vale?

<Img_04012.jpg>

El bloque negro que cruza la parte inferior de las fotos es el bolsillo de Juli, y temo que esa parte no me la puedo inventar. Fíjate en la superior, porque Benicarló II es un auténtico laberinto, las instalaciones están mal iluminadas y cada una de estas fotos puede salvarte la vida. La primera es de las peores pero te la envío igualmente porque es importante que te hagas una idea de qué te encontrarás una vez la puerta se haya cerrado a vuestras espaldas. ¿Ves esa luz que destella al fondo a la derecha? Es el pasillo que tenéis que enfilar. Desemboca en una nave muy grande. Pegaos al muro de la izquierda, seguid recto durante unos quinientos metros. No habrá más que un servicio de mínimos, Furillo y Nebreda se ocuparán de despejar el camino. Ponte detrás de ellos y recuerda que la Steyr es solo por si acaso. Mantén la cabeza fría, limítate a capitanear. Los cascos de los operarios están equipados con linternas y destacarán en los visores infrarrojos en un blanco furioso, así que si las cosas se ponen feas, te va a ser imposible fallar. Turno de noche en domingo y encima llegáis vosotros y los matáis, ya es mala suerte, ¿no?, ja ja ja. En serio, no le des demasiadas vueltas. Total, para lo que les queda…

<Img_04013.jpg>, <Img_04013 - copia.jpg>

Las bóvedas de la derecha son uno de los puntos clave del recorrido. Cuando las alcancéis, mirad a vuestra izquierda, por ahí tiene que haber una escalerilla de metal (resaltada en rojo en la foto). Subid por ella, encaramaos a la pasarela que conduce hasta el edificio de turbinas. Pende del techo y Juli me ha dicho que se bambolea un montón, que las barandillas oscilan cosa mala. Es cierto que hasta el fondo hay una caída de la hostia, pero qué puedo decir, la chavala tiene vértigo. Que no te agarre a ti también y será un paseo. Ponte detrás de Furillo, que Nebreda cierre la fila por si alguien os sigue. La pasarela conduce hasta la sala de control pero el camino está lleno de bifurcaciones, conque mantén los ojos bien abiertos y no te pierdas.

<Img_04014 - copia.jpg>, <Img_04015 - copia.jpg>,
<Img_04016 - copia.jpg>, <Img_04017 - copia.jpg>,
<Img_04018 - copia.jpg>, <plano_pasarelas.png>

Aquí he dispuesto las fotos en orden para que tengas una visión secuencial del recorrido y me he currado también un croquis que creo que te puede ayudar. En el primer tramo solo es cuestión de no despistarse, de ignorar las rampas que descienden a izquierda y derecha de la pasarela. El segundo empieza en el alternador (resaltado en rojo), ahí es donde tenéis que tomar el desvío hacia el edificio de turbinas. En el último tramo, estaréis caminando justo encima del reactor nuclear, ya en el edificio de contención. ¿Ves esa caseta verde al final de la plataforma? Es la sala de control.

El panel de acceso es idéntico al que habréis encontrado

a la entrada. Vuelve a introducir el código que le sacasteis a Cifuentes. Deja que Furillo y Nebreda entren primero, no vaya a ser que haya operarios que despachar.

<Img_04019 - copia.jpg>, <Img_04020 - copia.jpg>, <admin_icon.png>

La foto de la izquierda te ofrece una visión general de la sala de control, a la derecha puedes ver los controles con mayor detalle. Arrinconad los cadáveres si ha habido bajas, podéis aprovechar su sangre para la ceremonia. Si no las ha habido, con la de Pajares debería bastar. Furillo sacará la cabeza y la mano de la bolsa de deporte, tuyo es el honor de pintar el suelo. Sabemos que te esmerarás al máximo, que en ti se puede confiar. Ya sé que da un poco de impresión, pero ya no somos unos críos, Pepe, no puedes fallarnos. Empuña la cabeza y traza el mejor logotipo del que seas capaz, el logotipo más alucinante que haya visto el mundo. Furillo y Nebreda se desnudarán, se calzarán las capuchas, sacarán el portátil. Lo depositarán en el centro exacto del logotipo, se arrodillarán a sendos lados, arrancarán la máquina. Abrirán un pollo de cocaína, lo vaciarán alrededor del portátil, se agacharán, se pondrán a aspirar. Te necesitamos sobrio para que ofícies, así que las manos quietas, que nos conocemos, ja ja ja. Tú limítate a abrir el cartucho de anuncios, tendrás un acceso directo en el escritorio. Cuando aparezca el reproductor, dale al play. Hemos metido el de Bankia, el de Fujitsu, el de Kellog's, y alguna que otra sorpresa que creo que te va a gustar. En cualquier caso, son anuncios que has visto miles de veces, así te ahorras aprendértelos. Lo único que te pedimos es que recites de todo corazón, que cantes tan alto como sepas, que cantéis los tres a voz en cuello. Posiblemente estéis agotados después de una noche tan intensa, y es normal que en el aire flote cierta conmoción, que sintáis el impulso de despachar la ceremonia aprisa. Precisamente por eso te recomiendo que antes de embarcaros en ella dediquéis un minuto a meditar. Solo desde el sosiego recobraréis plena conciencia de quiénes sois, de qué hacéis allí. La sala de control pende al límite mismo de la eternidad, justo en la frontera entre el ser y el no ser. Benicarló II ya no es una central nuclear, es una puerta, y tenéis la llave en la mano. La estancia está insonorizada, así que, por lo que más queráis, gritad, gritad muy fuerte. Acompasad vuestros labios y vuestras respiraciones a los de los actores, las actrices, los dibujos animados. Ved más allá de lo evidente, descargad golpes a cada eslogan, estableced sincronía con el continuo publicitario. Os respaldaremos desde nuestras casas recitando ese mismo cartucho, nos esforzaremos al máximo en transmitiros nuestra energía, pero tenéis que darlo todo desde el epicentro; si no, no funcionará. Mi corazón está contigo, Pepe, bombearemos los mensajes, alcanzaremos el paroxismo. Por cierto que llegado determinado momento Furillo y Nebreda empezarán a ponerse pálidos, no te extrañe si se arrancan a vomitar. El anestésico que hemos diluido en la cocaína es un tanto agresivo, que se desplomen de repente es perfectamente normal. Tú concéntrate en el cartucho de anuncios, no dejes que nada te distraiga, aguanta hasta el final. A Furillo y a Nebreda nunca los olvidaremos, pero qué quieres que te diga. Desde que volvió de los Monegros, a Furillo la medicación ya no le hace nada, lleva seis meses entrando y saliendo de instituciones psiquiátricas. La semana pasada se abalanzó contra un compañero, le golpeó repetidamente con el portátil por negarse a repetir lo que decía la tele del restaurante. Lo mandó al hospital con dos rótulas de menos y ni por estas se apaciguó, de modo que Montesinos se lo subió al pabellón de caza y lo hizo encerrar en las letrinas. Veinticuatro horas se tiró aullando entre la mierda. Cuando abrieron, tenía el cuero cabelludo desgarrado, los dientes rotos, el suelo estaba lleno de mechones de pelo. Con esto quiero decir que valoramos muy positivamente su fe y su arrojo, pero Furillo no es más que un niño grande que hace mucho que se perdió, y lo mismo puede decirse de Nebreda. Con esto quiero decir que si los sacrificamos, en el fondo les estamos haciendo un favor. Quienes les conocen saben que digo la verdad, y no voy a consentir que te culpabilices por darles un empujoncito. Enfócalo como lo que es: un acto de piedad. Dispárale a Furillo una ráfaga en la nuca, aplícale el mismo tratamiento a Nebreda. Estarán tan groguis que ni siquiera lo notarán. Con esto cerramos la ceremonia y pasamos a los detalles técnicos. Son un poquito engorrosos, pero es eso y ya está.

Coge la cabeza de Pajares, ábrele un ojo, mantén el dedo prieto contra el párpado. El lector de iris está en la esquina superior izquierda del panel, bastará con que acerques la cabeza y el altavoz pitará. Ya puedes soltar la cabeza. Coge la mano de Pajares. El lector de huellas dactilares está en el área superior derecha, apoya el índice en el círculo rojo. De nuevo escucharás la señal. El monitor mostrará un icono de administrador como el que ves en la foto. Si sigue apareciendo un candado, es que han transcurrido más de diez segundos entre cabeza y mano, o bien que se ha producido un error de lectura. Limpia el ojo, limpia el dedo, repite la operación las veces que haga falta. Juli ha visto identificarse a su padre montones de veces y dice que es puñetero, así que no te pongas nervioso. No son más que sensores cutres, no hay nadie vengándose desde el más allá.

Una vez tengas acceso a la consola de administración, despliega el selector de núcleos, resalta los cinco que aparecerán. Luego haz clic en Aplicar. Una ventana te informará de que el proceso se ha completado con éxito. Ciérrala. Despliega el menú Ventilación, despliega Refresco, entra en Ajustes avanzados. Al final de la página tienes la opción Desactivar todos. Selecciónala. Se abrirá una ventana de advertencia por cada núcleo, hablamos de cinco en total. Para terminar, despliega Seguridad y entra en Todo. Aparecerán listadas unas veinticinco entradas. Paciencia porque tendrás que desactivarlas una por una y confirmar cada vez, no existe un control global. Cuando cierres la ventana aparecerá una última advertencia. Haz clic en Aceptar.

Escucharás una serie de chasquidos mecánicos. Usa la Steyrs para disparar contra el monitor y el teclado, cerciórate de que el panel de control queda hecho picadillo. Hecho esto ya no hay vuelta atrás, amigo mío. No sabes cuánta envidia me das.

<Img_04021 - copia.jpg>, <Img_04022 - copia.jpg>,
<Img_04023 - copia.jpg>, <Img_04024 - copia.jpg>

No tiene sentido que regreses por donde viniste, sal como un señor, por la puerta principal. A esas alturas las alarmas estarán aullando, se habrá desatado el pánico, pero enfundado en el mono eres un operario más. Si te interceptan, diles que tu supervisor te ha ordenado que evacues, invéntate algo. A malas siempre tienes la Steyrs. La dinámica del momento dictará cuál es la mejor respuesta frente a cada situación, aquí no te puedo ayudar. Lo que sí puedo ofrecerte es la fórmula de regreso al exterior, conque presta atención a la secuencia: Izquierda, derecha, izquierda. Pilón, contenedores, pilón. Esos son tus puntos de referencia. Te los he resaltado en las fotos para que veas por dónde debes girar. Date vidilla, porque el grafito que recubre el núcleo ya habrá empezado a deformarse, y recuerda que la pasarela cuelga justo encima del reactor, así que no te extrañe si de pronto empieza a hacer un calor de mil demonios. No te entretengas en la puerta, dispara si hace falta, crúzala. Rodea la central por la derecha y ¡chan! Ahí tienes el parking, ahí está el BMW. Repantígate en el cuero y ya te puedes largar.

Tendrás una media horita hasta que todo estalle pero las filtraciones pueden haber empezado ya, así que mejor sube las ventanillas, enciende el aire acondicionado y no levantes el pie del acelerador hasta llegar a Valencia. Si tienes pensado ir a otro sitio, tú mismo, pero te advierto que en España las acciones serán simultáneas, y es muy probable que los reactores de Vandellós, Almaraz, Lemóniz y otras centrales hayan explotado ya. Ah, encontrarás farlopa en la guantera por si necesitaras una ayudita, pero tampoco te me vayas a desmadrar, ¿eh? Bien pensado, ¿qué es lo peor que puede pasarte? ¿Que te pongan una multa? Como si les fuera a dar tiempo a cobrártela, ja ja ja.

<Img_99934.tiff>

Uf, hasta aquí las instrucciones, amigo mío. Tengo el sistema nervioso deshecho, ya me sabrás perdonar. ¿Alguna vez se te ha metido un soniquete en el cerebro y has tenido la impresión de que no puedes parar de rimar? En fin, no es el plan más perfecto del mundo pero en esencia está todo atado y bien atado. Montesinos acaba de confirmarme que los alemanes están por la labor, que se coordinarán con el resto de Europa, así que definitivamente no lo podemos retrasar. De hecho, ellos empezarán el sábado y lo mismo harán los yanquis. Ya ves, al final siempre los últimos, Spain is different, ja ja ja.

Bueno, Pepe, voy a ir despidiéndome porque la confusión arrecia y me están agarrando unos calambres en las pantorrillas que no te quiero ni contar. Montesinos nos ha puesto unas rayitas y hemos bajado al sótano con los alemanes, nos hemos desnudado, hemos repasado el cartucho de anoche. Tendrías que haber visto sus ojos, tío, ojalá nos hubieras oído cantar. Montesinos ha tenido una hemorragia, se ha desplomado echando espumarajos por la boca, ha estado convulsionándose frente al televisor durante toda la sesión. Luego se ha levantado y se ha abrazado al ordenador tan fuerte que ni entre tres hemos logrado que lo soltara. Líbreme dios de comparar mi receptividad con la suya, pero te diré que pese a mis limitaciones hoy he alcanzado a ver mucho más allá del continuo publicitario. He percibido su reverso con una nitidez y una potencia alucinantes, tío, el mismísimo edificio ha vibrado en sintonía con los eslóganes. Todo se ha manifestado de forma increíblemente articulada, ha sido una invitación formal a cruzar la pantalla.

Ah, no me des las gracias por la foto, el mérito es de Larrañaga. Es verdad que se nos ve un poco desencajados, pero te juro que estamos exultantes, desbordados por la ilusión. Desnudos como vinimos al mundo para celebrar nuestra inminente salida de él, sofocados y sudorosos pero paladeando ya el invierno nuclear en nuestros corazones. Te la envío como muestra de respeto y de gratitud, Pepe, como recordatorio de que te respalda un equipo que nunca te va a fallar. Te queremos, chaval. Belén y Juanjo se han retirado a follar a un rincón pero me han dicho que te mande muchísimos besos. De hecho hay bastante escarceo en el piso de arriba y yo mismo estoy empezando a ponerme caliente, así que creo que voy a subir a relajarme un rato, que bien me lo he ganado, ja ja ja.

Lo dicho, ojalá que María Luisa se ponga mejor y ojalá que podáis disfrutar de estos días que nos quedan. Merecéis despediros como dios manda, merecéis cruzar al otro lado juntos. Merecéis hacerlo con una sonrisa en los labios porque sois las mejores personas del mundo, porque siempre estaréis en nuestros corazones. Carpentier dice que se queda en Valencia hasta el final y yo creo que está muy solo, conque ya digo que no tengas reparo en llamarle para pedirle morfina o lo que sea, así de paso os hacéis compañía. Yo sigo en Madrid hasta el viernes y después nos iremos a una casita que hemos alquilado en el campo, muy cerquita de Toledo. Sandra se encaprichó de ella hace unos meses, nos pareció un lugar bonito donde terminar. Tiene unas vistas magníficas sobre el Guadarrama, apuesto a que te gustaría.

En fin, dudo que volvamos a coincidir antes de pasar al otro lado, así que toda la suerte del mundo, chaval. Toda la fuerza para ti y un último achuchón para María Luisa. Porque al final todo cuadra, ¿no es cierto? Porque solo hay un cáncer, y se llama humanidad. Un abrazo enorme y hasta muy pronto, compañero. Nos vemos después de la publicidad.

Torremolinos

La digestión de la leche de soja deja menos residuos que la digestión de la leche de vaca. Tampoco es que se note mucho, porque cada vez que Violeta se tira un pedito el pañal sale sucio, con una muestra pequeña pero muy manchona. Cuando llegué del trabajo el martes y vi que todavía no lo había ensuciado no quise darle demasiada importancia, pero anoche no paraba de gritar y los pañales seguían impolutos, así que Lurdes y yo nos vestimos, llamamos a un taxi y salimos pitando para urgencias. La pediatra nos miró estupefacta, nos dijo que no se nos ocurriera volver a hacerlo. No quiero volver a veros a menos que la niña pase sin hacer caca una semana o más, ¿entendido?

Esta mañana Violeta ha ido al váter con normalidad. He puesto la cafetera al fuego, he llorado como una magdalena. Luego la risa floja. ¿De qué te ríes?, ha preguntado Lurdes, y eso mismo me pregunto yo. ¿De qué me río? ¿Por qué lloro?

¿Es por Violeta? ¿Es por mí? ¿Es por Bruno? ¿Arrastro los pies o doy saltitos? ¿Qué plan me seduce más?

Violeta ya ha cumplido dos años, va saliendo adelante, pronto aprenderá a controlar. Eso es lo primero que aprendemos los seres humanos. A controlar nuestros cuerpos y nuestras mentes. Y sin embargo perder el control es tan fácil, ¿verdad? Especialmente cuando estás rodeada de personas que se empeñan en usar sus cuerpos y sus mentes para intentar controlar a los demás, ¿a que sí?

Personalmente creo haber aprendido un par de cosas de esta etapa que aquí termina, y una de ellas es que en esta vida tienes que estar preparada para todo. Absorber los cambios, aceptar los desafíos. Reinventarte como persona, reciclarte como profesional. ¿Tenéis idea de cómo era la planta 7 antes de que entráramos a trabajar aquí? ¿Habéis visto cómo eran las drenadoras de entonces? A los drenados les daban dosis mucho más altas de Tridaline, y se convulsionaban con tanta violencia que estaban equipadas con correas para amarrarlos. Las veteranas dicen que ahora todo es más fácil, pero todavía recuerdo mi primer día como si fuera ayer. Los drenados sentándose en sus banquetas, desnudándose. Yo ahí sentada frente al ordenador, ajustándome la goma de los párpados. Entonces entra Bruno. Es la primera vez que le veo, Torremolinos va por el segundo episodio. Bruno se sienta de espaldas a mí, se quita la camisa y de pronto todas esas úlceras, toda esa carne infectada. Merche y la chica a la que voy a sustituir empiezan a despegarle las gasas, le clavan el pétalo bajo el esternón. Un hilo de pus le escurre ingles abajo. Merche empieza a hacerle un manual, Bruno emite un gemido y entonces sale aquello blancuzco y morado y chillo, y corro y no paro hasta llegar al lavabo. Caigo de rodillas, vomito hasta vaciarme. Me siento en la tapa, corro el pestillo.

No pasa nada, mujer, dice Merche a través de la puerta. No pasa nada. Pero está pasando un huracán, está pasando una apisonadora. No puedo parar de llorar. Se escucha otra voz, luego otra, y yo cada vez más avergonzada. Entonces llega Anglada, su puño golpea la puerta.

¿Fui yo quien le dije que renunciaba? ¿Fui yo quien le grité que me volvía a Burgos?

¿Fui yo quien lloré sobre su hombro? Oh, Anglada, consuélame.

Afortunadamente ya no soy esa pánfila que un buen día tomó el ascensor y se plantó en su despacho y le entregó un guión sobre un gran amor que se transforma en un gran odio. Un embarazo indeseado, una madre soltera, una estudiante recién llegada a Madrid. Está a punto de traer una criatura al mundo y está completamente sola. Su cabeza va carcomiéndose de adentro hacia fuera hasta que no queda cabeza, solo un cuerpo abombado dando tumbos por Malasaña. Sin ojos, sin vida, sin sentimientos. Nadie da un duro por ella y sin embargo esa chica se sobrepone al dolor. Esa chica entra en la industria del espectáculo. Esa chica se redime a través de su hija.

Acababan de cambiarme la medicación, apenas me tenía en pie, me costaba vocalizar. Y aun así tomé el ascensor, entré en el despacho de Anglada, balbuceé mi sinopsis. Anglada descolgó el teléfono, le pidió a Patiño que bajara.

Cuando recobré la conciencia me dolía todo, la drenadora vibraba aún debajo de mí. Patiño abrió la tapa, me arrancó el pétalo, sentí un dolor agudo por debajo de las costillas. Me metió la toalla en la boca, me ordenó que mordiera. La apreté contra mi paladar, exprimiéndole el amargor del Tridaline. El zumbido fue decreciendo, me incorporé. Patiño no parecía impresionado. Más bien perturbado, incómodo. Ni siquiera levantó la vista de su escritorio, siguió rellenando su informe. Que me cuidara. Eso fue lo que dijo. Que me anduviera con cuidado. Con qué, pregunté. Me llevó un buen rato sonsacarle que al final mi personaje se suicida.

Me cruzo con Patiño mil veces por los pasillos y sigo sin atreverme a mirarle a la cara. Tengo aquí una copia del documento, acabo de releerlo. No soy más que otro arco argumental que traza desde el nacimiento a la muerte. Carezco de valores, de originalidad, de exotismo. Irritable, apática, cínica. Nada que pueda solucionarse a base de filtros. Según Patiño, el nacimiento de Violeta me destruyó como persona, lo que ocupa mi lugar no es más que un juguete roto. «Sus parásitos —anota en su informe— adoptan principalmente la forma de un hombre vestido de negro y de un bebé de dientes afilados. Baja autoestima, impulsos autodestructivos.» El apartado de observaciones concluye diciendo: «Ambiciosa, leal, trabajadora. Soltura narrativa, perfil interesante. Valorar su incorporación a los equipos de drenaje en calidad de coach creativa».

Pienso en ese informe y pienso en aquella primera vez que me drenaron y pienso en el pañal manchado de Violeta y se me humedecen los ojos.

¿Cuántas de nosotras cruzamos esa puerta decididas a contarle nuestra historia al mundo? Soñábamos con nuestras vidas en prime time, con las entrevistas, con las galas. Soñábamos con Cartier, con Louis Vuitton, con Versace. Soñábamos con ser las number one y al final resultó que no éramos tan virtuosas como pensábamos, que nuestra vida interior era un chiste deprimente. Nuestras epifanías eran sosas, nuestras catarsis carecían de fuerza. Nos dominaban emociones oscuras, lo nuestro no había filtro que lo arreglara.

Pero nos integramos en el equipo, seguimos adelante a pesar de todo. ¿Y sabéis qué es lo más curioso? Que pienso en el cariño que me ha dado mi hija y en el cariño que me habéis dado vosotras y me doy cuenta de que no me he sentido una number two en absoluto. La familia es la forma que tiene la vida de decirnos que ha llegado la hora de abandonar nuestra trinchera, que estamos aquí para compartir, que somos caras de un mismo polígono. Y a veces la familia nos gira la cara de un bofetón, y a veces la familia nos muerde. Pero lo hace solo para recordarnos que se preocupa por nosotras, que no hay que rendirse jamás.

Tal vez no tuviéramos un pasado lo suficientemente interesante como para que nos lo drenaran, pero tenemos un presente. Y caemos y nos levantamos, y luchamos por él. La vida no te prepara para ser una buena madre ni para ser una buena profesional. Tienes que sacar las uñas, desenvainar el cuchillo. Separar las piernas y gritarle al mundo: ¡aquí me tienes, animal!

Nos creímos especiales y al final nos repartieron párpados y auriculares, nos sentaron junto a las drenadoras. Da comienzo otro episodio de *Torremolinos*, por nuestros monitores desfilan los clubes, las playas, los bloques hoteleros. Exterior día, parque acuático. Europeos en bañador hermanados por la pulsera amarilla, descendiendo por los toboganes en espiral, sorbiendo de vasos de plástico. La megafonía anuncia que la corrida está a punto de empezar, la música asciende de volumen. En la planta 7 nos apretamos los párpados contra los ojos, desenvolvemos nuestros bocadillos. En pantalla, Bruno cuelga la mopa, cuelga el mono de trabajo. Se pone el traje de luces, se recoloca la montera. Le guiña un ojo al espejo, vacía su Pepsi de un trago. Afuera, una riada de turistas en bañador migra hacia la plaza de toros. Bruno se abre paso entre ellos, les choca la mano, qué pasa, chaval. Su sonrisa se esfuma cuando Elena se interpone en su camino. Lleva el bikini rojo, las orejas de Mickey Mouse. Está muy guapa, pero también muy enfadada. «¿Adónde vas, Bruno?» «Déjame pasar.» «Bruno, me lo prometiste.» Bruno la finta, sigue avanzando entre la multitud. El sol brilla contra sus lentejuelas, la acción se ciñe a lo previsto. La escena se oscurece. Nos tensamos en nuestras sillas, nos deshacemos de nuestros bocadillos. Una sombra, una silueta encorvada. La viuda negra. Despliego los menús, habilito filtros. La silueta sigue avanzando. Conmuto a la ventana de chat: «Atención, Bruno, parásito a las once». Bruno mira por encima de su hombro, su expresión se congela. La viuda negra corre hacia Bruno enarbolando un hacha. La desviación de guión va a ser importante.

¿Qué clase de vida llevó Bruno en su pueblo costero natal? ¿Cómo sería Torremolinos sin filtros? Todas hemos intentado imaginarlo y todas hemos fracasado. Porque Bruno no es el aspirante a torero que pasa la mopa en un parque acuático. Tampoco el hijo ejemplar, ni el galán adolescente que tiene enamorada a Elena. Demasiadas veces hemos confundido a Bruno con el protagonista de la serie, pero Bruno es ante todo nuestro compañero. Un joven andaluz alienado y vulnerable al que acaban de drenar y que lo único que quiere es marcharse a casa. No para de consultar el reloj durante toda la sesión de coaching. «¿Cómo van esos dolores, Bruno? ¿No crees que con más planos panorámicos de la playa contribuiríamos a realzar la atmosfera vacacional?» «Cuando aparezca una Pepsi, ¿podrías hacer un zoom más pronunciado sobre el envase, Bruno? Te hemos traído la nueva lata, es importante que te fijes bien en ella. ¿Preparado?» Pones el cronómetro en marcha, Bruno escanea la Pepsi. Pero su cabeza sigue en Torremolinos, un Torremolinos que poco tiene que ver con esa sucesión de corridas de toros, fiestas en discotecas, chicas en bikini, coches tuneados, guitarras flamencas y preservativos de sabores que se atropellan en nuestros párpados. Torremolinos no es la canción que siempre suena ni el refresco que todo lo patrocina. Detienes el cronómetro, retiras la lata. «¿La tienes, Bruno?, ¿te atreves a proyectarla?» Bruno se clava el pétalo bajo el esternón, cierra los ojos. Su cuerpo se pone a temblar. Me calzo los párpados, en pantalla una reproducción perfecta del nuevo diseño de Pepsi. «Buen trabajo, Bruno.» Bruno se pone en pie, se marcha sin despedirse. Bruno es un artista y los artistas sufren, pero con el tiempo aprendes a interpretar sus gruñidos, a ajustar los filtros en consecuencia, a adaptarte a sus cambios de humor. Te dejas los cuernos tratando de mejorar la estética de la serie, su coherencia narrativa. Todo sin que se pierda la frescura del reality, la espontaneidad del directo. Analizas las estadísticas de parásitos por episodio, tratas de anticipar dónde se producirán las próximas desviaciones. Propones modificaciones de guión para sortear los elementos conflictivos. La bolera puede ser un minigolf, el gofre puede ser un helado, el niño puede ser ¿un gato? Te reúnes con Alejandra, contrastas sus notas con las tuyas, terminas de perfilar tu informe. Lo imprimes, lo depositas en la cubeta de Anglada. ¿Y acaso alguien se lo lee? ¿Acaso no termina donde termina todo, en manos de esa becaria que todo lo archiva y todo lo entierra?

Sí, la profesión de coach creativa puede ser muy frustrante a veces, pero afortunadamente no todo es trabajo de oficina, no todo es asepsia, ¿verdad? Llega el momento de drenar y tienes que aprender a ensuciarte las manos. Te remangas la blusa, ayudas a Merche con el manual, empujas la camilla por los pasillos. ¡Abrid paso, Bruno acaba de sufrir otra hemorragia!, y ahí es cuando es imposible no ablandarse, ahí es cuando el corazón te da mil vuelcos. Nada te prepara para ver cómo tu drenado tose negro, cómo tu drenado orina rojo. Las sirenas de las ambulancias, el vacío que dejan cuando doblan la esquina. El miedo a que Bruno no regrese, a que *Torremolinos* se cancele. ¿Y cómo vas a pagar el tratamiento de tu hija? ¿Cómo vas a cuidar de Violeta si ni siquiera eres capaz de cuidar de ti misma? ¿A quién le gusta sentirse una inútil y una mala madre? A nadie, esa es la verdad. Así que peleas, y haces oídos sordos a la murga de tus padres, a los comentarios de esos amigos que fruncen el ceño cuando les cuentas a qué te dedicas. ¿De veras merecen figurar en nuestras agendas? ¿Tan distintos son de quienes nos acosan a la salida del edificio? Nos llaman putas, nos tratan como a alimañas. No, nada te prepara para mantener la cabeza fría cuando un psicópata se cuela en la planta 7 y se pone a volcar drenadoras, ni para que te arañen la cara en la cola del súper, como le sucedió a Merche.

Y por supuesto nada te prepara para ese momento en el que Bruno abre los ojos y se incorpora y se arranca el pétalo de un tirón y, desnudo como vino al mundo, salta por la ventana, trepa como un gato hasta lo alto del edificio y se sube a una retroexcavadora y se pone a orinar sobre todo el que se le acerca. ¿Te acuerdas, Merche? Quita el freno de mano, baja de la cabina, nos mira en plan ¿dónde estoy? Para entonces la retroexcavadora ya está rodando tras él, deslizándose por el terrado, ganando velocidad.

La barandilla se vence, la retroexcavadora se precipita al vacío. Un estruendo monstruoso, la polvareda levantándose en la calle, eclipsándola por completo. Merche y yo de pie en el socavón, enharinadas como pastelitos, rodeadas de metal retorcido. ¿Te acuerdas, o no te acuerdas? Bruno sonándose las narices con la toalla, repitiendo que lo siente, que lo siente mucho.

Nada te prepara para aguantarte la risa mientras la policía te toma declaración, ¿eh? Ni para la bronca que nos metió Anglada, ja ja ja.

No, por más formación que te impartan, no aciertas a hacerte una idea de la envergadura real de *Torremolinos* hasta que no estás dentro. No eres consciente de las sinergias que fluyen en la realización de cada episodio, de la presión que sientes cada vez que los filtros fallan, cada vez que los parásitos se cuelan. Todos esos ojos ávidos de contenidos, todos esos suscriptores con el alma en vilo. Paseo Marítimo de Torremolinos, exterior noche. La corrida ha sido un éxito, la luna brilla en lo alto. Centenares de turistas sacan a Bruno a hombros de la plaza, lo llevan al parque acuático, lo depositan en el centro de la pista de baile. Tocan las castañuelas, beben Pepsi, picotean de sus cucuruchos de camarones. Elena se precipita sobre Bruno, le abraza, le besa. «Te quiero Bruno, te quiero tanto... Perdóname por no haberte apoyado, por haber estado tan ciega.» Elena sigue bailando, sus orejas de Mickey Mouse bamboleándose al ritmo de una guitarra española, pero Bruno está circunspecto, Bruno no está por la labor. «Tal vez tengas razón, Elena, tal vez debería cambiar de vida.» «¿De qué estás hablando, Bruno?» «Hablo de dejar atrás todo esto, de huir.» «¿Y tu madre, Bruno?» «Hagamos las maletas, crucemos la frontera esta noche.»

«¡Pero tu carrera está despegando, Bruno, no puedes renunciar a ella!» «No quiero seguir toreando, Elena, estoy harto de sufrimiento, de amistades superficiales, de fiestas frívolas.» «¿Y eso?» ¿Eso qué es? Nos tensamos tras nuestros escritorios. La viuda negra de nuevo, materializándose entre la multitud. Despeinada, sucia. ¿No es acaso una cadena de moto lo que voltea sobre su cabeza? Incrementamos la presión de los filtros, conmutamos a la ventana de chat.

«Atención, Bruno —tecleas—. Parásito a las seis.» Bruno aparta a Elena de un empujón, se abre paso entre los turistas. Empuja a un joven tatuado, le tira la copa a una rubia. Los aficionados se abalanzan sobre el torero, tratan de chocarle la mano sin reparar en el parásito. La cadena cae sobre ellos, golpeándoles en el cráneo, derribándolos como fichas de dómino. Bruno los avasalla con violencia creciente, la cadena cada vez más cerca. Esquirlas de hueso, goterones de sangre. Carrasco se encoge de hombros. «¿Corto?» «Espera», responde Alejandra desde el control.

Son los suscriptores quienes están cortando. Todos esos dedos en sus casas desplegando menús, cerrando pestañas. El zapping se desmadra, las estadísticas se desploman, hay cancelaciones de cuenta. Todos esos hombres y mujeres en sus casas, con los párpados calados. Por un momento les odias, pero te obligas a recordar que el suscriptor no es tu enemigo, que el suscriptor es uno más de la familia. «Hace una noche deliciosa, Bruno», tecleas. Y Bruno: «No no no». «Eres un ganador, Bruno», tecleas. Y Bruno: «No no no». A tu alrededor se escuchan gritos, sabes que no puedes fallar. Y aprietas los dientes y te sacudes el miedo y le plantas cara a la vida y buscas inspiración más allá de la inspiración, y tecleas: «Tu mamá te apoya al máximo en todo lo que haces, Bruno», y:

«Tu mamá te quiere muchísimo, Bruno». Rescatas todas esas ideas que has anotado durante la terapia, pero en la ventana de chat solo dice «No» y «Ayuda», «No» y «Ayuda». Bruno se convulsiona en la drenadora, el vómito sale a borbotones de su boca. Los paramédicos abren la tapa, le dan la vuelta. Te quitas los párpados, te levantas de tu escritorio, corres a ayudar a Merche con el manual. Y le das a Bruno toda la fuerza que puedes, y luego una poca más. Y Bruno se contorsiona y emite un gemido entrecortado, y entonces su cuerpecillo se destensa. Y cuando volvemos a calzarnos los párpados, comprobamos que allí donde se encontraba la viuda negra no queda nada más que una silueta que se llena de estrellitas de colores (!) y a continuación va desdibujándose hasta desaparecer. Y por un instante Bruno mira a cámara y sé que está mirándome a mí, que está mirándonos a nosotras, que está dándonos las gracias. Y Elena se llega hasta él y le tiende la lata de Pepsi y la condensación chorrea por el metal irisado. «No me dejes, Bruno, prométeme que no vas a dejarme nunca.» «Te lo prometo, Elena.» Y la mano de Bruno tira de la anilla, y la lata se inclina y moja sus labios, moja los labios de Elena. «Te quiero, Elena, te quiero mucho.» Elena y Bruno se abrazan en un plano cenital, las sevillanas inician un crescendo, la lata de Pepsi circula de mano en mano.

Carrasco hace un gesto de okey con los dedos, Alejandra le da la réplica. Gritos de triunfo en la planta 7, choques de manos.

Pasan de las nueve de la noche cuando pones tu PC a hibernar, arrastras los pies por el pasillo. Echas una última mirada a las estadísticas de suscripción exhausta pero satisfecha. ¿Tan importantes son las cifras? Sabes que tienes motivos de sobra para sentirte orgullosa.

Que todos y todas los tenemos.

Nos hemos enfrentado con decisión y valentía a los retos sin eludir ningún sacrificio. En poco más de un año hemos puesto *Torremolinos* en el mapa, a Bruno en el candelero. ¿De veras importa tanto que solo emitamos en tres canales? Hemos duplicado el número de suscriptores, hemos reducido los parásitos en un trece por ciento. Nos han tachado de frívolos, de oportunistas, de pretenciosos. Nos han llamado rojos, nos han llamado fascistas. ¿Y sabéis por qué? Porque esta es la primera producción que se ha atrevido a abordar el hecho diferencial andaluz desde el respeto, sin emitir juicios, sin tirar de cliché. Porque estamos venciendo prejuicios, rompiendo tabúes, demostrándole al mundo que los comunistas también son personas. Porque generamos debate y vamos a seguir generándolo. Nadie se hace aún una idea clara del potencial de *Torremolinos*, ni siquiera yo.

¿Sabíais que Bruno aprobó su primer drenaje de milagro? ¿Que Anglada desaconsejó estrenar la serie? ¿Que convocó una reunión a puerta cerrada a la que acudieron altos cargos políticos? ¿Que estuvo a un tris de darle a Bruno la patada cuando vio las estadísticas de los primeros episodios? ¿Que una llamada desde arriba le hizo cambiar de opinión? Pues hojead los informes atrasados porque vais a flipar. «Indefendible desde el punto de vista ético.» «Ambigua desde el punto de vista patriótico», y así sucesivamente.

Así de cerca estuvimos de que *Torremolinos* jamás existiera. Así de cerca estuvimos de que *Torremolinos* se cancelara.

Juntas no solo hemos sacado la serie adelante. Juntas hemos conseguido que Bruno sea un poco más feliz. Y es cierto que a veces Bruno no sabe gestionar bien sus emociones, que algunas de las escenitas que nos ha montado han sido injustificables. Pero no olvidéis que el hígado de Bruno absorbe menos Tridaline del que debería, que el pobre no tiene la culpa de que sus depresiones sean más profundas, sus brotes psicóticos más explosivos. En última instancia, Bruno no es más que un chaval que creció entre los bloques y el mar y que llegó aquí persiguiendo un sueño, como tantas de nosotras.

Nos encomendaron crear una superstar a partir de estas materias primas y hemos aprobado con nota. Así que no, no me siento una number two, de ninguna manera. Haber tenido la oportunidad de conocer desde dentro la magnífica labor que se lleva a cabo en la planta 7 ha sido para mí un privilegio. Aquí he aprendido el verdadero significado de palabras como disciplina, entrega, dedicación. Comprensión, respeto, amor. Si *Torremolinos* ha sentado unos nuevos estándares en la creación de contenidos ha sido gracias a vosotras, y eso es precisamente lo que acabo de decirle a Anglada. Que habéis sido un equipo de ensueño. Que he estado rodeada de los mejores. ¿Qué hago aquí?, ¿cuánto tiempo me queda? Todas nos lo preguntamos, ¿verdad? La vida puede ser maravillosa pero a veces termina abruptamente y tenemos la obligación moral de decirles a nuestras hermanas que nos alegramos de haberlas conocido, y eso es precisamente lo que me dispongo a hacer.

Así pues, gracias, Carrasco. (¿Ves? ¡Ya es oficial, ya eres de las nuestras!) A ratos has sido un padre y a ratos has sido un ogro, y yo he sido una niña díscola. Pero ha llegado el momento de enterrar el hacha de guerra y confesarte que eres mi Project Editor favorito, que llevas el ritmo en la sangre. Que sin tus aportaciones *Torremolinos* habría nacido muerta. Gracias por tu esfuerzo, por tu seriedad. Por esa habilidad sobrenatural para dar con los bares que sirven el mejor pacharán, por darle ese toque masculino a nuestros afterworks.

Gracias, Alejandra, por ser la mejor Drain Director de España. Y qué pena que apenas hayamos tenido tiempo de conocernos, y qué pena si te has llevado una impresión equivocada de mí. Tu incorporación al equipo ha sido lo mejor que podría pasarnos, y espero que no te moleste que te ponga en copia para decirte que eres una profesional como la copa de un pino. No permitas que ni Anglada ni nadie te convenza de lo contrario.

¿Y qué decir de Ana y del resto del equipo médico? Gracias por vuestro compromiso más allá del deber. Por enseñarme todo lo que sé del cuerpo humano, por ayudarme a vencer el escrúpulo. Prometed no volver a enfadaros conmigo y yo os prometo no volver a confundir la bilis con el pus (ja ja ja). Gracias por los torniquetes, por las cauterizaciones. Las emergencias son menos si son con vosotras.

Gracias a Corominas, a Escudero y a Pinilla por ser los Production Assistants más salerosos de la industria. Por demostrarme que con talento y tesón puedes conseguir lo que te propongas.

Gracias a Gertru y al resto de las chicas de la limpieza por enseñarme que las labores más desagradecidas son igualmente importantes. Que en esta vida es posible alcanzar la excelencia independientemente de si el reto es pequeño o grande.

Gracias a Ernesto y a Paula, las bestias pardas del Custom Care. Natalia y Estefanía, siempre a tope en la centralita. Nere y Tamayo, por entregar las correcciones siempre a tiempo y por enseñarme a confiar en mi intuición. Villaplana, por ser un crack del Marketing y por sacarme de la drenadora aquella vez que me arrimé demasiado (¡jaa jaa!). Menchu, siempre con un rollo de papel de váter y una toalla a punto cuando la necesitas. Martín, a quien no he dejado de echar de menos desde que te trasladaron al nuevo edificio. (¡Cuando leas esto, llámame!) A Requena, a Portillo, a Segura y a más gente maravillosa que seguramente olvido.

Pero a quien jamás olvidaré es a mi hermana de coaching a lo largo de esta etapa, y todas sabéis a quién me refiero. Juntas hemos hecho manuales a cuatro manos, hemos practicado una traqueotomía con un bolígrafo, hemos chateado con cuerpos clínicamente muertos. Hemos cantado y dado palmas en una ambulancia derrapando a ciento veinte por hora por el paseo de la Castellana. Hemos compartido tantísimas vivencias que si nos las drenaran darían para siete temporadas. (¿Te animas con la corrección de diálogos, Nere?, ja ja.) Merche, has sido mi hermana, y entre hermanas hay discrepancias. Merche, has sido mi hermana, y entre hermanas a veces surge el conflicto. Y a lo mejor a tu hermana le toca bajar la basura un día, y tu hermana no baja la basura y terminas haciéndolo tú. Y al día siguiente tu hermana vuelve a hacerse la loca, y ahí estás tú otra vez, arrastrando la bolsa de basura. Y lo mismo al día siguiente, y al otro, y de pronto bajar la basura, que era competencia de las dos, ha pasado a ser competencia tuya. Tratas de resignarte, de adaptarte a tu nuevo rol, pero ves a tu hermana ahí tirada en el sofá y se te llevan los demonios. Y los demonios te susurran cosas feas al oído hasta que un día se te hinchan los ovarios y decides que hasta aquí hemos llegado, que se acabó. Y ese día no bajas la basura, y al siguiente tampoco, y pasan los días y la cocina empieza a oler mal y tu hermana no se da por aludida. Y pasan las semanas y alguien compró pescado y ahora el piso huele a entrañas putrefactas, la puerta de la cocina permanece siempre cerrada. Allá adentro corretean las cucarachas, del cubo asoman unos gusanos muy blancos que reptan por el pasillo. Y a veces corres al baño y vomitas, y no sabes si es por el hedor o por los insectos, pero no es nada de todo eso. ¿Sabes por qué vomitas? Porque tu hermana y tú no os habláis. Yo digo que así no podemos seguir, Merche. Hemos bajado demasiada basura juntas como para permitir que esa misma basura nos separe. Las dos necesitamos quitarnos esta espinita. Nadie está diciendo que no te hayas implicado lo suficiente en el proyecto, Merche, solo que no está de más reflexionar sobre cuáles son tus responsabilidades antes de ponerte a criticar a tus compañeras a sus espaldas, ¿sabes? Porque cuando los rumores corren, las hermanas se distancian. Pero lo bonito es que si dos hermanas se quieren, a la larga harán las paces. Si dos hermanas se quieren como nos hemos querido nosotras, tarde o temprano comprenderán que la familia debe prevalecer sobre sus egos. No es más que basura, Merche. No es más que un montón de porquería, aunque reconozcamos que olía muy mal. Yo he sido débil y tú no me has dicho las cosas a la cara, y ambas hemos permitido que la planta 7 se convirtiera en un pudridero. ¿De veras te parece sensato arrojarlo todo por la borda solo porque hace peste? Lo que intento decir es que no me importa haber bajado tu basura, que te perdono. A menudo las experiencias más dolorosas son las que más nos ayudan a crecer como profesionales y como personas, pero pueden destruirnos si no somos capaces de tragarnos nuestro orgullo, de dar un paso atrás, ¿entiendes? Me quedo sin palabras cuando llega el momento de darte las gracias, mi Merche, mi princesa. Gracias por tu paciencia, por estar ahí en los momentos difíciles. Eres mi hermana y te quiero.

Lo que estoy tratando de deciros es que me habéis hecho muy feliz, pero la visita a Andalucía me ha transformado. Lo que estoy tratando de deciros es que aquí se separan nuestros caminos, aquí termina nuestra aventura, pero antes necesito daros una explicación. Porque se lo prometí a Bruno y todas os estáis preguntando qué ha pasado entre él y yo durante el viaje, ¿o no? Las historias circulan, las historias se tergiversan, a las historias se les aplican filtros, y esta historia hiede por más que la rocíes con ambientador, por más que tapes el cubo de la basura. De esta historia se contarán mil versiones y solo una será la oficial, y esa también será mentira, así que ¿a quién vais a creer? ¿A Anglada? ¿A la prensa? ¿Al gabinete de comunicación del general Navarrete? ¿Quién va a contárosla mejor que yo, que he sido vuestra compañera, que he sido la protagonista? Sois mi familia y merezco que me escuchéis, ¿entendéis?

Nuestra historia empieza hace apenas un mes, durante el drenaje del episodio veintitrés de *Torremolinos*. Plaza de toros, exterior día. Bruno suelta el capote, que cae inerte sobre la arena. Elena se frota un ojo, los pezones apuntalando su camiseta sin mangas. Sus orejas de Mickey Mouse dan una sacudida cada vez que hipa. Bruno se encoge de hombros, da un paso al frente, toma su manita entre las suyas. «¿Por qué, Bruno?, ¿por qué quieres estropearlo todo?» «Es ahora o nunca, Elena, huyamos antes de que Andalucía nos arrebate la poca humanidad que nos queda.» «¿De veras es eso lo que quieres?» «Sí.» «¿Y a mí?, ¿a mí no me quieres?» «A ti también te quiero, Elena.» «Mis raíces están aquí, Bruno.» «Elena, necesito que vengas conmigo.» «Te cogerán, Bruno, te cogerán y te matarán.» «Es el miedo quien habla, Elena, no tú.» «¿Y tu madre, Bruno? ¿Tu madre también es una cobarde?» «Le mandaré dinero desde España, Elena.» «No, Bruno, porque ¿sabes que sucederá? Que irán a por ella y la encerrarán. Y le aplicarán los electrodos, la violarán.» «No digas eso, Elena.» «Le arrancarán las uñas y no tendrá nada que decirles, ¿entiendes, Bruno? Nada. Y tú estarás demasiado lejos para oír sus gritos.» «¿Por qué me haces esto, Elena?» «Soy algo más que una máquina de beber Pepsi, Bruno, soy la voz de tu conciencia.» «Elena, te quiero.» «¿Vas a escuchar a tu conciencia, Bruno, o vas a hacer como siempre?» «Elena, te lo suplico.» «Tu madre te quiere, Bruno, no sabes cuánto.» «Mi madre es una mujer muy fuerte.» «Sabes que tienes que elegir entre nosotras y España, ¿verdad, Bruno?» Bruno le suelta la mano, hace un mohín. Sus zapatillas hollan la arena camino de la salida. Los turistas se ponen en pie, agitan sus pañuelos cuando el torero pasa junto a los graderíos. Bruno cruza los arcos, enfila el Paseo Marítimo con la mirada vidriosa. Atrás queda la plaza de toros, atrás queda el parque acuático. Atrás quedan los clubes, el minigolf, las freidurías. Atrás queda su amante, atrás quedan los amigos, atrás queda mamá. Los chanquetes, las hamburguesas, los cubalitros. Bruno aprieta el paso, va ganando velocidad, el entorno se descompone en colores primarios, se transforma en un entramado de rayas cinéticas. Casabermeja, Antequera, Humilladero. Los nombres de las poblaciones desfilan junto a un obús embutido en un traje de luces, un obús disparado por el mapa de la península que deja atrás Málaga, que deja atrás Córdoba, que topa con la frontera.

Es de noche, los grillos cantan. Bruno se recuesta contra la valla, jadea. Los faros de los automóviles trazan por la nacional, iluminando su rostro a intervalos. Bruno se quita la montera, la estruja entre las manos, la estrella contra el asfalto. Pasa un coche y la aplasta. Pasa otro y la aplasta más.

«Va volver a hacerlo —dice Carrasco en la planta 7—. Ya te he dicho que esta mañana estaba raro.» «No cortes», repone Alejandra desde control. «¿Estás segura?» «Aún no. Mira.»

Una sombra alargada cae sobre la carretera. Bruno alza la mirada, recula.

Al otro lado de la carretera: Elena. Los amantes intercambian miradas, un torbellino de sentimientos contradictorios sacudiéndoles por dentro.

Elena se quita las orejas de Mickey Mouse, echa el brazo hacia atrás, las lanza. Giran a cámara lenta sobre el tráfico, Bruno las intercepta con la mano. Las mira confundido, vacila un instante. Se las calza en la cabeza, sonríe. Elena sonríe a su vez, da un paso adelante, se lanza a la carrera hacia Bruno. Entonces el chirrido de frenos, el autobús irrumpiendo por la derecha, Elena desapareciendo bajo sus ruedas.

Pasa un coche y la aplasta. Pasa otro y la aplasta más.

Bruno se queda paralizado. Desactivado.

Más allá, en el bosque, destellan luces.

Bruno gira sobre sí mismo, trepa con pies y manos por la valla que delimita la frontera con España. Llorando a moco tendido, insensible al alambre de espino que le hiere los dedos, que le desgarra el traje de luces. De entre los árboles emergen guardia civiles con linternas y fusiles. «¡Alto!», gritan, pero para entonces Bruno ya ha llegado a lo alto de la alambrada, se ha puesto a horcajadas sobre ella, ha saltado hacia la libertad. «¡Corta, Carrasco! —grita Alejandra en la planta 7—. ¡Corta ya!» Una cámara lenta secuestra la caída de Bruno, ralentizándola fotograma a fotograma, deteniéndola en el aire.

Nos quitamos los párpados, orientamos las miradas hacia Carrasco. Carrasco se encoge de hombros. Los créditos desfilan sobre el torero arañado.

El desconcierto abre paso a felicitaciones tímidas, palmas entrechocando sin convicción. «Buen trabajo, Bruno —escribimos con desgana en la ventana de chat—. Hemos terminado por hoy.» Bruno se incorpora en la drenadora, alarma cuando se desploma. Ana y las auxiliares le arrancan el pétalo, despliegan gasas sobre sus llagas. Abandono mi escritorio, me arrodillo junto a él, le meto la toalla en la boca, le hago un manual. Bruno muerde, sorbiendo el Tridaline con avidez. «Tranquilo, Bruno, respira hondo.» Le ayudamos a ponerse en pie, a sentarse en la silla de ruedas. Alza dos dedos victorioso, la sangre fluyéndole por la nariz. Ana le empuja hacia los vestuarios. Su risa cruje pasillo adentro.

Bruno acaba de cargarse a Elena. Bruno ha vuelto a cruzar la frontera. La estadística de suscriptores activos ha vuelto a desplomarse. ¿De qué se ríe Bruno exactamente?

Una hora más tarde casi todas os habéis ido a casa, Bruno emerge de los vestuarios recién duchado, cojeando. Tiene el maquillaje corrido, las hombreras de su americana acentúan su escualidez. Con una mueca de dolor se sienta, abre su cubeta. Va sacando páginas de guión, va pasándoles revista. «Creo que han decidido que la policía española te detiene, Bruno. Te meten en un furgón, te entregan a las autoridades andaluzas.» Bruno guarda los papeles en su maletín, lo cierra. «¿Por qué lo haces, Bruno?» Bruno se vuelve hacia mí, sus dos ojillos negros escrutándome desde el fondo de sus cuencas.

¿Por qué tanta prisa por irte de *Torremolinos*? ¿Es que quieres que terminemos todos en la calle, es que ya no te queda nada que contar? ¿Me creéis capaz de dirigirme en estos términos a un chico que no ha cumplido los veinticinco y que se mueve como un anciano? ¿A una criatura recién drenada que apenas puede caminar?

«¿Estás bien, Bruno?»

Bruno cojea hasta mí. Sus costillas se clavan en mi pecho cuando me abraza. Me da la espalda, arrastra los pies por el pasillo hasta desaparecer en el ascensor.

Desde la ventana veo su Porsche maniobrando en el parking, doblando la esquina tras la que se esconden las ambulancias.

Pero no hay donde esconderse, y cuando llego a casa acuno a Violeta hasta bien entrada la madrugada, y lloro como una tonta repitiéndome mil veces que cuanto más dura la prueba, más razones para luchar.

¿Cómo estáis de motivadas cuando Anglada nos convoca a su despacho al día siguiente? Yo desde luego no mucho. Me columpio reescribiendo el tratamiento de guión, mi cabeza se llena de ideas ominosas apenas entro. Todas tenéis silla menos yo. A la diestra de Anglada, el director de Product Placement de Pepsi. A su izquierda, el ministro de Asuntos Exteriores español. ¿Qué coño es esto? Anglada saca de la impresora una copia del documento, me lo tiende.

«En la ciudad de Málaga, a las 10:00 del 23 de junio, se reúne el Jurado del Certamen Málaga Universal para proceder al fallo del mismo bajo la presidencia de Don Alfonso Méndez, Concejal de Cultura y Deporte, por delegación del presidente Navarrete», etcétera, etcétera.

¿Qué fue lo primero que pensasteis cuando nos anunciaron que Torremolinos había sido premiada? ¿Cómo os sentisteis cuando supisteis que íbamos a recibir una subvención, que la serie tenía su continuidad garantizada? ¿Acaso sentisteis vergüenza? ¿Rabia contra esta compañera que os quiere? Sabéis tan bien como yo que no es cierto. Sabéis tan bien como yo que experimentasteis la satisfacción del trabajo bien hecho. Os sentisteis orgullosas de formar parte de este equipo. Con esto quiero decir que en toda familia hay roces y opiniones divergentes. Todas podemos equivocarnos, ¿verdad? Pero nunca hay que permanecer más firmes que cuando alguien trata de desintegrar la moral del equipo desde dentro, ¿entendéis?

Porque cuando Anglada me pide que me quede al final de la reunión, sé que va a endosarme su basura, pero sé que hay algo más, una intención oculta. Cuando Anglada dice: «Trini, ¿puedes quedarte?», en realidad está mandándoos un mensaje que dice: «Trini no es de fiar». Cuando Anglada dice: «Trini, ¿puedes quedarte?», está dinamitando todo aquello por lo que hemos trabajado juntas. Cuando Anglada dice: «Trini, ¿puedes quedarte?», está atentando contra *Torremolinos*. «Cuento con tu discreción, Trini.» «Confío en ti, Trini.» ¡Ja! Lo que ha venido sucediendo en los pasillos de la productora durante los últimos meses no es ni medio normal. De verdad que es tan típico de Anglada. Pero de algunas de vosotras no me lo esperaba.

Porque por toda la planta 7 se están descorchando botellas, se están repartiendo copas, el cava corre a raudales, y tenemos motivos de sobra para brindar. Y sin embargo ¿no es cierto que a veces el alcohol saca lo peor de nosotras? ¿Acaso hay algo más triste que un rencor ensombreciendo una fiesta? Terminas hablando de más, terminas diciendo cosas que no piensas, ¿no es así? Y qué fácil es culpar a otras cuando la basura te sepulta. Pero lo que hay que hacer con la basura no es derramarla alegremente por las paredes, ni arrojársela a tu compañera. Lo que hay que hacer con la basura es bajarla, ¿entiendes, Merche?

Y tengo más preguntas, aunque estas no nos corresponde contestarlas a nosotras: ¿cuánto hace que los de arriba saben que nos han concedido el premio? ¿Por qué nos avisan con tan poco tiempo? ¿Por qué ni Anglada ni nadie se toma la molestia de hablar directamente con Bruno? ¿Por qué tengo que dar la cara por ellos?

Le convoco el martes siguiente, en el otro edificio, por aquello de la confidencialidad. Desde la ventana le veo bajar de su Porsche, caminar hacia el edificio. Con el brazo rodea la cintura de esa chica medio boba que le hace de agente. Bruno luce su americana de Armani, nos damos dos besos. Los días que han transcurrido desde el último drenaje le han sentado bien. Ya no cojea, el eccema de su cabeza ha remitido, pero todavía no ha recuperado la voz. Pasamos a la sala de reuniones, se sienta frente a nosotras. «Bueno, bueno, Bruno. Tenemos una sorpresa para ti.»

Deposito el pasaporte sobre la mesa, lo empujo en su dirección.

Bruno lo hojea, frunce el ceño. Mira a su agente, luego me mira a mí.

«Enhorabuena, Bruno, la doble nacionalidad es algo de lo que muy pocos andaluces pueden presumir. Con privilegios diplomáticos además. ¿Y sabes por qué te la han concedido?»

Bruno niega con la cabeza.

Abro el documento, leo. «... realizadas las deliberaciones oportunas, el Jurado ha decidido por unanimidad de sus componentes otorgar el Premio Málaga Universal a *Torremolinos* por su meritoria labor a la hora de divulgar la tradición taurina, reivindicar el municipio como espacio de ocio», etcétera, etcétera.

Alzo la mirada del folio. Bruno está helado.

«No es solo un premio de primera categoría, Bruno. Es un reconocimiento a tu condición de disidente del régimen, a todos los que cruzasteis la frontera. El general Navarrete en persona presidirá la gala. Es un gesto político, Bruno, una muestra de buena voluntad. Un momento histórico.»

«El punto culminante de la gala será una sesión de drenaje en vivo, Bruno —interviene la agente—. La retransmitirán en directo por Libertad TV. Te verán todos tus compatriotas.»

Bruno ha cargado las piernas sobre el escritorio. Su risa suena como una guitarra eléctrica a volumen muy bajo pero a tope de distorsión. Bruno extiende dos dedos en dirección a su agente, los frota entre sí.

«Es un premio sin dotación económica, Bruno. Pero la productora va a recibir una subvención, y Libertad TV está interesada en adquirir los derechos de *Torremolinos*.»

Bruno mantiene la sonrisa sardónica, cruza los brazos sobre su pecho, arruga la nariz.

Le tiendo el folleto que me ha impreso Anglada.

«La gala es el domingo por la mañana. El viernes por la noche volamos a Málaga en un jet privado, Bruno. El mejor hotel, los mejores restaurantes. Vuelves a casa por la puerta grande y con todos los gastos pagados, ¿no te parece alucinante?»

Bruno alza mucho las cejas. Sacude enérgicamente la cabeza.

«Es solo un fin de semana, Bruno. Si es necesario, a la vuelta aplazaremos las emisiones para que puedas recuperarte. Sabes que para nosotras tu salud es lo primero.»

Bruno vuelve a sacudir la cabeza.

«El pasado no puede herirte si no se lo permites, Bruno. Te fuiste como un refugiado, vuelves como estrella internacional. Vuelves como un héroe.»

Bruno no mueve un músculo.

«Seguro que hay alguien a quien te apetece volver a ver. ¿O vas a decirme que no hay nadie? Anda ya.»

Bruno se mantiene impasible.

«¿Cuál es exactamente el problema, Bruno? Dínoslo, estamos aquí para ayudarte.» Empujo el bloc y el boli en su dirección.

Bruno ha ido deslizándose hacia abajo en su silla, parece aún más bajito de lo que es. Mantiene los morros fruncidos.

«La drenadora ya está camino de Torremolinos, Bruno —dice la agente—. Digamos que no puedes no ir.»

«Nos daremos unos bañitos, tomaremos el sol. No temas, que tu coach favorita se asegurará de que lo pases bien, ja ja ja.»

Bruno vuelve a arrugar la nariz, Bruno parodia mi risa.

«Van a retirarnos la subvención, Bruno. Van a cancelar *Torremolinos*. ¿Es eso lo que quieres?»

¿Sabéis cuánto me duraron las marcas? De pronto lo tengo sobre mí, sus ojillos refulgiendo al fondo de esos dos charcos de maquillaje, sus manos en mi cuello, su nariz apretándose contra la mía. «Llama a seguridad», grazno, pero la agente corre ya hacia la puerta. La presión desaparece cuando Bruno sale tras ella.

Tiemblo, trago saliva, me masajeo la garganta. Instantes después entra la agente. Nos asomamos a la ventana justo a tiempo para ver el Porsche derrapando por el parking.

«No te preocupes, Trini, cuenta con él —dice la agente—. Está demasiado enganchado.»

¿Alguien sigue creyendo que Anglada me está haciendo un favor, que no me cambiaría por cualquiera de vosotras? ¿Abandonar la seguridad de Madrid? ¿Dejar a mi hija sola con Lurdes? ¿Para irme a Andalucía? ¿Con un ciclotímico que se chuta Tridaline a diario?

Ser madre comporta un sinfín de sacrificios, Violeta, le explico a mi hija la víspera del viaje. Voy a echarte tanto, tantísimo de menos… Mamá está dispuesta a todo por ti, mamá es una mujer responsable. A mamá la están enterrando en basura, pero mamá no se amedrenta, ¿sabes?

Violeta se duerme en mis brazos. Su aparato digestivo emite un ronroneo. Violeta es la cosita más adorable del mundo.

Al día siguiente me suben a Bruno al jet tan puesto que se pasa la mayor parte del viaje sesteando. Para cuando aterrizamos en el Costa del Sol cae la noche. Somos dos turistas más avanzando entre la multitud, hay retratos del general Navarrete por todo el aeropuerto. Una gorra oculta el eccema de Bruno, sus ojillos giran tras las gafas oscuras enfocando a los guardia civiles. Ha recuperado parcialmente el habla, pero su voz brota aún como un hilo a un tris de romperse. «Qué error, Trini, de aquí no salimos vivos», dice encorvándose sobre mí, los párpados a media asta. «Bruno, ¿te quieres callar?» En la entrada diplomática, pronuncia su nombre con acento andaluz. El guardia civil lo busca en el listado, tacha, le abre paso. ¿Y yo? ¿Trinidad Pellejero? ¿Cómo que mi nombre no está? Quedamos en encontrarnos a la salida. «Ni una palabra a los periodistas hasta que yo llegue, ¿entendido?» Bruno asiente. «Mucho cuidado con lo que le dices al alcalde, ¿entendido?» Bruno asiente.

Me pongo a la cola de inmigración, me armo de paciencia. El guardia civil hace girar mi pasaporte entre sus manos. ¿A qué se dedica? ¿Cómo ha conseguido el visado? ¿Tiene amigos en Andalucía? ¿Cuál es el motivo de su viaje?

¿Tiene o ha tenido algún vínculo con el ejército español? ¿Ha pertenecido a un comando terrorista? ¿Trae dinero en efectivo? ¿Cuánto? ¿Le importaría volver a abrir su maleta? Corro a la salida tan pronto me matasellan el pasaporte, pero allí no hay más que turistas. Ni comité de recepción ni periodistas. Entre la multitud se abre paso un guardia civil que sostiene un rótulo que dice «Bruno Bonilla». Va acompañado de otro guardia civil y de un hombre que viste un traje de pana marrón. Me acerco, me presento.

«¡Bienvenida a Andalucía! —dice el hombre atrayéndome hacia sí, propinándome dos besos—. Alfonso Méndez, concejal de Cultura y Deporte para servirla.» ¿Y el alcalde? «Le han salido unos asuntillos urgentes en Cádiz, vuelve mañana.» ¿Y Bruno? «¿No venía con usted?» Aguardamos mientras uno de los agentes se acerca a la caseta de la guardia civil a preguntar, pero regresa diciendo que no han visto a nadie que encaje en la descripción de Bruno (?!). Recorremos el aeropuerto. ¿Saben algo de él los de Asistencia Médica? ¿Y en el servicio de ambulancias? ¿Un chico como avejentado, con gorra, con gafas de sol? ¿Un chico que cojea? ¿No? «Vaya vaya, señorita, se le ha escapao el bicho, ¿eh?» Los guardia civiles se parten la caja. No puedo sacudirme la sensación de que Méndez miente, de que todos mienten. Vuelvo a llamar al móvil de Bruno, vuelvo a llamar al hotel. Entramos en las tiendas de souvenirs, en las freidurías, en los lavabos. ¿Y en el alquiler de coches? ¿Y en el servicio de taxis? A Méndez le suena el móvil. «Sí que lo siento, señorita, pero tendríamos que ir tirando.» ¿Cómo? «Es que tenemos un poco de prisa, ¿sabe usted?» ¿Y Bruno? Méndez me da su tarjeta. «Hacemos una cosa. Cuando aparezca, me llama usted y mañana nos vemos en el ayuntamiento, ¿vale? ¿Quiere que la acerquemos al hotel?» ¿Pero cómo voy a marcharme sin Bruno? «No se preocupe por el chaval, mujer, que aquí hay mucha chica guapa y se habrá encariñao de alguna, ja ja ja.» Méndez me deja tirada. Vacío un cubo de histeria en el buzón de voz de Anglada, en el hotel siguen sin saber. Sigo dando vueltas por el aeropuerto hasta que el mono se vuelve insoportable. Canjeo euros por andalusíes en una casa de cambio, saco tabaco de una máquina. Al otro lado de las puertas giratorias me envuelve una esponja caliente, mi piel se humedece al instante. Me arranco la chaqueta, enciendo un cigarrillo. Dos chicos que fríen pescado en un hornillo me estudian con curiosidad. ¿Un señor encorvado? ¿Con costras en la cabeza? ¿En serio le habéis visto? ¿Por dónde? El mayor me guía por el descampado pero pronto se pone nervioso, trata de meterme mano. Corro de vuelta a la terminal, me arrojo dentro de un taxi. «Al Meliá Torremolinos, por favor.»

«De Madrid, ¿eh? ¿Y cómo es que la han dejado entrar en el país?» «¿Y qué se le ha perdido en Málaga?» «¿Y qué tal andan las cosas por España?» «Europa nos la está dando sin vaselina, ¿eh?» «Estoy muy nerviosa, por favor, déjeme tranquila.» «¿Qué le pasa, señorita?» «Acabo de perder a un amigo.» «Cagüen la mar, ¿y de qué ha muerto, señorita?» Al otro lado de la ventanilla, naves industriales reconvertidas en discotecas, prostíbulos de carretera, bloques hoteleros. «¿Se le ha comido la lengua el gato? Mire que los españoles se lo tienen creído, ¿eh?» El taxista cambia al carril rápido, acelera. Me crucifica con los ojos a través del retrovisor. «¿Viene usted a buscarle sustituto a su amigo, señorita? ¿Quiere un poco de acción?» El taxista pisa a fondo, derrapa, examina mis reacciones. «¿O es que se le ha quedado encogido por falta de uso?»

Me deja frente al hotel, en una calle por la que fluye la riada de turistas más caudalosa que haya visto jamás. Desde los pubs de enfrente retumba la música. Un retrato de perfil del general Navarrete preside la recepción. La chica comprueba mi pasaporte, hago el check in. ¿De Bruno no hay nada todavía? ¿No? ¿Pueden llamarme si aparece? «Por supuesto, señorita.»

Arriba, las sábanas limpias, la ducha templada. Me deslizo hacia la inconsciencia. ¿Cuánto tiempo ha pasado? Timbrazos en la negrura.

«¿Qué es eso de que has perdido a Bruno? —pregunta Anglada—, ¿dónde estás ahora mismo?» Parpadeo en la penumbra, balbuceo incoherencias. Anglada está fuera de sí, andanada de gritos a la una de la madrugada. «¡Calla y escucha, idiota! —le atajo—. Al final Bruno tenía razón, creo que han ido a por él.» «¿Quiénes?» «¿Quiénes van a ser? Los del Partido.» «No digas tonterías, Trini.» «Así que tonterías, ¿eh? ¿Has hablado con Logística? ¿Cómo es que la drenadora todavía no ha llegado? ¿No te parece demasiada coincidencia?» «Tranquilízate y piensa un poco, Trini.» «Sabías perfectamente a qué me enviabas, ¿verdad? ¿Qué os traéis entre manos?» «Cierra el pico y escúchame tú. ¿Cuántos andaluces cruzan la frontera al año de manera ilegal? ¿Crees que Navarrete iba a arriesgarse a desatar un conflicto internacional deteniendo al creador de una serie de entretenimiento?» «¿Se te ha ocurrido pensar que tal vez pretenda dar ejemplo?» «En tal caso ¿por qué no hace encarcelar a Carbonell? ¿O a Figueras, o a cualquiera de los que andan por ahí largando contra el régimen?» «¿Dónde está Bruno entonces, según tú?» «A ver, Trini, como si no le conociéramos. Mueve el culo y echa un vistazo por los bares.» «¿Qué bares?» «Joder, cualquiera diría que nunca hayas visto la serie. Los del parque acuático, los del Calvario, qué sé yo. Ponte las pilas y encuéntralo antes de que nos la líe parda, ¿estamos?»

Me visto, bajo a recepción, pido un taxi. «¿Y a dónde va usted, señorita?», pregunta la chica descolgando el teléfono. «Al Calvario» «¿A estas horas?» «¿Qué pasa?» «No sé yo si le vamos a encontrar taxista.» «¿Por?» «Es peligroso, señorita.» «Dígales que pago en euros, que se llevarán una buena propina.» «Como usted quiera, señorita, pero no estaría de más que la acompañara el chico.» ¿Qué chico? ¿Bruno? ¿Cómo que Bruno ha llegado? «Ha hecho el check in hará una media hora, señorita.» «¿Por qué nadie me ha avisado?» «Yo de eso no sé nada, señorita, mi turno acaba de empezar.»

Tomo el ascensor, llamo repetidamente a la puerta de Bruno. Por fin un chasquido. Bruno trastabilla fuera empuñando un estoque, se agarra al marco para no caer. El aliento le huele a destilería.

«¿Se puede saber dónde te habías metido?» Bruno sisea una risotada maníaca, agita patosamente la espada frente a mi cara. Me lanza la zarpa, me agarra una teta. «Bruno, para.» Bruno se abraza a mí. Me lo despego, lo empujo al interior de la habitación. Sigo empujando hasta que cae de espaldas en la cama. Recojo el estoque del suelo, leo la inscripción de la hoja.

«Cuando uno elige jugarse la vida, también tiene derecho a elegir otras cosas.»

Bruno se revuelca en la cama, se abraza las rodillas, solloza. Tirada junto a la almohada, una bolsa de papel marrón muy manchada.

La abro. Empanadillas azucaradas.

«¿De dónde has sacado esa espada?, ¿dónde has estado?»

Bruno boquea en posición fetal. Me acuclillo, me concentro en su vocecita asfixiada. «… alda.» «¿Qué?» «Me ha dado la espalda, Trini.» «¿Quién?» «No quiere saber nada de mí, Trini, sin su ayuda estamos muertos.» Bruno se encoge más aún sobre sí mismo, su rostro se contorsiona en una mueca de dolor. «No digas chorradas, Bruno. ¿Cuántos andaluces cruzan la frontera al año de manera ilegal? ¿Crees que van a arriesgarse a desatar un conflicto internacional encerrando a uno que se ha hecho famoso?» «… aline.» «¿Qué?» «Tridaline.» Descuelgo su americana de la silla, saco el frasquito y la hipodérmica, los arrojo sobre la cama. Observo cómo Bruno maneja la jeringuilla, cómo se pincha en la junta del brazo. La extrae entre espasmos, entrecierra los ojos, recupera la posición fetal. Saco una de las empanadillas azucaradas de la bolsa, me la acerco a la nariz. Huele a vino y aceite. «¿Has cenado, Bruno? ¿Me das una empanadilla?» «… chuelos.» «¿Cómo?» «Los ha hecho para mí, guarra, no toques mis borrachuelos.» «¿Los ha hecho Elena, Bruno? ¿Sigue viva?» Bruno rueda sobre el edredón, emite un ronquido.

Me vuelvo. El general Navarrete me observa desde un retrato en la pared.

Cierro la puerta, regreso a mi habitación. Instantes después yo también ronco.

Entonces la trompeta, entonces los platillos. La música irrumpe en mi sueño, el sol me quema los ojos. Abro para que se ventile, me asomo al balcón. Los gitanos, la cabra, el corrillo. Los turistas derramándose por las marisquerías, por las heladerías, por los puestecitos de garrapiñadas y bisutería. Un portero ahuyenta a los niños que corretean descalzos frente al hotel.

¿Y Bruno? En recepción me confirman que aquí sigue. «¿Te me vas despertando, Bruno, por favor?» Bruno gruñe, cuelga.

Saco la tarjeta de mi bolsillo, tecleo el número. «¿Ayuntamiento de Torremolinos, dígame?» «Con el señor Méndez, por favor.» «Ahora mismo está reunido, ¿de parte?» «Soy Trinidad Pellejero.» «Y qué quería usted.» «Llamo por la gala de mañana en la Casa de Cultura.» «Para eso tiene usted que hablar con su secretaria, señorita.» «Páseme con ella, por favor.» «Es que también está reunida.» «¿Sabe si tienen para mucho?» «Pues no sé, ¿se quiere usted esperar?» «Dígale a Méndez que Bruno Bonilla por fin ha aparecido, que nos vemos en un rato.» «Ajá.» «Nos alojamos en el Meliá.» «Ajá.» «¿Sabe si van enviar un coche oficial a recogernos?» «¿Con la que tenemos montada?» «¿A qué se refiere?» «En Cádiz los disidentes han salido a la calle, ¿sabe usted?» «¿Estamos lejos del ayuntamiento?» «Aquí no hay nada que esté lejos, señorita.»

Me reúno con Bruno en el lobby. ¿Por dónde se va al ayuntamiento? Abandonamos el aire acondicionado, el sol cae a plomo sobre nuestras cabezas. Los vendedores ambulantes son agresivos, pero lo peor son los niños. Un euro, un euro, un euro. Apretamos el paso, los abroncamos, pero no sirve de nada. Se dispersan cuando un tricornio asoma por poniente, pasado el peligro se reagrupan, extienden las manos de nuevo. Un euro, un euro, un euro.

Damos cuenta de sendas tostadas con jamón en una terraza del Paseo Marítimo, un hombre enjuto los mantiene a raya, nos lanza miradas de reojo. Bruno tampoco le quita ojo de encima. «¿Os conocéis? ¿Reconoces a alguien?» «Ese me suena mucho», dice su vocecita asfixiada. «¿De qué?» «No estoy seguro, me habéis drenado más de lo que creía.» «¿Los olvidas aunque les cambies las caras y los nombres?» «Si no les cambiara las caras y los nombres ya me habrían pegado un tiro, Trini.» «No digas tonterías, Bruno.» «Esto no es como en la serie, Trini, no tienes ni idea de con quién te estás jugando los cuartos.» Bajo las palmeras siguen desfilando europeos entrados en años, en bañador, en camisetas de tirantes. Espaldas rojas, pieles cuarteadas. Desde la mesa de al lado, un hombre que viste enteramente de blanco me guiña un ojo. «Le diste plantón al concejal de Cultura, Bruno», digo. «No estarás pensando en armar alguna de las tuyas durante la gala de mañana, ¿eh?» Bruno me dedica una sonrisa sardónica. «Proyectarás lo que convinimos, Bruno, *Torremolinos* depende de ello, ¿entiendes?» La mano de Bruno se cierra sobre mi teta. «No, Bruno.» Bruno aprieta. Le asesto un bofetón. «No se te ocurra volver a hacer eso en público, ¿me has oído?» Bruno se levanta sin perder la sonrisa, se aleja hacia el lavabo. Me pierdo en la canción de Mónica Naranjo, en el vaivén del mar, en el flujo y reflujo de turistas. Gafas de sol, gorras de béisbol, sombreros mejicanos. Tatuajes, verrugas, varices. El hombre del traje blanco vuelve a guiñarme el ojo, alza la copa en mi dirección. Le devuelvo el guiño, le devuelvo el brindis. ¿Y Bruno?

Ha cruzado la calle. Veo cómo extiende un dedo, cómo pulsa en un interfono.

De un salto me pongo en pie, llamo al camarero. Arrojo un billete de mil andalusíes sobre la mesa, corro hacia el semáforo. Bruno me ha detectado, ahora es él quien corre hacia mí. «¿Qué estabas haciendo, Bruno?» Bruno se sorbe las narices, lanza un escupitajo al suelo. Me llego hasta el interfono, leo. Ninguno de los nombres me dice nada. Bruno gesticula en dirección al ayuntamiento. «¿Quiénes son, de qué los conoces? ¿Bruno?» Bruno ha echado a andar. «¡Bruno! ¡Espera, Bruno!» El flamenco retumba en los chiringuitos, el gentío nos absorbe. Bolsos, pulseras, cucuruchos de chipirones. «Porque usted lo vale, aprovéchese.»

«Hola, nos habíamos citado con el señor Méndez.» «No está, señorita.» «¿No le ha dado mi recado?» «¿Cómo?» «¿No he hablado con usted?» «Eso no puede ser, señorita, yo acabo de llegar.» «¿Y la secretaria del señor Méndez?» «Se ha ido.» «¿Adónde?» «Trabaja hasta las doce.» «¿Y el alcalde?» «En Cádiz, señorita, ¿no se ha enterado de los disturbios?» «¿Y lo de la gala quién lo lleva?» «¿Qué gala?» «La entrega de premios de la Fundación Málaga Universal.» «Señorita, yo de eso no sé nada, hable usted con el camarada Méndez.» «Por favor, telefonéele.» La chica descuelga, llama. «¿Ve? No contesta.» «¿Y cuándo volverá?» «No puede tardar.» «¿Podemos esperarle aquí?» «Por favor, siéntense.»

Tomamos asiento en la banqueta. El general Navarrete nos observa desde un mural.

«¿Sabe si va a tardar mucho todavía?» «Quince minutos como mucho, señorita.»

«¿Está segura de que va a venir?» «Tiene que estar al caer.»

«¿Sabe si...?»

Dejamos recado de que nos telefoneen, salimos a dar una vuelta. Llamo a los transportistas, la drenadora sigue sin aparecer. Nos compramos unos helados, por la calle desfila una tanqueta. Desde que regresé no paran de preguntarme cómo es Torremolinos en realidad, y al final el centro turístico es eso. Un helado y una tanqueta, una discoteca y un cuartel militar. Soldados armados hasta los dientes, jubiladas teñidas. La playa, las gaviotas, las ametralladoras. Alemanes y holandeses entrando en las sucursales bancarias con sus maletines negros, cebando sus cuentas opacas mientras sus esposas se tuestan al sol. Se hace un poco extraño al principio pero enseguida entiendes por qué a los europeos les encanta. Todo a tu alrededor está dispuesto para que lo pases bien, para que te dejes llevar, pero te sientes seguro, te sientes protegido. Dan ganas de soltarse el pelo, pero para nosotros no es tan sencillo, ¿verdad? Los españoles no podemos olvidar entre quiénes estamos, qué pasó entre nosotros. Andalucía es nuestra hermana, y a veces tu hermana es un espejo en el que mirarte, y a veces tu hermana no es más que un montón de basura. Pero Andalucía es también nuestra hija, ¿verdad? ¿Y qué hemos hecho con nuestra hija? ¿Nos hemos portado como una madre responsable? ¿Hemos sido excesivamente autoritarios? ¿La hemos malcriado? Bruno mira a su alrededor, los ojos muy abiertos, como tratando de capturar todas las fachadas, todos los rostros. Hay quien nos enfila con la mirada, luego la aparta de repente. «¿Está muy cambiado? ¿Lo recordabas así?» Bruno arruga la nariz, saca la lengua. «No me digas que no sentías como mínimo un poco de nostalgia.» «Vacío.» «¿Cómo?» «¿Por qué me hacen el vacío? —sisea con fuerza contra mi oído—, ¿por qué actúan como si no me reconocieran?» «Lo único que pueden ver es Libertad TV, Bruno.» Bruno imposta una mueca de incredulidad. «No seas así, Bruno, los que han aprendido a saltarse el proxy son una minoría. ¿De verdad no reconoces a nadie? ¿Quién vivía en aquel edificio?» «Hotel.» «¿Qué?» Bruno hace el gesto de pincharse, me da la espalda, echa a caminar. «¿Y nuestra cita con Méndez? ¿Quieres que probemos suerte en la Casa de Cultura?» Bruno se vuelve, me muestra el dedo medio. «¿A qué viene eso, Bruno?»

En el Meliá me paso quince minutos gritando por el auricular mientras los transportistas hacen rebotar mi llamada entre terminales. ¿Cómo puede perderse una drenadora?

¿Cómo desaparece algo de ese tamaño? En Libertad TV echan un docudrama andaluz a la vieja usanza, con actores y localizaciones reales. El campesino agarra al señorito por las solapas, lo empuja puerta a través, lo echa de su propia casa. Bruno acaba de chutarse Tridaline, está al borde de la letargia. «Fosas comunes», dice. «¿Qué?» «Los campesinos fueron los primeros —murmura—, los primeros en ser fusilados.» «¿Por qué no duermes y recuperas fuerzas, Bruno?» «Campos de internamiento.» «Déjalo ya, Bruno.» «Solo recuerdo lo malo, ¿entiendes, Trini? Se llevan la belleza, los momentos significativos.» «Descansa que yo me ocupo, Bruno.» Sus ojos se cierran, ronronea junto a mí como un gato. Vuelvo a intentarlo con Méndez. Vuelvo a intentarlo con Anglada. El campesino mira a cámara, sonríe. Tiene la dentadura podrida. Vuelvo a probar suerte con Lurdes.

«¡Lurdes, por fin!, ¿has acostado ya a Violeta?» «¿Y qué le has dado de merendar?» «Oh, ¿la tripita?» «No se lo habrás calentado demasiado, ¿verdad?» «¿Ha preguntado por mí?» «Ay, qué cosita más rica, cuídamela, ¿vale?» ¿Es un taladro eso que trae el campesino? La broca empieza a girar, los andaluces danzan alrededor del señorito. Entonces los gritos, entonces la vibración en la mesita de noche.

Bruno se incorpora, parpadea. Coge su móvil.

«Sí.»

«Ya.»

«Vale.»

«No puedo.»

«Te digo que no puedo. Vale ya.»

«¿Quién era, Bruno?» Bruno se sienta al borde de la cama, se calza. «¿Qué pasa, Bruno? ¿Era Méndez? ¿Era Anglada?» Bruno niega con la cabeza, se abrocha los zapatos. «¿Era tu madre?» Bruno se pone en pie, coge su americana de la silla, se la pone. «¿Adónde te crees que vas, Bruno? Van a llamarnos de un momento a otro.» Bruno coge el Tridaline, lo guarda en su bolsillo interior. «Como quieras, voy contigo.» Bruno me lanza una mirada asesina. «¿Te avergüenzas de mí, Bruno?» Bruno asiente. «Soy una profesional.» Bruno ríe, asiente otra vez. «¿Crees que no me importas?, ¿crees que no me preocupo por ti?» Bruno se pone la gorra, acerca su boca a mi oído. «Escucha, Trini, van a venir unos hombres preguntando por mí, ¿entiendes?» «¿Quiénes?» «Pase lo que pase no te asustes.» «¿Por qué iba a asustarme?» «Pase lo que pase no salgas del hotel, ¿de acuerdo, Trini?» «¿No te das cuenta de que estás paranoico?» Bruno se dirige a la puerta. Encajo los pies en mis sandalias, salgo tras él. «Muy bien, ¿adónde vamos?»

Al instante siguiente lo tengo encima. A horcajadas sobre mí, paralizándome los brazos con las rodillas, sobándome las tetas. Bruno acerca su boca a la mía, me envuelve el tufo a medicación. «¡Bruno, no!» Bruno enseña los dientes, alcanza el estoque, acerca la punta a mi garganta. «¡Bruno, para!»

Mira al techo de reojo como si oyera música, se detiene en seco. De un salto aterriza en el suelo, derrapa, sale dando un portazo.

Quedo tendida bocarriba, respiro hondo. Respiro hondo otra vez.

Y ahora qué.

Ahora el teléfono.

«Ahora no es el momento, Lurdes.» «Vale, te llamo más tarde.» «¿Qué pasa?» «Era para que no te preocuparas.» «¿Para que no me preocupara de qué?» «Violeta está en observación, Trini.» «¿De qué estás hablando?» «Se le ha puesto la cabeza morada, no paraba de llorar.» «¿Violeta? ¿Qué le pasa a Violeta?» «En el hospital le han puesto una inyección pero ya está bien.» «¿Está bien?» «Está perfectamente.» «¿Estáis ya en casa?» «Se la quedan por si acaso.» «¿Seguís en el hospital?» «Solo por si acaso.» «¿Por si acaso qué? ¿Se puede saber por qué no me has llamado antes, Lurdes?» «Prácticamente acabamos de hablar, ¿no?» «Violeta es mi hija, Lurdes. ¿No te parece que podría interesarme lo que le pasa a mi hija?» «Oye, Trini, no la pagues conmigo, ¿vale?» «¿Qué le has dado de merendar?» «Te digo que ya está bien, Trini.» «¿Qué le pasaba?» «No lo sé, pero ya pasó.» «¿Estás segura?» «Que sí, Trini.» «No te muevas de su lado, ¿me oyes?» «Vale.» «Quédate con ella suceda lo que suceda, ¿me has entendido?»

Ayuntamiento de Torremolinos, nuestro horario de oficina es de once a una y de tres a cinco. Anglada dice que me tome un tranquilizante pero no pienso tranquilizarme, no estoy dispuesta a seguir lidiando con su basura. «La drenadora sigue sin aparecer, Bruno ha vuelto a largarse. Habla con el alcalde, con Navarrete o con quien tengas que hablar porque ese Méndez es un impresentable, con él no podemos contar, ¿me oyes?»

En la calle se escucha un clamor. Me asomo al balcón. La riada de turistas se congrega ahora alrededor de tres nazarenos. Permanecen muy quietos con sus trajes morados, muy tiesos. Sostienen tres pancartas en alto. En todas ellas, un mismo lema en negro sobre blanco: «Queremos toros».

Ayuntamiento de Torremolinos, nuestro horario de oficina es de once a una y de tres a cinco. Deje su mensaje después de oír la señal. «Soy Trinidad Pellejero, la coach de Bruno Bonilla. Necesito hablar urgentemente con el señor Méndez sobre la gala que tenemos programada mañana por la mañana en la Casa de Cultura. Lo más probable es que haya que aplazarla. Por favor, llámeme de inmediato o tomaré las medidas oportunas. Gracias.»

Me asomo al balcón de nuevo. Uno de los nazarenos alza la mirada. Cierro de un portazo, regreso a la cama.

Sucumbo al docudrama. Los campesinos han sacado el Mercedes del señorito del garaje, se han subido al techo. Uno de ellos toca la trompeta, su camarada brama por un megáfono. El diesel abollado atraviesa los latifundios radiando su charanga, sacando a la gente de sus casas.

Dan las nueve en la iglesia, Bruno sin contestar. Los nazarenos siguen frente al hotel. «Queremos toros.»

De camino al restaurante paso por recepción. «¿Qué hacen aquí esos señores?» «¿Quiénes, señorita?» «Los nazarenos.» «Ah, esos.» «¿A qué viene lo de los toros?» «Pues no sé.» «¿Es por nosotros?» «Por mí seguro que no, ¿tienen ustedes cuernos?, je je je.» «Hablo en serio.» «¿No montan ustedes un espectáculo mañana?» «Algo así.» «Pues eso será.»

Los capuces de terciopelo púrpura, los ojos brillando tras los agujeros. Los nazarenos se acercan hasta casi tocar el cristal. Las pancartas. «Queremos toros.»

Camino resoluta hacia ellos, los nazarenos retroceden. Para cuando salgo por la puerta se han mimetizado con la multitud.

Entro en el hotel, me siento en el lobby. Tres siluetas moradas van acercándose al otro lado del cristal. Las capuchas. Las pancartas. «Queremos toros.»

«¿Seguro que es para promocionar la gala de mañana?» «Supongo.» «¿Y por qué nadie me ha dicho nada?» «Pues eso tendrá usted que preguntárselo a quien corresponda, señorita.» «¿No puede llamar a la policía?» «¿La han molestado a usted?» «Me están poniendo muy nerviosa.» El recepcionista alza la mirada de su monitor, sonríe malévolamente. «Señorita, no sé qué harán ustedes en España con los aficionados, pero este es un país libre.»

Picoteo la cena sin apenas probarla, doy cuenta de la botella de vino. Ya en la habitación vuelvo a asomarme. Ahí siguen los nazarenos, mirando hacia mi balcón. «Cuartel de la guardia civil de Torremolinos, ¿dígame?» «Escuche, hay unos hombres disfrazados frente a mi puerta.» «¿Disfrazados de qué?» «Pues disfrazados de...» «¿Por qué finge acento español? ¿Desde dónde nos llama?» Boqueo frente al auricular, cuelgo. Arrastro las mesitas de noche hasta la entrada, apuntalo la puerta. Solo el sentido del ridículo me impide hacer lo mismo con el resto de los muebles. ¿Por qué no contestas, Lurdes? En Libertad TV, los campesinos avanzan hermanados por Sevilla coreando *La Internacional* y en cambio yo estoy sola, solísima. ¿Dónde os habéis metido, chicas? ¿Cómo andan las cosas por la planta 7? ¿Afinando las estructuras de guión de la siguiente temporada? ¿Definiendo nuevos filtros? ¿Te apetece una Pepsi, Merche? Invítame a un café y a un piti, no seas agarrada, ja ja ja. Lo que nos hemos reído juntas, ¿verdad? Y qué poquita cosa somos sin camaradería, y qué poquita cosa sin actividad. Los campesinos rocían a otro terrateniente con gasolina, yo descorcho otro botellín del minibar. Brindo con el retrato del general Navarrete.

Por la mañana, el sol inundándolo todo, el desgaste, la resaca. Una pereza monstruosa. Ayuntamiento de Torremolinos, le recordamos que nuestras oficinas permanecerán cerradas todos los domingos y festivos excepto el día de Nuestra Señora de la Victoria. Deje su mensaje después de oír la señal. Parálisis, horizontalidad. ¿Cuánto rato llevo tumbada? ¿Una hora? ¿Dos? ¿Qué tiene el techo que no puedo dejar de mirarlo? ¿Es su blancura? ¿Es su limpieza? ¿Es así como querría sentirme? ¿Es así como me sentiré cuando todo termine? ¿Cuánto falta para que empiece la gala? ¿Tres horas? ¿Dos?

«¿Trinidad Pellejero?» «¿Sí?» «¿Hablo con la señorita Trinidad Pellejero?» «Sí, ¿qué pasa?» «El señor Méndez pregunta por usted.» «Pásemelo.» «Dice que la espera en el lobby.» «¿Está aquí?» «Sí.» «¿Ahora?» «Sí, señorita.» «¿Y Bruno?» «¿Quién dice usted?» «¿El huésped de la habitación 207? ¿Sabe si ha vuelto a su habitación?» «Ah, nada de nada, señorita.» «¿Está usted seguro?» «Segurísimo, señorita.» «Dígale al señor Méndez que bajo enseguida.» «Sí, señorita.» «Dígale que no se mueva de ahí, ¿de acuerdo?» «Sí, señorita.»

Me incorporo, me asomo al balcón. Ni rastro de los nazarenos. Solo la sempiterna riada de turistas.

Tomo el ascensor, me apresuro hacia la recepción. «El señor Méndez acaba de irse, señorita.» «¿Qué?» «Hace un momento.» Corro a la salida. Me lo encuentro fumando en la acera de enfrente, charlando con su escolta. «Ya era hora», dice cuando me acerco. «¿Cómo que ya era hora? ¿Dónde se había metido usted?» «Ja ja ja, ya sabrá perdonarnos, tenemos un jaleo del copón bendito, pero no se preocupe que ya está todo solucionado.» «¿Han encontrado a Bruno?» «¿Pero no estaba con usted?» «Ha vuelto a irse.» «Coño, ahora que teníamos drenadora.» «¿Ha llegado?» «La que enviaron ustedes sigue sin aparecer, pero tranqui, que le hemos conseguido otra.» «Escuche, hay que aplazar la gala.» «Eso es imposible, señorita, no se puede aplazar.» «¿Asume usted la responsabilidad si la gala empieza sin Bruno?» «No le dé demasiadas vueltas, que al final el presidente Navarrete no va a poder venir, y el alcalde tampoco. —Méndez se inclina, baja la voz—. En Cádiz hemos tenido que sacar los tanques a la calle, ¿sabe usted?» «Responda mi pregunta: ¿asume usted la responsabilidad?» «Ja ja ja, no se coma la olla y vámonos, que para cuando queramos darnos cuenta nos hemos quitado esta mierda de encima.» Méndez me agarra del brazo, tira de mí por la calle atestada. «Escuche, lo de los nazarenos ¿fue cosa suya?» «¿Qué?» «Los hombres con pancartas que se presentaron aquí anoche.» «Qué cosas más raras me cuenta usted, señorita.» «Bruno Bonilla sufre de manía persecutoria, ¿entiende? Bruno es drogodependiente y tiene un trastorno mental grave.» «Sí que lo siento, señorita.» «¿No piensa hacer nada al respecto?» «¿Y qué quiere que haga? A mí solo me han dicho que instaláramos la drenadora.» «¿Ni siquiera va a avisar a la policía?» «Con todo el respeto, señorita, aquí las fuerzas de seguridad no están para hostias.» Me libero del brazo de Méndez, me enfrento a él. «¿Y para qué están entonces? ¿Para qué están ustedes? En mi vida he visto semejante desbarajuste, nos han dejado ustedes tirados, nos han...» «Cállese.» «¿Qué?» Méndez vuelve a agarrarme del brazo, le sigo a traspiés por la calle. «Ja ja ja, ¿ha visto qué bonita ha quedado La Carihuela ahora que la hemos asfaltado? Luego la llevo a una marisquería que se va usted a chupar los dedos.» Lucho por liberarme. «¿Pero qué se ha creído?» Méndez me acorrala contra la pared, carga su pecho contra el mío. «Escuche, señorita, llevo rato mordiéndome la lengua, así que córtese un poco porque empiezo a estar hasta los mismísimos cojones, ¿vale? La drenadora está preparada, la pantalla está preparada, y no son cosas que se hagan solas, son cosas que cuestan esfuerzo como para encima tener que aguantar que venga usted amenazando y echando mierda a mis espaldas. Se ha acabado, ¿me entiende? Se ha acabado porque no se lo consiento.» «¿Pero en qué va a consistir el espectáculo? ¿No se da cuenta de que va a ser un desastre?» «¿Su obligación no era traer al torero? Pues apechugue y para adentro —Méndez señala el coche oficial junto al que nos hemos detenido—, que en un momento dado la enchufamos a usted a la máquina y a ver qué sale, ja ja.»

Un chófer con gorra mantiene la puerta abierta. Me vuelvo. Los guardia civiles que nos escoltan sonríen en la retaguardia. La riada de turistas sigue fluyendo a nuestro alrededor. Al fondo, en la plaza, la estatua ecuestre de Navarrete nos observa.

«Ande, para que vea que no le tengo coraje, ahora mando buscar al Bruno», dice Méndez.

Deslizo una pierna en el habitáculo, me acomodo en el asiento. El coche oficial avanza a cámara lenta, Méndez hace sus llamadas. Por la ventanilla desfilan las palmeras, los bloques hoteleros, un grupúsculo de casitas resistentes. «Un chaval con una especie de sarpullido en el tarro, os dais una vuelta por el Calvario y me lo traéis si aparece, ¿okey? Pero enterito, ojo, tratádmelo con cariño.» Cuanto más nos alejamos del centro, más diluidas las multitudes, más vacías las calles. Los pubs dan paso a bares de mala muerte, los supermercados a colmados destartalados. Las fachadas empiezan a mostrar cicatrices de bala, mutilaciones de obuses. Casas heridas de muerte junto a montañas de escombros. Grúas, zanjas, hombres acuclillados en descampados, compartiendo botellones. El Mercedes zigzaguea entre unos greñudos que emergen de la nada cantando saetas. «No se equivoque, que los andaluces somos gente de orden —dice Méndez guardando su móvil—. Pero ya ve que también nosotros tenemos nuestras ovejas negras.» «¿Son disidentes del Partido?» «¿Esos?

Esos de lo único que disiden es de trabajar.» El coche se detiene, bajamos.

Alzo la mirada hacia la edificación blanca y chata. Parece un almacén. «¿Y esto?» «La Casa de Cultura, señorita.» Uno de los guardia civiles me hace un gesto hacia el portalón metálico. «Andando.»

Nuestras pisadas resuenan por el pasillo, la guardia civil detrás de mí. Fluorescentes parpadeantes, baldosas rotas, paredes hinchadas. Olor a humedad, polvo cosquilleándome en la nariz. Al extremo, una puerta.

Abro, miro en derredor. Desplegadas sobre el piso de cemento, una veintena de sillas. Aquí y allá, fotocopias oscurecidas del cartel que nos mostró Anglada. Las sillas están vacías a excepción de las que ocupan dos señoras.

«Muy buenos días», saluda una de ellas abanicándose con un folleto. «Buenos días nos dé dios», responde Méndez. Avanzo hacia el entarimado de madera. Una drenadora cuadrangular, como las que aparecen en las fotos de archivo. Casi enteramente metálica, descascarillada, las correas de piel colgando a ambos lados. Una grieta larga y delgada recorre la tapa de plástico. La manguera de cables se derrama por el suelo, repta entre las sillas hasta la unidad de control que han instalado al fondo. Desde allí un proyector dispara una vieja foto de Bruno contra el escenario.

Méndez se ha desparramado en una silla, ha cruzado las piernas. Sonríe de oreja a oreja.

«¿Aquí? ¿La gala se celebra aquí?»

«En cinco minutos, señorita. ¿Está chulo o no está chulo?» «¿Y los periodistas?» «Pues en la playa, como todo el mundo.» «¿No iban a retransmitirla en directo?» «No sé qué ideas traía usted, señorita, pero aquí ustedes los españoles no son muy populares que digamos.» Las señoras mayores ríen. Por la puerta entra un chico en chándal, se sienta en primera fila, le da un tiento a su cerveza.

Abro la tapa de la drenadora. Los vapores del líquido amniótico rancio me golpean en la cara. Tiro del cable, extraigo el pétalo. «¿De dónde han sacado esta antigualla?» «Tranqui, que chuta de puta madre, que me lo ha dicho el técnico.» Las clavijas del pétalo están renegridas, recubiertas de una película mohosa. Atravieso la estancia, me inclino sobre Méndez. «Por el amor de dios —susurro—, este equipo no está en condiciones.» «¿Es que piensa usarlo usted?» «No.» Méndez pone los ojos en blanco, hace una mueca de fastidio. «A ver, señorita —baja la voz—, ¿qué horas son?, ¿las once? Pues esperamos a y veinte. ¿Que el Bruno aparece? Pues estupendo. ¿Que no? Pues ponemos la directa y libramos antes.» «Esa drenadora no sirve para nada, eso es un foco de infección.» «Si no va a venir, mujer.» «¿Cómo lo sabe?» «No me ponga más nervioso y siéntese de una vez, coño.»

Me siento. Dan las once y diez.

Dan las once y cuarto. Para entonces a nuestro público se ha sumado una pareja de ancianos, un cincuentón, otro muchacho en chándal.

Méndez se levanta de la silla, se sube al entarimado. «A ver, que al final no va a haber show.» «¿Cómo que no va a haber show?», pregunta el chico de la cerveza. «Pues ya ves tú, que el nota no ha venido —Méndez saca un papelito de su bolsillo—. Pese a todo, me siento muy honrado de entregar el Premio Málaga Universal de este año a Bruno Bonilla por *Torremolinos*. Recoge el trofeo en su nombre Trinidad Pellejero. Un fuerte aplauso.» Algunas palmas entrechocan, Méndez me apremia con la mirada. Vacilo, me pongo en pie. Subo al entarimado. Méndez me tiende una medalla. «Enhorabuena.» La tomo en mis manos. Tiene grabado el perfil de Navarrete. Alzo la mirada. Todo es apatía.

«Gracias —digo—, gracias por venir.»

Los guardia civiles aplauden, los demás me observan. Hay intercambios de miradas, cuchicheos. El chico de la cerveza se pone en pie, se dirige mansamente a la puerta.

«¿No van a echar nada en la pantalla?», pregunta el anciano. Méndez menea la cabeza. «Ya lo sentimos pero no.» El anciano chasca la lengua, se levanta. Lo mismo hace el resto del público. «Muchas gracias a todos por haber venido, pasen un buen domingo.» Aún no ha salido el último y Méndez ya me ha agarrado del brazo. «En marcha, señorita». «¿Adónde se supone que vamos?» «A la marisquería que le dije, que Torremolinos invita. Para que se le pasen los malos rollos y cuente en España lo bien que la hemos tratado.» «Suelte.» «¿Qué?» «Que me suelte.» «¿Y ahora qué le pasa?» «Por favor, déjeme tranquila.» «Permita al menos que la invitemos a unos gambones, no sea así.» «¿Quiere dejarme en paz de una vez?» A Méndez se le agria la sonrisa, mira de reojo a sus escoltas. «Ustedes los españoles se creen la hostia en patinete, ¿verdad? Pues ¿sabe qué son?, ¿sabe que son?» Su dedo percute contra mi pecho. «Los españoles son una mierda.»

El coche oficial se aleja calle abajo. Enciendo un cigarrillo, echo a caminar hacia el centro. Llamo y rellamo avanzando junto a las fachadas sucias, bajo la ropa tendida. Ceños fruncidos en los porches, siluetas cetrinas en los balcones. De nuevo la sensación de ser observada. ¿Por qué no contestas, Lurdes? ¿Qué estás haciendo con mi hija? Una mujer saca cartón de los contenedores, un anciano orina en un solar, y en ese instante me parece ver la Andalucía que retratan los medios españoles, esa mezcla entre Marruecos y Corea del Norte con un toque de Andorra por aquello del paraíso fiscal. Y cuanto más me aproximo al centro, más niños, más suena la canción: un euro, un euro, un euro.

«¿Trini?» «¡Lurdes!» «No te preocupes, Trini, no era más que un tapón.» «¿Un qué?» «El intestino es eso de ahí abajo, ¿no?, lo que conduce la cosa para afuera.» «¿Qué le pasa a Violeta?» «Que el intestino se estrecha hasta cerrarse pero lo recortan y ya está.» «¿Cómo que lo recortan?» «No te pongas nerviosa, Trini, no es nada.» «Ponme ahora mismo con el doctor.» «Acaba de irse.» «¿Van a operarla?» «Ya está recortado, Trini.» «¿Qué?» «Ya está solucionado, todo ha ido guay.» «Madre mía, Lurdes.» «Sabía que te pondrías histérica, contigo no se puede hablar.» «Calla y escúchame, Lurdes. ¿Adónde ha ido el doctor?» «Yo qué sé, a cortar más intestinos, ja ja ja.» «Lurdes, ¿eres imbécil o qué te pasa?» «¿Ves? ¿Lo ves?» «Escucha, Lurdes, voy camino del hotel, recojo mis cosas y cojo el primer vuelo a Madrid, ¿entiendes?» «Genial, porque empiezo a estar un poco cansada.» «Entretanto vas a buscar al doctor y vas a pedirle que me llame, ¿de acuerdo?» «Es que no sé dónde está, Trini.» «Pero vas a buscarlo, ¿a que sí, bonita? No vas a parar hasta encontrarlo, ¿a que no?» «Trini, he dormido fatal.» «Lurdes, no te muevas del lado de Violeta, ¿me oyes?» «Bueno.» «Te juro que te echo de casa, ¿me oyes, Lurdes?... ¿Lurdes?» Rellamadas infructuosas, la temperatura ascendiendo. El flujo de turistas creciendo, un euro, un euro, un euro. Los niños enloquecen cuando saco las monedas, me golpean la mano poniéndolas a volar. Los niños ruedan por el suelo, uno de ellos saca una navaja. Un guardia civil interviene, le pisa la muñeca, le patea las costillas. Me abro paso a codazos, las lágrimas corriéndome por las mejillas. Recibo pisotones, insultos en inglés y en alemán. Por fin el Meliá Torremolinos. Frente a su fachada, la multitud se densifica.

Tres capuces, tres figuras enfundadas en púrpura.

Tres pancartas que dicen: «Queremos matador».

Uno de los nazarenos me intercepta, arroja su pancarta al suelo. «Mataora», dice poniéndome la mano sobre el hombro.

«¿Qué?»

El nazareno me agarra de la blusa, tira de mí. Clavo los pies en el suelo, grito con todas mis fuerzas. Los otros dos nazarenos se acercan, mi blusa empieza a rasgarse. El que me sujeta cierra el puño, me lo estrella en la cara. Mi cabeza sale despedida hacia atrás, el universo se oscurece. Se escucha una ovación, la multitud detiene mi caída. Aplausos, risas, sandalias desenfocadas, mis pies arrastrando por el asfalto. «Apartaos, guiris de mierda», oigo gruñir al nazareno. Mis labios entumecidos, la sangre cosquilleándome en la barbilla. La cabeza aún me parpadea cuando me meten en un viejo Seat Ibiza, cuando me empujan contra una mujer de negro que hipa, que gime contra la ventanilla. Los capuces se doblan al penetrar el habitáculo, el coche arranca.

Me vuelvo, cargo todo mi peso contra el nazareno que me bloquea el paso. Un segundo puñetazo me catapulta de vuelta contra la mujer. Reconozco esa cara, reconozco esa silueta.

«Usted es la madre de Bruno, ¿verdad? ¿Qué hacemos aquí? ¿Adónde nos llevan?» La viuda negra rompe a llorar, se recoge más aún en la esquina. Para entonces el nazareno ha abierto una bolsa de deporte, ha extraído una toalla. Vacía un frasco sobre ella. «Abra la boca, señorita.» «Por favor, no me haga daño, mi hija está enferma.» El nazareno de delante ya me ha remangado la blusa, el pinchazo llega sin aviso. Pinzan mi mandíbula entre sus dedazos, me embuten la toalla en la boca, aprietan obligándome a morder. Hay algo bajo el amargor del Tridaline, algo dulzón y a la vez salado. El nazareno retira la toalla de un tirón, el Seat circula entre la marabunta. «¿Qué me habéis dado?, ¿qué me estáis haciendo?» «Nos va a perdonar usted los modales, pero no nos quedaba otra.» «¿Adónde me lleváis?» «A darle una lección, señorita.» Me invade un mareo. «Soltadme y volveré a España, nunca volveréis a saber de mí.» El nazareno se quita la capucha. Ojos amarillos, dientes puntiagudos. Creo que grito. «Menudas histéricas las españolas, cagüen diez.» «Y qué guapas.» «Eso también.» Las voces suenan cada vez más distantes, cada vez más extrañas. Las pieles ondean sobre los huesos como fundas demasiado holgadas. Torremolinos se derrite tras el parabrisas, apenas consigo vocalizar. «Un hospital, por favor.» «¿Al final cuánto le has echado?» «Pues lo que había en el frasco.» «Anda no me jodas.» «¿Qué pasa?» «Que eso es una pechá, hombre.» «Qué pechá ni qué niño muerto.» «Que sí, picha.» «¿Pues cuánto le dimos al otro?» «Como la mitad.» «Que no.» «Que sí.» «Tengo dinero.» ¿Ha sido un ofrecimiento o me estoy lamentando? Quiero alzar la mano y cubrirme pero no lo consigo. A mi alrededor las voces se atropellan: «Eh, ¿tú qué tocas, cacho cerdo?» «¿Qué pasa?, si con el cebollón no se entera.» «Sacaré todo lo que tengo en el banco», digo, pero he olvidado casi todas las palabras. «Estese calladita, cojones.» Las pieles siguen deslizándose sobre las calaveras, lenguas bífidas entran y salen de las bocas de los nazarenos. Pronto no son más que luces y colores, todo se ha vuelto demasiado intenso. Me asalta una náusea, mi boca se llena de líquido. «¡Hala!», dicen empujándome contra la viuda negra. «Ja ja ja.» «A mí no me hace ni puta gracia, mira cómo me ha puesto.» «Con que siga respirando ya te puedes dar con un canto en los dientes.» La toalla se refrota contra mi barbilla, se refrota contra mi pecho, se refrota contra mi entrepierna. «Esas manos quietas, picha, que vas a ver tú qué risa cuando se lo cuente a tu mujer.» «Vas a ver tú qué risa cuando te arranque la cabeza de una hostia.» «Venga, no os peleéis e hincádsela de una vez, puercos.» Es lo último que oigo antes de desmayarme.

Despertar en la penumbra, despertar caminando. Mis pies allá abajo, avanzando por el cemento con total autonomía. Al frente la pirámide circular, despidiendo un resplandor en la noche. Alguien me conduce de la mano. «¿Dónde estamos? ¿Qué es eso?» «La plaza de toros de Torremolinos, señorita.» Una hilera de nazarenos con antorchas nos hacen una reverencia cuando cruzamos bajo las arcadas. «¿Qué pasa, picha?, ¿cómo anda eso?» «Todo a punto.» Al otro lado, el desierto, la arena crujiendo bajo mis sandalias. Una gran pantalla en el centro del ruedo, blanca, iluminando el recinto. Alzo la mirada y ahí están, flotando en las gradas sobre nosotros, observándonos. «¿Quiénes son?» «No se detenga, señorita.» Subimos las escaleras, me guían hasta un asiento. La frialdad y la rigidez de la almohadilla me empujan contra la realidad, la vida gana definición. Los murmullos van apagándose. Al otro lado de la pantalla el jaleo crece, mi conciencia viene y va. Una mano agarrándome del hombro, sacudiéndome. «¿Seguro que no se ha muerto?» «Que no, que solo está apollardada… ¡Eh!… ¡Eh, usted!» Alzo la vista y me atrapa la pantalla con sus colores sobresaturados, me atrapan los altavoces con sus vítores. Una plaza proyectada en otra plaza, la fiesta devorándose a sí misma. «Atenta, señorita.»

Aullidos en calidad digital, gritos agónicos rompiendo la noche. Un hombre ensartado por unas banderillas, su malla negra empapándose. Hinca las rodillas en la arena, las manos atadas a la espalda. Tres toreros le rodean. «¿Qué hacen?» «¿A usted qué le parece?» «Lo único que quiero es marcharme.» «¿Y qué cree usted que quería el pobre Manolo? ¿Qué cree que querían los disidentes del general Navarrete cuando terminó la guerra?» Los toreros agarran al hombre de la malla negra del cogote, le obligan a ponerse en pie. El hombre de la malla negra da unos pasos erráticos, se desploma de nuevo. «¿Lo estás pasando bien, Trini? ¿Crees que Manolo lo pasó bien?» Un cuarto torero se acerca empuñando una espada. «Aquí los únicos que lo pasan bien son Navarrete y los turistas.» «Y los cuatro cerdos de siempre.» «Aquí lo que ha habido siempre es mucho chivato.» «Y mucho hijoputa.» «También, también.» El hombre de la malla negra gatea por la arena, esquiva las estocadas. Una le alcanza en el cuello, la pantalla se tinta de rojo. «Paren, paren, por favor.» «¿Te gustaría que España cerrara fronteras y dejara que te torearan, Trini? —interviene una voz nueva, una voz sin acento andaluz—. ¿Te gustaría acabar como Manolo? ¿Quieres que te presente a su familia?» Miro en derredor intentando averiguar de dónde procede, lucho por enfocar la mirada. No es más que una boca con dientes muy grandes. «Usted es español.» «Lo fui, Trini», dicen los dientes. «¿Quién es usted?» «¿Y qué importa eso, Trini?» «Por favor, yo no tengo nada que ver con todo esto.» «¿Verdad que no Trini?» «Le juro que no he hecho nada.» «Es el problema, Trini, que nadie hizo nada, que nadie hace nada. Si Navarrete sale en las noticias, cambiamos de canal, ¿verdad?» El hombre de la malla negra yace inmóvil en la arena. Dos guardia civiles entran en escena, caminan hacia el centro del ruedo. «Eran nuestros hermanos y los matamos, Trini, y luego encerramos a los que quedaban para que se mataran entre ellos. Convertimos Andalucía en un parque temático, convertimos a los supervivientes en camareros. Les robamos la dignidad.» Un guardia civil se descuelga el fusil del hombro, lo descarga con fuerza contra la cabeza del hombre de la malla negra. «Estaban ciegos de odio y armados, Trini. Fue como encerrarles en una habitación diminuta y tirar la llave al río.» El hombre de dientes grandes me agarra del pelo, me obliga a mirar. «¿Sabes cuántos terminaron como Manolo, Trini? ¿Sabes de cuántos muertos hablamos, de cuántas familias destrozadas?» La culata del fusil sigue golpeando, cae una y otra vez. «Por favor.» «Qué distinta es la realidad sin filtros, ¿eh, Trini?» «Por favor, quiero salir de aquí.» «Claro, Trini, ven conmigo.» Los dientes grandes me ayudan a incorporarme, me guían por las escaleras. Descendemos hasta el nivel del suelo, avanzamos por un pasillo curvo. La pantalla sigue emitiendo escenas horribles cuando alcanzamos el burladero. Tiran de mí hacia el ruedo. «Soy inocente, se lo suplico.» «No va a pasarte nada, Trini, confía en nosotros.» «No no no.» Me resisto con todas mis fuerzas pero hay manos por todas partes, agarrándome, empujándome. «Adelante, señorita, ja ja ja.» Las gradas están medio vacías, solo siluetas. La pantalla me deslumbra, me impide distinguir sus rostros. Pasamos bajo ella, al otro lado nazarenos encorvados sobre una drenadora. El pétalo vibrando con vigor, su zumbido perforando la noche. «¿Cómo se abre esta mierda?» «Quita.» Uno de los nazarenos le sacude una patada al panel lateral, se dispara el tono de alarma. La tapa se desliza por su rail. La pantalla se apaga de pronto, los altavoces callan.

Quedan las antorchas de los nazarenos, los pilotos de la drenadora. Queda el silencio.

Queda la imagen de Bruno incorporándose, temblando en el interior de la máquina. Una malla negra empapada en líquido amniótico adherida a su cuerpo.

«La toalla», boquea Bruno. Los nazarenos ríen. «¿Pero tú que pías, chaval?» Por los cuatro puntos cardinales hacen entrada cuatro toreros. Bruno los mira con ojos desorbitados. «¡No tenéis derecho, me obligaron!» «¿Qué van a hacerme, Bruno?» «Era obedecer o el paredón, ¿entendéis?» Los toreros toman posiciones, se quedan inmóviles como estatuas. «Venga, al lío.» Los nazarenos agarran a Bruno por la malla, lo sacan de la drenadora. Un foco se enciende en el graderío, su luz cae sobre él. «¡Que muevas el culo, colaboracionista de los cojones!» Una porra eléctrica se estrella contra la espalda de Bruno, que emprende una carrerilla, el foco persiguiéndole por el ruedo. Un torero rompe su parálisis, avanza implacable hacia él, extiende su capote. Otro corre hacia Bruno, vuelve a golpearle en la espalda con su porra. Bruno chilla, embiste el capote, tropieza, cae boca abajo.

Abucheos en las gradas, Bruno gimiendo en el suelo.

El torero agarra a Bruno de la malla, tira de él hasta ponerlo de rodillas. Bruno se desploma tan pronto lo sueltan.

Me cubro los ojos, pero el hombre de dientes grandes me aparta la mano de un tirón, vuelve a tirarme del pelo obligándome a mirar. «Te hemos traído aquí para que lo veas, Trini. ¿Eres de poner la otra mejilla? ¿O crees en el ojo por ojo?» Bruno rueda por la arena cada vez que le aplican la porra. «¡Levanta ya, traidor!» «¿No ven que acaban de drenarle? ¿No ven que está muy débil?» «¿Y cómo crees que estaba Manolo, Trini? ¿Cómo estabas tú después de que te drogáramos?» La porra eléctrica sigue golpeando, Bruno ya no se mueve. Solo se convulsiona. Un torero le sacude un patadón en los riñones, Bruno adopta una posición fetal, la boca abierta en un grito mudo. El torero mira hacia nosotros, se encoge de hombros. «Este ya no tira», dice.

«¿Que no?» El nazareno hace un gesto.

Una silueta emerge tras el burladero, avanza hacia nosotros proyectando la sombra de una mantis religiosa.

«¡Bruno!», grito.

Bruno se vuelve, achina los ojos deslumbrado por el foco. Se pone a cuatro patas, corre patosamente por la arena.

El banderillero acelera, el banderillero alza los brazos.

Se escucha un olé. Bruno queda tendido bocabajo, las banderillas fluctuando en su espalda. Su cuerpo da una sacudida, luego otra. La respiración entrecortada, los gemidos.

«Dile a la Elena que ya puede salir», dicen los dientes grandes.

«¡Señora Elena!»

El torero se retira, entra la madre de Bruno. Avanza a pasos cortos por el ruedo, apoyándose en una muleta metálica. Es más alta y más delgada que su encarnación en la serie. Sus orejas de Mickey Mouse están torcidas, deshilachadas.

La madre se detiene junto al hijo, su expresión se retuerce. «¿Qué hicimos para que nos dieras tantos disgustos, Bruno, en qué nos equivocamos?» Las rodillas de la mujer flaquean, un nazareno corre a sostenerla. La viuda negra rompe a llorar. «¿Qué te había hecho el pobre Manolo? ¿Qué te habían hecho todos aquellos chicos? ¿Por qué, mal hijo?, ¿por qué?»

«Es tu turno, Trini», dice el hombre de dientes grandes. «No, ¡No, por favor!» De nuevo manos empujándome, tirando de mí. «Vamos, Trini.» El español toma mi diestra, la cierra en torno a la empuñadura de la espada. La alzo, siento su peso. «¿A qué esperas, Trini?, ¿no ves que está sufriendo?» «Cuando uno elige jugarse la vida, también tiene derecho a elegir otras cosas», dice la hoja. Miro al hombre de dientes grandes. «¿Por qué? ¿Por qué yo?» «Para que España entienda cómo se vive y cómo se muere en Andalucía, Trini.» «No.» «Ayudar a Bruno a partir no te hará más partícipe de lo que ya eras, Trini.» «¡No!» «¿Sabes cuánto tardas en morir cuando te han perforado el hígado, Trini? ¿Sabes qué pasa con tu cena cuando te han rajado el estómago?» «¡Yo no sé nada de todo esto, solo soy una coach!» «Hazlo por Bruno, Trini.» «¡Date bulla, Mataora!» «¡Mataora! ¡Mataooora!» Las palmas entrechocan cada vez más aprisa, la cadencia es tribal. La viuda negra asiente, Bruno escupe sangre. Cierro los ojos, lanzo la estocada. La hoja clavándose, el grito. Bruno se revuelca por la arena agitando sus piernecitas, cubriéndose la cabeza con las manos. Abucheos desde la grada, las palmas baten con más fuerza. La espada ensangrentada, la viuda negra, los nazarenos. Mickey Mouse, el aquelarre. «¡Acaba ya, Mataora!» «¡Mátalo!» Lanzo otra estocada y otra. Escucho sirenas, sigo pinchando ciega, frenética.

Un helicóptero descendiendo sobre nosotros, iluminándonos con su foco, arrancándonos de nuestro trance. Detonaciones. Los nazarenos reculando, los espectadores huyendo.

Una voz metálica en la megafonía. «Quedan ustedes detenidos bajo la acusación de terrorismo, no se muevan y no les pasará nada.» Las ametralladoras del helicóptero repican, me arrojo al suelo, en las gradas los cuerpos caen. La valla del fondo se viene abajo, un blindado derrapa por el ruedo. Los guardia civiles que trotan tras él rompen formación, se dispersan. Carreras y gritos a mi alrededor, balas silbando sobre mi cabeza. Algo se desploma como un fardo a mi lado. «¿Qué te ha parecido nuestro recuerdo de Torremolinos, Trini?» Los dientes grandes se aprietan con fuerza, el hombre se abraza la barriga, retorciéndose bizqueante. «¿Qué opinas del gobierno que estamos financiando?» Una nueva ráfaga traza a escasos centímetros de mí. Me cubro la cabeza con los brazos.

Entonces las botas, luego los mocasines.

Cierro los ojos, contengo la respiración. Los pasos se detienen.

Un mocasín se mete bajo mi vientre, me obliga a rodar, me pone bocarriba.

En el cielo, el helicóptero. Bajo él, un traje de pana. Méndez con los brazos en jarras.

«Vaya, vaya, pero mira quién ha venido a la fiesta.»

Méndez se acuclilla. «A lo mejor resulta que no es usted tan autosuficiente después de todo. A lo mejor la próxima vez que le agarren unas ganas locas de ponerme a parir a mis espaldas se lo piensa dos veces, ¿verdad?» Méndez acerca su boca a mi oído y añade: «Y, a lo mejor, si el alcalde o el presidente Navarrete preguntan por Méndez, a lo mejor sí que hay una o dos cosillas buenas que se pueden decir de él, ¿o qué?» Méndez exhibe su sonrisa. No mueve un músculo hasta que asiento. Solo entonces se pone en pie de nuevo. Sale de mi campo visual, se aleja charlando con un guardia civil.

Queda el traqueteo de las aspas. Queda la luna. Quedan las estrellas.

Me incorporo, miro en derredor. Nazarenos tendidos en charcos de sangre. Toreros tendidos en charcos de sangre. Encapuchados tendidos en charcos de sangre. Guardia civiles paseando por el ruedo, encendiendo cigarrillos. El hombre de los dientes grandes con las tripas escurriéndose entre los dedos. La madre de Bruno acribillada, las orejas de Mickey Mouse perforadas. Más allá, una unidad de la Cruz Roja está cargando a Bruno en una camilla.

Me levanto, corro hasta él.

Bruno se vuelve, me enfoca con sus ojillos. «Háblale al mundo de Torremolinos, Trini —murmura—. Cuéntales la verdad.»

A veces, en la vida, nos sentimos víctimas de fuerzas que no controlamos, de poderes que nos sobrepasan. Meros espectadores de un mundo que trata de enterrarnos en su incomprensión, en su egoísmo. ¿Quién no ha tenido la impresión de que la basura se extiende hasta el infinito, de que bajo la basura no hay otra cosa más que basura? Precipitarse al pozo es tan fácil, ¿verdad? Todos te engañan, todos te infravaloran, todos te pisotean. Pero nunca podrán con nosotras porque nosotras estamos cargadas de energía positiva. Siempre empáticas, siempre dispuestas a aceptar los retos que nos plantan delante. Porque somos personas extraordinarias, personas apasionadas, personas dispuestas a coger las riendas de nuestros destinos, decididas a vivir. Y traigo muy buenas noticias, porque Bruno también está aquí para quedarse, Bruno también participa de nuestra voluntad. ¿Podéis imaginaros el peso que me quité de encima cuando me dijeron que ninguno de sus órganos vitales estaba seriamente dañado? La operación ha sido un éxito, Bruno vivirá, pero ¿podéis haceros una idea de lo duro que resultó abandonarle en aquel hospital roñoso, dejarle en manos del Partido?

Lo importante es que aún podemos marcar la diferencia. En este mundo tan complejo, tan terrible, tan oscuro, ¿no es acaso nuestro deber aportar un poquito de luz? Porque a veces puede parecernos que todo es dolor, y eso no es cierto. España es un país donde los sueños aún pueden hacerse realidad, donde todavía pueden pasar cosas buenas. «Cuando uno elige jugarse la vida, también tiene derecho a elegir otras cosas.» Qué bonito, ¿verdad?, creo que es de José Tomás.

Lo que intento decir es que me jugué la vida y ya estoy eligiendo. Lo que intento decir es que apenas llegué volvieron a hacerme la prueba y *Torremolinos* inicia una nueva etapa. Menuda historia, ¿verdad? Cierto que hay escenas un poco fuertes, pero el nuevo técnico está seguro de que afinando con los filtros la haremos funcionar.

Y esto es efectivamente un ¡tachán!, ¡lo he conseguido!

Pero también un ¡no os agobiéis, ¿vale?, la vida sigue!

¿O acaso vais a echar de menos a Anglada?

¿Sabéis qué hizo apenas me sacaron de la drenadora? Me llamó a su despacho y me preguntó si me apetecía celebrar mi ascenso. Así tal cual lo cuento. Me guiña un ojo y me dice que lo celebremos, allí mismo, encima de su escritorio. Por los viejos tiempos.

Esa es la persona de la que os habéis librado. Una persona que no sirve ni como marido ni como padre ni como hombre. Alguien que cree poder enmendar los errores del pasado con promesas que ni siquiera puede cumplir.

Lo que quiero decir es que ni Violeta ni yo le necesitamos. Nunca le hemos necesitado. Lo único que merece la pena es lo que consigues por ti misma, y a las chicas no nos lo ponen fácil. Pero que si lo peleamos, si lo peleamos de veras, tarde o temprano nuestros esfuerzos se ven recompensados, ¿o no? Esta misma mañana me han presentado a mi nuevo equipo. Hablo de Salvador, de Marcos, de Guillermo.

De todos esos muchachos maravillosos de la planta 9 cuyos nombres todavía no me sé. En adelante serán ellos quienes se ocuparán de la continuidad narrativa, de la prevención de parásitos, de los ajustes de guión. Quienes me acompañarán al hospital cuando mis riñones fallen, quienes me guiarán por esta nueva etapa de *Torremolinos*. Acabo de memorizar todo el merchandising de Pepsi, mi voz se ha extinguido. Pero cierro esta etapa con la satisfacción de haber ganado muchas amigas, agradecida a los compañeros y compañeras que se han acercado estos días a decirme que confían en mí, que creen en mi serie. Prometo esforzarme como nunca, aunque durante el drenaje de hoy mis coach me han hecho un manual tan rico que ¿qué puedo decir?, dan ganas de perder el control más a menudo, ji ji. En cuanto a vosotras, ¿a quién vais a ordeñar ahora? ¿Qué planes tenéis? No me malinterpretéis, lo único que digo es que a lo mejor teníais entre vosotras a una auténtica number one y ni siquiera os disteis cuenta. Y es cierto que Anglada ha esparcido mucha basura entre nosotras, pero anda que os ha faltado tiempo para chutármela a la cara. Siento que os quedéis sin trabajo, estoy atada de pies y manos. Comprended que mi prioridad ahora mismo es Violeta. Somos nosotras dos contra el mundo, y ahora hay una abertura a la altura de su ombligo que comunica con un tubo de fibra de carbono, que a su vez comunica con el colon. El problema es que esa abertura está abultándose y agrandándose, sobresale por encima de su tripita. «Solo una operación más, vas a ver —le digo—. Esta es la definitiva.» La acuno, lloro cada vez que ríe. Mamá va a traer mucho dinerito a casa, mamá va a comprarte mucha ropita chula. Mamá no va a abandonarte nunca, ¿me oyes, mi vida?, nunca. ¿O tengo pinta de ser de las que se quedan tiesas durante un drenaje? Los médicos me han hecho un montón de pruebas, Violeta, mamá está en plena forma. Doce episodios, ni uno más. ¿O tengo pinta de ser de las que se enganchan al Tridaline? ¿Después de lo que le hizo a Violeta cuando aún estaba en mi tripita? Va a ser Trini quien controle las drogas, no las drogas quienes controlen a Trini, ¿entendéis? Porque ¿de qué sirven el dinero y la fama si terminas con la salud destrozada, con la cabeza psicótica? ¿Qué es el subidón de un drenaje comparado con ver crecer a tu hija? Lo dejaré cuando quiera, vais a ver, y vosotras encontraréis trabajo. Porque ¿qué es un trabajo a fin de cuentas? Levantarse por las mañanas, agachar la cabeza, recorrer el vertedero con los pies descalzos. Levantarse por las mañanas, tragar basura una y otra vez. ¿Sabéis que Libertad TV está definitivamente interesada en estrenar mi serie en Andalucía? ¿Os imagináis qué divertido cuando la doblen al andaluz? Qué suerte haber compartido equipo con vosotras. Os deseo muchos éxitos en todo lo que emprendáis. ¿No sentís ya cómo vuestro currículum se pone en valor? ¿No he dicho yo siempre que los logros de cualquier miembro de la familia se traducen en beneficios para cada una de nosotras? No me olvidéis. Seguimos en contacto. Soy una mujer razonable. No me olvidéis nunca, por favor. No tenéis nada que temer de mí. Decidme las cosas a la cara. No os resignéis. Todavía no es tarde para ser felices. ¡Atreveos a brillar!

Nuestra canción

1

El negro es el color del firmamento, el color del cosmos, el color de la eternidad. El negro es la suma de todos los colores, y todos los colores son bellos. La piel negra nos hace más resistentes al sol, es más sufrida, más fácil de limpiar.

Por eso somos negros. Por eso nos gusta ser negros.

2

Los hombres tenemos los órganos sexuales por fuera del cuerpo, los guardamos en una prenda que se llama pantalón. Los hombres somos más altos que las mujeres, tenemos una mayor masa muscular. Un hombre corre más que una mujer, salta más lejos que una mujer. Llegado el caso, un hombre puede derribar a una mujer de un puñetazo.

Por eso somos hombres. Por eso nos gusta ser hombres.

3

El diez es el número natural que sigue al nueve y que precede al once. El cuadrado de pi redondeado hasta el último dígito es diez. Diez suman los dedos de nuestras manos, diez es la base del sistema decimal.

Por eso somos diez. Por eso nos gusta ser diez.

4

Somos diez hombres negros y estamos recién llegados. Somos diez hombres negros caminando por el centro de la gran ciudad. Nos gustan las nuevas experiencias, aunque no todas las experiencias son buenas. A veces tenemos malas experiencias. Anoche, en el hotel, tuvimos una mala experiencia.

Antes, frente a una mala experiencia, huíamos. Pero antes éramos más de cien.

5

Las camisas de algodón nos incomodan, los zapatos de piel nos rozan. Nuño nos ha aconsejado que nos vistiéramos y nos hemos vestido. En la ciudad todo el mundo va vestido de la cabeza a los pies.

En el bosque no hacía falta que nos vistiéramos, en el bosque el aire era más limpio. Hemos sido muy felices en el bosque, pero primero una manada de fieras nos emboscó, se cebó en nuestras carnes. Luego el río creció, se precipitó sobre nosotros. Llegaron entonces los incendios, cada vez más frecuentes. Finalmente vinieron las máquinas, que derribaron los árboles y los convirtieron en madera. A nosotros nos convirtieron en algo que no éramos pero que sigue siendo.

En el bosque éramos más de cien, pero nos fueron diezmando las fieras, el río, los incendios, las máquinas. El bosque era un lugar agreste y peligroso, pero también un lugar lleno de vida y de color. Por eso nos gustaba el bosque. Por eso vivíamos en el bosque.

6

En la ciudad todo es más geométrico, más exacto, más aséptico. Gigantescos bloques cuadrangulares perfilan amplios corredores de cemento que trazan una red tupida, rica en metales pesados. Los diez seguimos a Nuño por ella. Caminar es fácil en la ciudad pese a la incomodidad de las camisas, pese al incordio de los zapatos. Basta con seguir a Nuño, basta con obedecer las señales.

En la ciudad, hay personas amarillas y personas marrones e incluso personas negras. Pero la infinita mayoría de las personas de la ciudad son blancas. A veces, las personas blancas se vuelven y nos miran. A veces, las personas blancas se vuelven y miran a Nuño.

Nuño sigue adelante sin devolverles la mirada. Nuño también es blanco.

7

Nuño tuerce a la derecha, nosotros torcemos tras él. Nuño se detiene frente al semáforo, nosotros nos detenemos con él. En la ciudad los colores adoptan nuevos significados, el rojo es el color del no. Nos gustan los colores y nos gustan las señales y nos gusta aprender. Por eso le hemos pedido a Nuño que nos enseñara la ciudad.

Hoy Nuño nos ha enseñado una iglesia, y luego nos ha enseñado un puente de piedra. La iglesia y el puente eran viejos y tristes, solo sugerían nostalgia y derrota. Por eso pronto nos hemos cansado de mirarlos, por eso le hemos pedido a Nuño que nos llevara a otro barrio. Los carteles, los rótulos, las pantallas, en cambio, capturan ahora nuestra atención desde las fachadas, desde lo alto de los edificios. Despiden energía, señalan hacia el futuro. Por eso no podemos dejar de mirarlos, por eso nos regocijamos en ellos.

Frente a nosotros desfila otra hilera de vehículos. Nos regocijamos en la belleza de sus carrocerías sin ángulos, en la eficiencia de sus motores.

El semáforo cambia a verde, en la ciudad el verde es el color del sí. Reemprendemos nuestro camino, nos mezclamos con la multitud. La ciudad es un lugar lleno de vida, lleno de color. Por eso hemos venido a la ciudad. Por eso nos gusta la ciudad.

8

Anochece, Nuño está cansado. Decidimos regresar al hotel. Descendemos por unas escaleras, Nuño nos guía por una serie de pasillos que desembocan en un túnel subterráneo. Le seguimos hasta el interior de un tren, tomamos asiento.

Una máquina eléctrica tira de los vagones, el tren avanza de estación en estación. Nos regocijamos en lo cilíndrico de la estructura, en el pulimentado de los cristales, en el zumbido del motor. El vagón empieza a llenarse de personas, las personas se abren paso con los codos. Nos regocijamos en sus camisas, en sus pantalones, en su olor.

Suben unos ancianos cuyos cuerpos están más viejos y cansados que los nuestros. Les cedemos nuestros asientos. Nos sonríen.

Sube un perro con el morro enjaulado. Le alborotamos el pelo. Le sonreímos.

Suben cuatro uniformados empuñando máquinas eléctricas, se dispersan por el vagón. Nadie sonríe.

Los uniformados proceden a pedir los billetes. Los uniformados hacen pasar los billetes por sus máquinas eléctricas. Los uniformados devuelven los billetes a sus propietarios.

Le preguntamos a Nuño si tenemos billetes. Nuño responde que no.

Le preguntamos a Nuño si necesitamos tenerlos. Nuño no responde.

Un uniformado nos solicita los billetes. «Nuño no es tan joven ni tan fuerte como nosotros —le decimos—. Por eso necesitamos ir al hotel.»

El uniformado dice que todo eso le parece muy bien, pero que dónde están nuestros billetes.

«Los billetes no importan. Nuño está cansado y no hay ninguna razón para que tenga que seguir caminando. En el tren hay sitio de sobra.»

Los demás uniformados han ido congregándose a nuestro alrededor, uno de ellos acaricia la empuñadura de la porra que lleva al cinto. Entrecerramos los ojos, nos acuclillamos, acariciamos al perro. Todas las miradas del vagón están clavadas en nosotros. Los uniformados nos increpan. Los uniformados nos gritan, tironean con fuerza de nuestras camisas. Nos obligan a ponernos en pie, nos piden nombres, direcciones, documentación. Sonreímos, negamos con la cabeza. Uno de los uniformados nos empuja con violencia contra la pared.

Negamos con la cabeza cada vez más aprisa, cada vez con mayor frenetismo. El audio se abotarga, los rostros se desdibujan. Las moléculas de agua vibran en el interior de los uniformados, alterando la temperatura en áreas específicas de sus cuerpos, incrementándola en millones de grados. Los uniformados ya no gritan. Podemos oler su miedo. Podemos tocarlo, construir un castillo con sus piezas.

Lo construimos, nos refugiamos en él.

Los uniformados explotan salpicando en todas direcciones. Sus mitades inferiores caen rojas y maltrechas, las tripas colgando por fuera.

Tomamos a Nuño de la mano, tomamos asiento. Hay mucho sitio libre ahora. Todas las personas se han adocenado en ambos extremos del vagón.

Las paredes están pringosas, estamos embadurnados. Le limpiamos a Nuño la cara con las mangas de nuestras camisas, le preguntamos si falta mucho. Nuño dice que no.

9

En el hotel, acostamos a Nuño, le arropamos con las sábanas, le cubrimos con una manta. Acto seguido, nos acurrucamos en el suelo a mirar el televisor.

La ciudad y la selva son insignificantes comparados con esta delgada lámina de plástico. El televisor contiene la ciudad y contiene la selva, pero también contiene tornados, maremotos, fieras de todos los colores y tamaños.

En el hotel no hay tornados ni maremotos, ni fieras. En el hotel, si pulsamos los interruptores, las luces se encienden. Si hacemos girar los grifos, el agua fluye. Nos regocijamos en el dormitorio, nos regocijamos en la ducha. El hotel es el hogar de los que no tienen hogar. Por eso nos gusta el hotel. Por eso nos hospedamos en el hotel.

10

Por la mañana, Nuño nos ha llevado a visitar un barrio que era como todos los barrios, pero con menos personas. Luego hemos ido a las afueras. Nuño nos ha conducido hasta una autopista, hemos subido el puente. Hemos apostado los codos sobre la barandilla, la mirada fija en la franja de asfalto. Centenares de vehículos han pasado como una exhalación bajo nosotros, han emergido en dirección contraria. Nos hemos regocijado en su velocidad, en sus maniobras.

Nuño ha dicho entonces que tenía hambre. Nuestro olfato nos ha guiado hasta el supermercado, hasta la carne.

Todas las cosas que tienen voz y alborotan son carne. Gracias a la carne nos vemos, nos oímos, nos olemos. Por eso somos carne. Por eso comemos carne.

11

Rasgamos los plásticos en los que viene envuelta la ternera, nos acurrucamos en el suelo. Las personas del supermercado nos miran con hostilidad. Las personas del supermercado empiezan a marcharse del supermercado. Nuño devora un paquete de galletas en un rincón. La carne sabe fresca, roja, recién cazada. Nos regocijamos en ella. Una mujer grita cuando nos ve desgarrarla con uñas y dientes. Un uniformado entra en escena. El uniformado nos pide que nos levantemos, que caminemos tras él.

«Hemos caminado toda la mañana y ahora tenemos hambre —contestamos—. Podemos caminar más, pero primero necesitamos comer.»

El uniformado habla a través de su máquina eléctrica, aparecen otros dos uniformados. Los uniformados tironean de nuestras camisas hasta que nos levantamos. Nos conducen a la trastienda. Los uniformados nos solicitan nombres, direcciones, documentación.

«Nuño no ha comido en todo el día y necesita alimentarse —decimos—. No hay motivo para que Nuño siga pasando hambre. En el supermercado hay comida de sobra.»

Los uniformados desenfundan sus porras, las porras se estrellan contra nuestros riñones.

Negamos con la cabeza cada vez más aprisa, cada vez con mayor frenetismo. Los uniformados ya no gritan. Podemos notar el calor que despiden zonas específicas de sus cuerpos. Podemos oler su miedo, palparlo, encerrarlo en un círculo.

Lo encerramos, damos un paso adelante, nos introducimos en él.

Las cajeras gritan cuando salimos del cuarto empapados, gruesos coágulos de sangre adheridos a nuestra piel negra. Ya en la calle, corremos, dejamos que nuestro olfato nos guíe hasta Nuño, le damos alcance.

Corremos codo con codo con él hasta salir del barrio. Luego seguimos corriendo.

12

Nuño no paraba de hipar, así que le hemos acostado y le hemos arropado. Luego nos hemos acurrucado en el suelo a mirar el televisor. Hemos visto pirámides y hemos visto pájaros y hemos visto vertederos. Entonces nos hemos visto.

Las imágenes en blanco y negro nos retratan de espaldas, en la trastienda del supermercado. Nosotros negando con la cabeza, las moléculas de agua vibrando en el interior de los uniformados. Los uniformados explotando, salpicando en todas direcciones. Sus mitades inferiores cayendo negras, maltrechas, las tripas colgando por fuera.

Ahora el televisor también nos contiene. Celebramos que formamos parte de él encendiendo todas las luces, abriendo todos los grifos.

Cantamos nuestra canción, danzamos bajo las bombillas. Bebemos hasta saciarnos.

Le pedimos a Nuño que participe, llenamos un vaso de agua para él. Tiramos de la manta, buscamos entre las sábanas. Nuño ha desaparecido.

Reparamos en la ventana abierta, nos asomamos.

Diez pisos más abajo yace Nuño, roto contra el asfalto.

Cerramos la ventana, nos acurrucamos en el suelo. Hipamos como hipaba Nuño.

Al rato se escuchan las sirenas, regresan los uniformados. Uno de ellos empuña un lanzallamas. Se organiza una batalla campal.

13

El cinco es el tercer número primo, cinco son los dedos de cada una de nuestras manos. Cinco son las personas que caben en la furgoneta de Fede.

Somos cinco porque los uniformados dispararon su lanzallamas contra nosotros. Somos cinco porque los uniformados nos diezmaron en cinco. Por eso somos cinco. Por eso nos gusta ser cinco.

14

El blanco es el color de las estrellas miradas desde lejos y el color de las estrellas miradas desde cerca. El blanco es la suma de todos los colores más luz. La piel blanca transparenta, el riego sanguíneo la tinta de rosa. Las arterias destacan en ella en elegantes tonos violáceos.

El negro resulta apropiado para los televisores y para el asfalto, pero por desgracia no para las personas. Eso ha dicho Fede pasándose una mano por la melena. Nos hemos encerrado en nuestra habitación a deliberar. Hemos decidido aceptar su consejo.

El blanco es el color más ventajoso para las personas. Por eso somos blancos. Por eso nos gusta ser blancos.

15

Los hombres cantan y bailan y no pierden nunca la capacidad de maravillarse. Los hombres pulsan interruptores y abren grifos, y se regocijan en la luz y en el agua, en los pantalones y en los vehículos, en la carne y en los colores.

Si alguien no tiene casa, los hombres le ofrecemos un hotel. Si alguien está cansado, los hombres le llevamos en nuestros trenes. Si alguien tiene hambre, los hombres le abrimos nuestros supermercados.

Los uniformados no hacen nada de eso. Los uniformados no saben apreciar las cosas buenas de la vida, como la luz y el agua. Por eso no son felices, dice Fede. Por eso se vuelcan en expulsar a las personas de sus hogares, en coartar sus desplazamientos, en matarlas de hambre.

Un uniforme no tiene por qué ser de tela, dice Fede. Un uniforme es una enfermedad mental.

Los uniformados se premian entre sí por los servicios prestados, dice Fede. A cambio de vestir sus uniformes, los uniformados obtienen automáticamente casa, libertad de movimiento, comida.

Fede habla mucho de los uniformados, del complot que tienen en marcha. Pero nunca van a ganar, dice Fede llevándose la boquilla a la boca. La pipa de agua gorgotea. Nos regocijamos en las burbujas atropellándose, en su aroma dulce y subyugante.

Finalmente Fede se duerme. Deliberamos. Si fuéramos uniformados en vez de ser hombres, todo resultaría más ventajoso. No obstante, los uniformados solo viven malas experiencias, solo deparan malas experiencias.

Por eso somos hombres. Por eso nos gusta ser hombres.

16

Somos cinco hombres blancos alojados en un barrio gris y envejecido. El piso de Fede es pequeño y menos bonito que los hoteles, pero ya no nos alojamos en hoteles porque todos los hoteles nos han deparado malas experiencias. Ya no viajamos en trenes porque todos los trenes nos han deparado malas experiencias. Ya no nos alimentamos en supermercados porque todos los supermercados nos han deparado malas experiencias.

Cada una de nuestras malas experiencias nos ha obligado a negar muy rápido con la cabeza. Cada una de nuestras malas experiencias nos ha obligado a hacer vibrar las moléculas de agua en el interior de los uniformados.

Como consecuencia, muchos uniformados han explotado.

17

El piso de Fede está oscuro y sucio pero tiene televisor. Cada vez que aparecemos en el televisor de Fede, encendemos todas las luces, abrimos todos los grifos.

Cantamos nuestra canción y bebemos agua, y nos regocijamos en nuestro baile hasta que Fede regresa con la carne. Entonces nos acurrucamos en el suelo y nos regocijamos en su textura jugosa y roja.

Fede siempre insiste en que nos estemos quietos, en que mantengamos nuestra habitación limpia. Ahora es Fede quien nos compra la comida. Si salimos a la calle, Fede nos lleva en su furgoneta.

18

Fede dice que los uniformados son solo culpables en parte. Que en última instancia los culpables son los billetes. Fede vuelve a agitarlos frente a nosotros. Tienen un color desvaído, están sucios, no huelen bien. Pese a todo, si tienes suficientes billetes, nunca tienes que volver a preocuparte de buscar un hogar, de preservar tu libertad de movimientos, de conseguir comida, dice Fede.

Si tienes suficientes billetes, puedes vivir donde quieras, ir adonde quieras, alimentarte con lo que quieras.

Una vez que una persona tiene billetes, los uniformados ya no pueden expulsarla de su hogar ni coartar sus movimientos ni matarla de hambre. Con billetes, no hay malas experiencias.

Los billetes no son malos en sí mismos, dice Fede. El problema es que están mal distribuidos. Si todas las personas tuvieran suficientes billetes, todas las experiencias en la ciudad serían buenas.

Fede tiene más pelo que Nuño, es más joven que Nuño. Fede no es como Nuño, que apenas hablaba. Fede habla y habla, casi siempre de uniformados y de billetes. Con Nuño no aprendimos casi nada, con Fede lo estamos aprendiendo casi todo.

Pese a todo, echamos de menos a Nuño.

19

Por la mañana, Fede nos ha llevado a visitar un barrio que era como todos los barrios pero con menos personas aún. Luego nos ha conducido a un descampado en las afueras y nos ha pedido que le mostráramos lo que sabemos hacer. Hemos agitado nuestras cabezas, se lo hemos enseñado. Los ojos de Fede se han abierto como platos. Se puesto a reír, se ha caído al suelo.

Hemos cantado nuestra canción para él, hemos bailado con él. Hemos bebido agua. Nos hemos regocijado mientras Fede se arañaba la cara con las uñas.

20

Hay cada vez menos personas en el barrio, cada vez menos coches en las calles. La furgoneta de Fede avanza más rápido que los trenes, pero ayer nos topamos con un control y los uniformados abrieron fuego contra nosotros. Más tarde nos acorralaron mientras visitábamos una iglesia.

La mala experiencia nos estropeó la mañana. Por la tarde fuimos a visitar un banco.

Cada vez que hacemos explosionar a un uniformado y su mitad inferior cae negra, maltrecha, las tripas colgando por fuera, Fede ríe con ganas. A veces luego rompe a llorar. Está muy contento con los billetes que le estamos proporcionando. ¿Cómo puede darnos las gracias?

«Redistribuyendo los billetes», contestamos.

Fede vuelve a reír, su risa se transforma en un gemido. Nuño no reía nunca ni tampoco lloró nunca. Pero seguimos prefiriéndole a él.

21

Desde hace días, las calles están casi desiertas. Desde hace días, a la calle solo puedes salir hasta las seis de la tarde. Fede nos hace subir a la furgoneta temprano, nos lleva a visitar bancos.

Por las tardes, nos recogemos en nuestra habitación, nos acurrucamos en el suelo. Comemos carne, miramos el televisor.

Ahora nuestras imágenes desfilan por la pantalla a diario. Somos diez hombres negros, somos cinco hombres blancos. Hay muchos uniformados explotando y son siempre distintos, pero siempre somos nosotros. Empezamos a aburrirnos de vernos. Empezamos a aburrirnos del televisor.

Es de noche, las estrellas brillan con fuerza, apenas hace frío. Le pedimos a Fede que nos deje salir. Fede dice que es demasiado peligroso. Que ya ha empezado el toque de queda y que hay tanques patrullando la ciudad. Los tanques son vehículos que los uniformados conducen para diezmarnos todavía más.

«¿Todavía no tenemos suficientes billetes para la redistribución?», preguntamos.

Fede dice que todavía no.

A la mañana siguiente, volvemos a tendernos en la trasera de la furgoneta, Fede nos cubre con una manta. Cada vez que Fede detiene la furgoneta frente a un banco, entramos en tensión. Cada vez que el portón trasero se abre y Fede retira la manta, sabemos que van a explosionar uniformados.

22

Fede ya nunca nos lleva a visitar autopistas ni centros comerciales. Esta mañana, cuando nos ha propuesto ir a por más billetes, le hemos dicho: «Redistribuye primero los que te hemos dado y veamos qué sucede».

Fede ha insistido en que no eran suficientes. Que estaba seguro de ello porque ya los había redistribuido.

El mal olor nos ha guiado hasta el altillo. Hemos cogido a Fede de la camisa, le hemos conducido hasta él. «Los billetes están ahí arriba —hemos dicho señalándolo—. Redistribúyelos entre todas las personas. Esta mala experiencia ya está durando demasiado.»

Fede ha siseado entre dientes, ha mascullado palabras incomprensibles. Ha puesto todas esas caras que tan nerviosos nos ponen. Le hemos dicho que dejara de ponerlas.

Fede se ha echado a llorar.

23

Entrada la madrugada, estamos acurrucados en el suelo del comedor, mirando el televisor. En pantalla, un hombre blanco acaricia a una mujer blanca en una playa amarilla. El hombre besa a la mujer. El hombre se quita la ropa, a continuación se coloca encima de la mujer. Hace mucho frío. Encendemos el calefactor pese a que Fede nos lo tiene prohibido. El hombre blanco se refrota contra la mujer bajo las palmeras. Nos refugiamos en el fuego de la escena, en su música lánguida y arrulladora.

Se escuchan ruidos afuera. Nos asomamos a la ventana.

Media docena de tanques transitan por nuestra calle. Los tanques se detienen frente a nuestro edificio.

Caminamos hasta el dormitorio de Fede, llamamos a su puerta. Fede no contesta.

Abrimos la puerta. La cama de Fede está vacía.

Dejamos que nuestro olfato nos guíe hasta Fede, pero Fede está muy lejos. Dejamos que nuestro olfato nos guíe hasta los billetes, pero los billetes viajan con él.

Regresamos al comedor, nos asomamos a la ventana de nuevo. Los tanques no solo siguen allí, sino que ahora nos apuntan con sus cañones. Apenas escuchamos el estallido. El techo se desploma sobre nuestras cabezas.

24

El tres es el número natural que sigue al dos y precede al cuatro. El tres es el número que más se aproxima a pi. Tres es el resultado de la suma de los dos primeros números naturales, tres es un primo gemelo con cinco.

Somos tres porque los tanques nos han diezmado en dos. Somos tres porque el techo se ha desplomado sobre nosotros, aplastándonos.

Por eso somos tres. Por eso nos gusta ser tres.

25

Las mujeres somos más pequeñas que los hombres, más estilizadas, más flexibles. Una mujer puede escurrirse por rincones donde un hombre quedaría atrapado. Las mujeres tenemos los órganos sexuales por dentro de nuestro cuerpo, los guardamos bajo una prenda que se llama minifalda.

En una playa amarilla, un hombre blanco puede hacer muy feliz a una mujer. A las mujeres se las besa, se las mima, se las acaricia bajo las palmeras. La mujer está predestinada a la luz, al calor, a las buenas experiencias.

Por eso somos mujeres. Por eso nos gusta ser mujeres.

26

Los billetes no son malos en sí mismos, es solo que están mal distribuidos. Fede no tenía ningún billete y ahora tiene muchos. Tampoco nosotras teníamos billetes, pero volvemos a tenerlos. Los bancos están llenos de billetes, los bancos se pueden vaciar. Vamos metiéndolos a puñados en nuestra maleta hasta llenarla.

Los billetes vienen y van, la redistribución ya ha comenzado. Por eso tenemos billetes. Por eso nos gusta tener billetes.

27

Somos tres mujeres blancas caminando por un barrio de la zona alta. Somos tres mujeres blancas tirando de una maleta llena de billetes. La estrechez de nuestras minifaldas ralentiza nuestro avance, nuestros tacones lo dificultan todavía más. Los carteles, los rótulos, las pantallas son más bonitos en la zona alta. Las fachadas de los edificios y los vehículos son más bonitos en la zona alta. Incluso las personas son más bonitas en la zona alta.

Somos tres mujeres blancas y hace un día espléndido, pero hace rato que no vemos personas. Han sonado las sirenas del toque de queda y ni un hotel a la vista. Ni un vehículo a la vista.

Llamamos a los timbres hasta que una puerta se abre.

28

El hombre es mayor que nosotras. Sonríe desparramado en su butaca. Fuma un cigarrillo tras otro mientras le detallamos la situación.

«No tenemos casa, pero tenemos billetes, Víctor —decimos—. Podemos dárselos si deja que nos quedemos hasta que termine el toque de queda.»

Víctor es blanco y viste americana y pajarita. Su criada coge nuestra maleta, la carga por una casa seis veces más grande que la de Fede. Víctor nos muestra nuestras habitaciones, ordena a la criada que nos haga las camas.

Víctor nos pregunta entonces qué queremos hacer.

Miramos a Víctor, sonreímos. Nos acurrucamos en el suelo, encendemos el televisor.

Víctor descorcha el champán, reparte copas. Es un líquido dorado distinto del agua, más fuerte. Cantamos nuestra canción, damos palmas, nos regocijamos.

Víctor pone música. Cada vez que la canción cambia, Víctor cambia de pareja de baile. Cada vez que las copas se vacían, Víctor las estrella contra el suelo. Luego ordena a la criada que traiga más.

Para cuando la tercera botella se vacía ha anochecido, pero estamos tan sobreexcitadas que seguimos bailando con Víctor.

Para cuando la cuarta botella se vacía, el suelo de la habitación está lleno de cristales rotos. La criada procede a barrerlos. Seguimos bailando con Víctor.

Para cuando la quinta botella se vacía, estamos tan cansadas que dejamos de bailar.

Entonces nos acurrucamos en el suelo. Entonces encendemos el televisor.

Víctor se marcha a su habitación.

29

En pantalla, el piso de Fede explotando, tanques explotando, uniformados explotando. En todos los canales. Una y otra vez.

Entonces la puerta se abre. Entonces Víctor entra en pijama, tambaleándose.

Levantamos nuestras miradas hacia él, nos acurrucamos más aún en el suelo. Devolvemos nuestra atención al televisor.

Víctor trae en la mano otra botella. Se la acerca a los labios, vacía lo que queda en ella. Se sienta junto a una de nosotras, le pasa un brazo por los hombros, le dice que le gusta. La acaricia, le besuquea el cuello. Víctor apaga el televisor. Nos pide a las demás que nos marchemos a nuestras habitaciones.

«Tres pares de ojos ven mejor que uno. Tres pares de oídos oyen mejor que uno. Por eso estamos siempre juntas —le decimos—. Por eso vamos a quedarnos en esta habitación.»

Víctor toma a la que le gusta de la mano, se la lleva a la cama. Se saca los órganos sexuales del pantalón, le hace el amor mientras las demás miramos. Cuando Víctor termina, sube a la cama a la siguiente. Se establece una rotación hasta que Víctor nos ha hecho el amor a las tres.

Víctor cae dormido, empieza a roncar.

Aunque volvemos a encender el televisor, Víctor no se despierta.

30

Víctor se ha levantado tarde. Nos ha dicho que no nos preocupáramos por el toque de queda. Que los uniformados no son peligrosos si vamos con él. Víctor ha ordenado a la criada que nos preparara el almuerzo. La criada ha insistido en freír la carne. Nos hemos regocijado en ella, pese a que cocinada no sabe tan bien.

Luego hemos subido con Víctor a un vehículo muy largo y muy bonito que se llama Limusina. Conduce un hombre con una gorra azul. Bajo el capó de Limusina, una máquina suave quema hidrocarburos y nos propulsa hacia adelante. En el centro de Limusina viajamos nosotros. Víctor acaba de descorchar una botella, nos sirve.

Víctor pone música. Bebemos, bailamos, reímos, solo que sentadas.

La ciudad queda cada vez más atrás. Le preguntamos a Víctor adónde nos lleva. Víctor no quiere decírnoslo.

El viento sopla con fuerza a través de la ventanilla abierta. Nos acurrucamos en nuestras butacas, nos regocijamos en él. El champán hace que todo se vuelva más natural, mejor.

Víctor descorcha otra botella, llena más copas. Cada vez que las vaciamos, Víctor las arroja por la ventanilla y saca otras.

Cuando el sol se pone, Víctor lame nuestros órganos sexuales. Nosotras lamemos los de él.

31

La casa queda frente al mar, el porche se extiende por la playa. La casa tiene dos pisos, y los dos son de Víctor. Al amanecer abandonamos nuestro dormitorio, caminamos por la arena. Metemos los pies en la orilla, nos desnudamos.

Nunca habíamos visto el mar tan de cerca. Nunca nos habíamos dejado mojar por él.

Nos lanzamos contra las olas, braceamos contra corriente. Nos regocijamos en el agua, en el sol, en Víctor.

Al mediodía, saciamos nuestro apetito de carne. Por la noche, Víctor retoza entre nosotras, se tiende sobre la que le gusta. Miramos cómo le hace el amor. Aguardamos a que empiece la rotación. Pero esta vez no se establecen turnos.

Cuando Víctor termina con la que le gusta, se echa de lado y se duerme.

32

El barco pertenece a un amigo de Víctor, dispone de velas y de motores. Nos lleva más allá del malecón, más allá del faro. En el barco hay una orquesta tocando, criadas repartiendo champán entre los invitados. El amigo de Víctor ha pescado un pez, nos hemos regocijado en él.

Víctor y su amigo han descorchado más y más botellas. Hemos bailado a la luz de la luna. Hemos arrojado por la borda innumerables copas que se han hundido para siempre en el mar.

Estábamos tan contentas que, sin apenas darnos cuenta, nos hemos puesto a cantar nuestra canción.

Los músicos de la orquesta han dejado de tocar sus instrumentos. Todas las personas del barco se han vuelto hacia nosotras. Se nos han quedado mirando.

Cuando hemos terminado de cantar, el silencio persistía. Lentamente, las personas se nos han acercado, se han interesado por nosotras.

Víctor ha descorchado otra botella más, se ha regocijado en nuestro éxito. Víctor dice que todas las personas del barco se han regocijado en nosotras. Que todas las personas del barco han quedado impresionadas.

33

Los camarotes del barco son grandes y azules, hemos acompañado a Víctor y a su amigo al interior de uno de ellos. El amigo de Víctor ha sacado un frasquito de polvo blanco, lo ha vaciado sobre la mesita de noche. Luego ha sacado un billete de su cartera, ha procedido a enrollarlo.

Le hemos recordado a Víctor que tenemos muchos billetes, que tenemos que redistribuirlos. Víctor se ha reído a carcajadas. Su amigo también.

Hemos aspirado el polvo blanco a través del billete. No podíamos parar de bailar ni de reír ni de dar vueltas. El amigo de Víctor ha tocado a Víctor hasta que Víctor se ha puesto violento. Han discutido, el amigo de Víctor se ha marchado a su camarote. Víctor ha empezado a acariciar a la que le gusta, ha vuelto a pedirnos a las demás que nos fuéramos. Le hemos repetido que no nos iríamos.

Víctor le ha pedido entonces a la que le gusta que nos dijera a las demás que nos fuéramos, pero la que le gusta le ha dicho que no nos iríamos.

Víctor ha bufado, se ha desnudado, se ha frotado los genitales con el polvo blanco. Se ha tendido sobre la que le gusta, le está haciendo el amor.

Víctor embiste y embiste, cierra los ojos con fuerza mientras nosotras miramos. Víctor nos pide que cerremos los ojos. Los cerramos.

Seguimos escuchando sus gemidos. Nos regocijamos en ellos. Gemimos a su vez.

Nos gustan las nuevas experiencias y no todas las nuevas experiencias son buenas. Pero esta está siendo una muy buena experiencia.

34

La casa de la playa de Víctor es el lugar en el que descansamos entre fiesta y fiesta. En la nevera hay siempre carne roja y fresca, y podemos cogerla sin que las criadas la cocinen. Podemos acurrucarnos en el porche y comerla con dientes y uñas, mirando la salida del sol.

En el congelador hay siempre botellas de champán y copas heladas. Podemos cogerlas y beber en la playa, mirando la puesta de sol.

Comemos, bebemos, nos bañamos. Respiramos, excretamos, jugamos. Nos regocijamos desde que amanece hasta que anochece.

En la playa no hay uniformados, a salvedad de las criadas que nos rellenan las copas, que nos cortan el pelo, que nos hacen masajes. Nos acurrucamos en la arena, nos regocijamos en la presión de sus dedos, en el aroma de sus champús.

Las experiencias aquí son tantas y tan buenas que ya no miramos el televisor, miramos el mar y el sol. Por eso nos gusta la casa de Víctor. Por eso vivimos en la casa de Víctor.

35

Las fiestas son las experiencias a las que acudimos cuando nos aburrimos de estar en casa. A veces las fiestas se celebran en barcos, a veces se celebran en otras casas. Cuando las otras casas están muy alejadas, el transporte corre a cargo de Limusina, donde bebemos botellas, donde aspiramos polvo blanco.

En las fiestas hay siempre luces y hay siempre música. En

las fiestas siempre está el amigo de Víctor y nunca hay uniformados.

Cuando vamos a una fiesta, siempre hay alguien que hace callar a la orquesta. Llegado ese punto, siempre hay alguien que nos pide que cantemos.

Cuando cantamos nuestra canción, todas las personas de la fiesta se vuelven hacia nosotras. Cuando cantamos nuestra canción, todas las personas de la fiesta se quedan boquiabiertas.

Cuando terminamos de cantar, siempre se hace el silencio. Lentamente, las personas de la fiesta que todavía no nos conocen se acercan a nosotras, se interesan por nosotras.

Por eso nos gustan las fiestas. Por eso vamos a las fiestas.

36

Después de las fiestas, Víctor duerme hasta pasado el mediodía y después desayuna champán bajo una sombrilla. Después de las fiestas, Víctor grita a través de su teléfono, insulta a las criadas, rompe cosas.

A veces, Víctor se pasa la mañana vomitando. A veces, Víctor se encierra en su habitación y le oímos llorar. Si llamamos a su puerta, Víctor nos dice que nos vayamos.

Hacemos lo que Víctor ordena. Nos regocijamos en la arena, chapoteamos en la orilla.

A veces, después de hacerle el amor a la que le gusta, Víctor se queda largo rato mirándonos, interesándose por nosotras. Le devolvemos la mirada, nos comemos la carne roja. Le sonreímos.

Víctor cada vez sale menos de su habitación. Víctor nunca habla de billetes, Víctor nunca menciona a los uniformados.

Con Víctor no tenemos nunca malas experiencias. Con Víctor todas las experiencias son buenas, no como con Nuño o con Fede. Por eso nos gusta Víctor. Por eso estamos con Víctor.

37

Son altas horas de la madrugada, la fiesta está en su apogeo. Hemos bebido, hemos reído. Acabamos de cantar nuestra canción. Las personas se nos acercan, se interesan por nosotras. Bailamos con ellas, subimos las escaleras con ellas. Alguien cierra la puerta de la habitación.

El amigo de Víctor saca su frasquito, derrama polvo blanco sobre la mesita de noche. Las personas enrollan billetes, las personas aspiran el polvo blanco. Las personas se quitan la ropa.

Todos hacemos el amor.

La puerta se abre de golpe. Es Víctor. Víctor se abalanza sobre la que le gusta, la arranca de encima del amigo de Víctor.

Víctor la arrastra de los pelos, la golpea con los puños. Ella niega y niega con la cabeza, agitándola al unísono con las nuestras.

Las tres agitamos la cabeza con frenetismo creciente hasta que el audio se abotarga, hasta que los rostros se desdibujan. Las moléculas de agua vibran en el interior de Víctor alterando su temperatura, incrementándola en miles de grados.

Víctor ya no grita. Podemos oler su miedo, podemos tirar de sus extremos hasta convertirlo en una línea.

Lo estiramos, cruzamos esa línea.

Víctor explota salpicando en todas direcciones. Su mitad inferior cae roja, maltrecha, las tripas colgando por fuera.

La habitación sigue llena de personas desnudas, pero ya nadie hace el amor. Todas están cubiertas de sangre. Todas nos miran muy fijamente.

Cantamos nuestra canción.

Las personas chillan, se marchan corriendo. A través de la ventana, vemos sus vehículos alejarse. Seguimos cantando.

38

Estamos cansadas, ya no tenemos ganas de cantar. Comemos carne acurrucadas en la arena. Los primeros rayos de sol tintan de rojo el horizonte. Nos regocijamos en la comida, en la luz.

Escuchamos los tanques aproximándose, sus orugas llenan de estrías la playa. Los uniformados corretean junto a ellos en formaciones ordenadas, simétricas. Nos regocijamos en el espectáculo.

Los tanques disparan y somos dos.

Los tanques vuelven a disparar y somos una.

Excepto que somos tres. Somos cinco, somos diez.

Negamos con frenetismo hasta que el audio se abotarga, hasta que el paisaje se desdibuja. Las moléculas vibran en el interior de los uniformados y de los tanques, incrementando su temperatura, haciéndolos explotar.

Explotan los árboles, explota la casa de Víctor, explota el malecón.

Seguimos creciendo en número. Para cuando iniciamos nuestra marcha, somos casi cien.

39

Avanzamos por la ciudad explosionando vehículos, trenes, edificios. Explosionamos uniformados, personas. Negamos frente a todo lo vinculado a las malas experiencias. Incrementamos la temperatura de sus moléculas. Incrementamos nuestro número. Somos mil, somos diez mil, somos cien mil.

Toda explosión comporta un fin. Toda explosión comporta un principio.

Por eso nos gustan las explosiones. Por eso las generamos conforme marchamos por las calles.

40

Un cuatrillón equivale a diez elevado a veinticuatro. Un cuatrillón se expresa mediante la unidad seguida de veinticuatro ceros. Con un cuatrillón de oídos no se te escapa el menor detalle. Con un cuatrillón de ojos el paisaje se vuelve fractal.

Nos repartimos por el globo, pasamos las ciudades a sangre y fuego. Abarcamos un área cada vez mayor regocijándonos en las muertes, asombrándonos de las explosiones. Escuchamos el cemento derrumbarse, los bosques crepitar. Desgarramos y masticamos con un cuatrillón de bocas.

Nos gustaba ser un cuatrillón, por eso éramos un cuatrillón. Pero ahora somos más, muchísimos más.

41

Infinito es una cantidad sin límite. Infinitos son los decimales de pi, infinito es el número de planetas, el número de estrellas. Nos multiplicamos y nos repartimos por el cosmos llenando más y más recovecos, explosionando cuanto se interpone en nuestro paso.

El infinito en sí mismo es una oposición frontal a la finitud. Por eso somos infinitos. Por eso nos gusta ser infinitos.

42

El infinito abarca lo material, lo inmaterial. Lo vivo y lo inerte y lo que hay entre ambos. El infinito abarca lo que fue, lo que es, lo que será. El infinito equivale al propio cosmos y a sus infinitas posibilidades. Por eso somos el cosmos. Por eso nos gusta ser el cosmos.

Implosionamos. Hay un instante de quietud. Luego explosionamos de nuevo.

Encarnamos planetas, montañas, personas. Bailamos, bebemos, reímos. Cantamos nuestra canción.

Estabulario

La oscuridad se me pega a los ojos y a la piel como un adhesivo plástico, el audio de la caja de opciones le abre un tajo por el que me escurro, emerjo al refugio dolorido, la boca pastosa. El colchón es duro, la almohada bulbosa. No tenemos calefacción pero tenemos mantas, nos cubrimos con ellas hasta la barbilla. El resplandor de la pantalla tinta de azul la cabeza de Iñaki, que respira pesadamente a mi lado, la boca entreabierta, las pupilas girando locamente bajo los párpados.

Tanteo la mesita de noche, agarro el tetrabrik. Un caudal agrio y grumoso me inunda la boca, el zumo se me escurre por el mentón, me empapa la barba. Me la seco con el revés de la sábana, un muchacho me observa desde la caja de opciones.

Tiene los ojos grandes y verdes, la mandíbula ancha y pronunciada. Busco el móvil entre las mantas, le apunto, le doy voz.

«No», dice el muchacho al otro lado de la pantalla.

Iñaki gime a mi lado. Extiendo la mano, acaricio su cabecita rapada.

El muchacho de la caja de opciones está sentado en una silla de mimbre. El muchacho de la caja de opciones está enfrentado a una entrevistadora. La gradería se curva tras ellos en media circunferencia.

El muchacho se inclina hacia adelante, el público se inclina hacia adelante. Yo también me inclino hacia adelante.

—No lo estás pasando bien, ¿verdad, Toño? —pregunta la entrevistadora.

—No —responde Toño.

—Tu padre murió siendo tú muy niño.

—Sí.

—Y ahora lo de tu madre.

—Sí.

—Te has quedado solo frente al peligro.

—Sí.

En la esquina inferior izquierda de la pantalla aparece una mujer sentada frente a un televisor. Se escuda tras unas gafas de sol grandes y anticuadas. Un pañuelo estampado le envuelve el pelo y el mentón.

—Tu madre está hoy aquí con nosotros —prosigue la presentadora.

—Sí.

—Tu madre ha preferido no participar porque está muy mal, ¿no es así, Toño?

—Mejor desde que nos hemos ido de Rubí.

—Pero no está bien.

—No.

La ventana que encuadra a la mujer se achica, se cierra. Zoom al busto de Toño.

—¿Por qué os habéis ido de Rubí? —pregunta la presentadora.

—No nos ganábamos la vida.

—Las ventas habían caído en picado, ¿verdad, Toño?

—Sí.

—Te cerraban la puerta en las narices, ¿no es así, Toño?

—Sí.

—Recibíais anónimos, os amenazaban.

—Sí.

—Podríamos decir que os echaron del pueblo.

—Me insultaban por la calle.

—Embadurnaron con excrementos la puerta de vuestro piso.

Toño adelanta el labio inferior, asiente meditabundo.

—No lo has tenido fácil, ¿verdad, Toño?

—No.

—¿Qué es lo que vendes, Toño? ¿Qué vendíais tu hermano y tú?

—El Tucson Solaris™.

—¿Qué es el Tucson Solaris™, Toño?

—El nuevo robot de cocina de Tucson Robotics.

—Eran ventas a puerta fría.

—Nos daban unos listados.

—¿Y qué tal te trata Madrid?

—Mejor.

—Pero tu madre sigue entrando y saliendo del hospital, su salud no mejora.

—No.

—Psicológicamente tampoco está bien.

—No.

—¿Qué le pasa a tu madre, Toño?

—Dice que vienen a por ella.

—Quiénes, Toño.

—Los extraterrestres.

—Se imagina cosas.

—Claro.

—Tú no te imaginas cosas.

—No.

—Tú tienes que trabajar duro para sacar a la familia adelante. Tú no puedes permitirte el lujo de imaginarte cosas.

—Supongo.

—Tú has visto cosas que preferirías no haber visto, ¿verdad, Toño?

—Sí.

—Setpoint García era cliente vuestro.

—Sí.

—Háblanos de la noche en que conociste a Setpoint García, Toño. Cuéntanos qué pasó esa noche.

Toño entrecierra los ojos, se desliza mentalmente hasta otro espacio, hasta otro tiempo.

—Mi hermano y yo estamos en el Leñero.

—Habéis ido a la discoteca a relajaros.

—Es más bien un bar de copas.

—Venís de ingresar a vuestra madre.

—Sí.

—Habéis bebido.

—Un poco.

—Tu hermano está borracho.

—Un poco.

—A tu hermano le suena el móvil.

—Sí.
—Es Setpoint García.
—Sí.
—¿Qué dice tu hermano cuando cuelga?
—Que tendríamos que pasarnos un momento por casa de un cliente.
—Qué le pasa a Setpoint García, Toño.
—Su Tucson Solaris™ hace cosas raras.
—Os ocupáis de las reparaciones.
—Llevamos el tema de las garantías.
—Son más de las diez de la noche.
—Sí.
—¿Es habitual que un cliente os llame tan tarde?
—No.
—Pese a todo acompañas a tu hermano.
—Sí.
—¿Qué sucede cuando llegáis?
—Mi hermano dice que le espere en el coche.
—¿Por qué no entras con él?
—Será solo un segundo.
—Esperas.
—Sí.
—¿Qué piensas mientras esperas, Toño?
—Que Setpoint García tiene una casa muy guapa.
—No vive en un piso.
—Es un caserón, con verjas en pincho y jardines, con pista de tenis y tal.
—Pasa un cuarto de hora y tu hermano no sale.
—No.
—Pasa media hora y tu hermano no sale.
—No.

—Habéis cruzado media ciudad, los jardines están oscuros. Llevas más de media hora encerrado en el coche, borracho, mirando la mansión de una vieja gloria del tenis nacional a través del parabrisas. ¿No te parece raro? ¿Qué piensas en ese momento, Toño? ¿Qué se te pasa por la cabeza?

Toño desvía la mirada, traga saliva.

—Pienso que mi hermano ya está otra vez trapicheando.

—Hablas de drogas.

—Sí.

—Hablas de tu hermano pinchándose varias veces al día. De un tabique nasal destrozado, de unas hemorragias terribles.

—Sí.

—Os prometió que se había quitado, ¿verdad, Toño?

—Sí.

—Lo dabais por superado, ¿verdad, Toño?

—Sí.

—Entonces se escuchan los gritos.

—Sí.

—Hay alguien frente a la puerta de la casa.

—Sí —dice Toño, y en ese preciso instante su rostro se paraliza, empequeñece bajo el empuje de un marco infográfico.

El refugio queda en silencio. Pulcramente alineadas bajo el rostro de Toño, tres opciones parpadean contra un fondo negro:

1. Problemas con las drogas.
2. Gritos en la casa.
3. Tucson Solaris™: condiciones de garantía y servicio posventa.

La cabeza se me empantana, la sacudo para despejarla.

Revuelvo en la mesita de noche hasta dar con un billete de diez euros. Aparece enterrado bajo un montón de papel de váter moteado en rojo, como la papelina que rescato del fondo del cajón.

Labro sus contenidos con la tarjeta de crédito, trazo una raya larga y delgada. Me precipito sobre ella, aspiro a través del billete enrollado.

Echo la cabeza atrás, empujo un gargajo denso y amargo hasta el fondo de mi garganta. Recupero mi posición boca arriba, el latigazo eléctrico coleando aún contra el dorso de mi cráneo.

«Qué pasa», masculla Iñaki desde la entrevela.

«Duerme», digo besándole la frente.

Se vuelve hacia el otro lado de la cama, acaricio su cabecita rapada.

Para entonces el latigazo se ha transformado en un serpenteo tibio y sibilino. Extiendo el brazo hacia la caja de opciones, acciono los cursores hasta recuadrar el dos. Pulso Aceptar.

—Qué haces cuando escuchas los gritos, Toño.

—Salgo del coche a toda prisa.

—La puerta de la casa se ha abierto.

—Sí.

—Hay alguien frente a ella.

—Sí.

—Quién es, Toño.

—Iñaki.

—¿Quién es Iñaki, Toño?

—El chico que vive con Setpoint García.

—¿Qué hace Iñaki, Toño?

—Grita pidiendo ayuda.
—Corres tras él al interior de la casa.
—Sí.
—Entráis en la cocina.
—Sí.
—¿Qué es lo primero que ves al entrar en la cocina, Toño? ¿Qué es lo primero que captura tu atención?
—Setpoint García está tendido en el suelo.
—Hay sangre por todas partes, ¿no es así, Toño?
—Sí.
—Hay otra cosa en esa cocina que te llama la atención, ¿verdad, Toño?
—Todo es negro. Los muebles, las paredes, el techo. Todo está pintado de negro.
—¿Qué hace Setpoint García en el suelo, Toño? ¿Qué le pasa a Setpoint García?
—Tiene un buen tajo en la pierna.
—Tu hermano está intentando atajar la hemorragia.
—Sí.
—Tratas de ayudarle.
—Sí.
—¿Qué hace Iñaki entretanto?
—Está llamando a una ambulancia.
—Apretáis el torniquete hasta que la pierna de Setpoint García se pone morada.
—Sí.
—Seguís apretando más y más.
—Mi hermano tira de un extremo, yo del otro.
—¿Tienes miedo?
—Sí.
—¿Estás borracho?

—Ya no.

—La ambulancia está tardando.

—Aguanta, hijo de puta, aguanta.

—Setpoint García boquea, los ojos se le han puesto vidriosos.

—Está muy pálido pero sonríe.

—Qué dice, Toño.

—Solo me mira y sonríe.

—Y qué dice entonces.

—Algo sobre los extraterrestres, apenas se le entiende.

—Tu hermano le insulta, le golpea.

—Le pone la papada a vibrar, le sacude otro bofetón.

—Tu hermano está muy alterado.

—Sí.

—El torniquete se le escapa.

—Sí.

—Ahora la sangre brota con más fuerza.

—Sí.

—Setpoint García vomita, pierde el conocimiento.

—Sujeta fuerte, no sueltes.

—Por fin se escucha la sirena.

—Sí.

—Para cuando lo meten en la ambulancia, Setpoint García está casi desangrado.

—Está blanco, muy rígido.

—Subís al coche, seguís a la ambulancia.

—Sí.

—¿Cómo está tu hermano, Toño?

—Empapado en sangre, hecho polvo.

—Iñaki llora en el asiento de atrás, ¿no es así, Toño?

—Sí.

—¿Qué crees que ha pasado en esa cocina, Toño? ¿Qué ha pasado en esa cocina según tu hermano?

Iñaki abre los ojos del todo, vacía por completo los pulmones. Vuelve a la vida de manera gradual, clava sus pupilas en la presentadora.

—Setpoint García y mi hermano se disponían a probar el Tucson Solaris™.

—Ajá.

—Setpoint García y mi hermano estaban cocinando un Boeuf Bourguignon.

—¿Qué es un Boeuf Bourguignon, Toño?

—Un estofado de buey al estilo francés.

—¿Qué pasa entonces según tu hermano?

—Mientras cortaban las verduras y la carne, a Setpoint García se le ha escapado el cuchillo y se ha seccionado la femoral.

—Los doctores opinan que no pasará de esta noche.

—Sí.

—¿Cómo reacciona tu hermano cuando Setpoint García recobra el conocimiento?

—Abraza a Iñaki, se echa a llorar.

—Tenéis miedo de que os denuncien, tenéis miedo de que os echen del trabajo.

—Sí.

—¿Qué le cuenta Setpoint García a la policía cuando le toman declaración?

—Que estaba cortando verduras para preparar un Boeuf Bourguignon y que el cuchillo se le ha escapado.

—Que se lo ha hecho él solo.

—Sí.

—Y, en ese momento, ¿tú qué piensas que está pasando, Toño? Desde el fondo de tu corazón, ¿qué crees que puede haberle pasado al viejo tenista en esa cocina siniestra, en esa cocina negra y opresiva?

Toño vuelve a respirar hondo, busca la cámara evitando mirar a la presentadora.

—A ver, el Tucson Solaris™ pica y corta y hace infinidad de cosas —dice—. Pero si pretendes meter en él calabacines o verduras bien tochas —Toño agita la mano—, antes tienes que trocearlas bien.

La boca de Toño se comba en una mueca, sus mejillas quedan tironeando hacia atrás. En el refugio vuelve a reinar la paz. Sobreimpresas en el marco infográfico, destellan ahora estas tres opciones:

1. Tucson Solaris™: funcionamiento del alimentador.
2. Prevención de accidentes en el hogar.
3. Segundo encuentro con Setpoint García.

La caja de opciones va perdiendo protagonismo. La incandescencia de los pilotos led se derrama sobre nuestras cabezas anunciando la proximidad del alba. Iñaki resopla, se reanima. Se vuelve hacia mí con los párpados a media asta, las pupilas pugnando por traspasar las cataratas del sueño.

«Me están llamando», masculla.

«No digas tonterías y duérmete.»

«Vuelve a dolerme la cabeza.»

«Tómate un Nembutal.»

«No, tío, no —solloza Iñaki—. Esa mierda me anula, no consigo cazar las ideas, se me escapan todas.»

Extiendo el brazo, alcanzo el blíster. Hago crepitar el papel de aluminio, extraigo un comprimido.

«Toma», digo.

«No.»

«Iñaki.»

«No.»

«Por favor, Iñaki.»

Se retira al lado opuesto de la cama, refugia su cabeza bajo la almohada, gruñe. Le acaricio la espalda. Se revuelve, desplazándose por el océano de mantas.

Solo cuando su cuerpecito tembloroso deja de moverse deposito el Nembutal en la mesita de noche. Extiendo el brazo hacia la caja de opciones, recuadro el número tres. Pulso Aceptar.

—Empieza la semana siguiente y volvéis a la rutina.

—Sí.

—¿Cómo es un día cualquiera en la vida de un comercial de Tucson Solaris™, Toño?

—Te asignan una ruta, llamas a los interfonos. Paseas el robot de cocina en cocina, haces demostraciones.

—¿En qué consisten esas demostraciones, Toño?

—Cocinamos un Boeuf Bourguignon.

—Está bueno.

—Mucho.

—Pese a todo cerráis pocas ventas.

—La crisis.

—Un día tu hermano te llama.

—Sí.

—Un día tu hermano te llama y te propone que toméis unas cervezas cuando termines tu zona.

—Sí.

—Habláis de tu madre.

—Sí.

—El tratamiento que le están aplicando es muy agresivo.

—Sí.

—Bebéis.

—Sí.

—¿Qué te propone tu hermano entonces, Toño? ¿Qué te pide que hagas?

—Que le acompañe a casa de Setpoint García.

—¿A qué?

—A cocinar un Boeuf Bourguignon.

—Tucson Robotics ha resuelto la incidencia, Setpoint García ya tiene su nuevo robot de cocina.

—Sí.

—¿A qué se supone que vais entonces, Toño? ¿Qué se os ha perdido allí?

—Mi hermano dice que Setpoint García es un excéntrico.

—¿Excéntrico en qué sentido?

—Está colgado.

—Setpoint García se droga.

—Sí.

—Setpoint García está loco.

—Sí.

—¿Cómo de loco, Toño?

—Se ha hecho construir un refugio nuclear en el sótano.

—¿Para qué, Toño?

—Para cuando empiece la guerra.

—¿Qué guerra, Toño?

—La guerra contra los extraterrestres.

La presentadora asiente en silencio. A continuación frunce el ceño.

—No son necesarios dos comerciales para preparar un Boeuf Bourguignon, ¿verdad, Toño?

—No.

—Pese a todo Setpoint García quiere que vayáis los dos.

—Sí.

—¿Por qué, Toño?

—Porque Setpoint García se ha encaprichado de mí.

—Tú te lo tomas a cachondeo.

—Me río.

—Setpoint García es homosexual.

—Sí.

—¿No te provoca cierto desasosiego?

—Mi hermano dice que ni siquiera va a hacer falta que hable.

—Solo tienes que cocinar y seguirle la corriente.

—Eso es.

—Setpoint García os ha prometido dinero.

—Sí.

—¿Eso no es un poco irregular?

—Sí.

—¿No tenéis miedo de que Tucson Robotics os retire la licencia?

—Sí.

—Sin embargo seguís adelante.

—Vamos con retraso en los pagos de la clínica de mamá.

La imagen de la mujer vuelve a llenar la esquina inferior izquierda de la pantalla. El pañuelo estampado sigue envolviéndole el rostro pero se ha quitado las gafas de sol. Escruta el televisor desde dos cuencas enrojecidas, encorvada hacia él como si lo olisqueara.

—A tu madre se le están hinchando los órganos.

—Sí.

—La necrosis se está extendiendo.

—Sí.

La ventana de la esquina inferior izquierda mengua, se cierra. La mujer del pañuelo vuelve a esfumarse.

—Conque volvéis a casa de Setpoint García.

—Sí.

—Iñaki os abre la puerta.

—Sí.

—Setpoint García os recibe en silla de ruedas.

—Tiene la pierna vendada hasta la ingle.

—Iñaki le empuja hasta la cocina negra.

—Sí.

—Qué más.

—Iñaki abre una bolsa, empieza a sacar los ingredientes.

—Qué más.

—Cogemos sendos cuchillos, troceamos la carne y las verduras.

—Qué más.

—Mi hermano dice que venimos desde muy lejos para presentar el electrodoméstico del futuro.

—Qué más.

—Setpoint García dice que en Venus no hay electricidad.

—Qué más.

—Mi hermano repone que gracias a su núcleo de plutonio, el Tucson Solaris™ ofrece más de cien años de autonomía sin conexión a la red eléctrica.

—Qué más.

—Introduzco la carne y las verduras en el alimentador, echo el cierre de seguridad.

—Qué más.

—Saco el móvil de mi bolsillo, entro en el Tucson Manager, pulso el icono del Boeuf Bourguignon.

—Qué más.

—El Tucson Solaris™ empieza a vibrar.

—Qué dice tu hermano entonces.

—Dice: «En tan solo cinco minutos, mi mujer va a preparar el guiso más rico de la Tierra».

—Qué más.

—Iñaki dice que puedo considerarme afortunada, que tengo el marido más encantador del universo.

—Qué más.

—Mi hermano separa las piernas, se lleva las manos a la cintura, imita la risotada del Profesor Solaris.

La presentadora levanta las cejas con pretendido asombro.

—¿En qué momento te das cuenta de que estáis representando el anuncio, de que tu hermano es el Profesor Solaris y tú estás haciendo de Anastasia, Toño? ¿En qué momento comprendes que el negro de las paredes simboliza la gelidez y la indiferencia del cosmos?

—Nada más empezar, cuando Iñaki pone voz afeminada y nos da la bienvenida a Venus.

—Como en el anuncio.

—Como en el anuncio.

—El Tucson Solaris™ emite un pitido.

—Sirvo el Boeuf Bourguignon, le tiendo el plato a mi hermano.

—Como en el anuncio.

—Tomo asiento frente a él, sonrío.

—Como el anuncio.

—Mi hermano se come el Boeuf Bourguignon a cámara rápida.

—Tu hermano se atraganta, sufre arcadas.

—Sí.

—Casi vomita.

—Sí.

—¿Qué hace cuando termina, Toño?

—Se lleva las manos a la cabeza, pide disculpas a los extraterrestres. Se excusa diciendo que el trayecto ha sido muy largo, que se ha dejado llevar.

—En el plato solo ha quedado un trocito, ¿no es así, Toño?

—Sí.

—¿Qué hace tu hermano con ese trocito, Toño?

—Lo pincha con el tenedor, se lo ofrece a Setpoint García.

—Setpoint García mastica extasiado.

—Sí.

—Setpoint García empuja a Iñaki hacia vosotros, os dice que os lo cambia por el Tucson Solaris™.

—Sí.

—¿Qué hace tu hermano entonces?

—Vuelve a llevarse las manos a la cintura, vuelve a imitar la risotada del Profesor Solaris.

—Tu hermano dice que no hay trato.

—Mi hermano dice que ni hablar.

—La expresión de Setpoint García se oscurece.

—Sí.

—Setpoint García enseña los dientes, declara la guerra a la Tierra.

—Sí.

—Setpoint García e Iñaki imitan el sonido de una explosión con la boca.

—Sí.

—El anuncio muestra la imagen de un hongo nuclear, la Tierra volando en pedazos, ¿no es así, Toño?

—Sí.

—Tu hermano y tú ya estáis muertos.

—Setpoint García rueda hasta el Tucson Solaris™, lo coge con ambas manos, lo alza como un trofeo.

—Como en el anuncio.

—Exactamente como en el anuncio.

—¿Qué hacen Setpoint García e Iñaki después de eso? ¿Qué pasa cuando la representación concluye?

—Nos aplauden con entusiasmo, nos felicitan.

—Setpoint conduce a tu hermano hasta una habitación, cierra la puerta.

—Sí.

—¿Qué te dice Iñaki cuando os quedáis a solas?

—Que soy un chico muy guapo.

—¿Y?

—Que lo ha pasado muy bien, que espera volver a verme.

—Setpoint García y tu hermano salen de la habitación, tu hermano te guiña un ojo.

—Nos despedimos, salimos al jardín.

—¿Y?

—Nada más entrar en el coche, mi hermano me da un billete de cien euros.

—Para ti eso es mucho dinero, ¿a que sí, Toño?

—Sí.

—¿Qué te dice tu hermano entonces, Toño?

—Que esto no ha hecho más que empezar, que de donde ha salido este hay muchos más.

Murmullos entre el público, la presentadora vuelve a alzar las cejas. Su expresión se congela. El marco infográfico estrecha las dimensiones de la pantalla. En ella destellan las siguientes opciones:

1. El Profesor Solaris y Anastasia en Venus: ver anuncio.
2. Construya su propio búnker nuclear. Guía práctica.
3. Qué puede hacer por ti el Tucson Solaris™.

Iñaki ha emergido de entre las mantas, mira boquiabierto la caja de opciones.

«Vuelven a hablar de mí», dice.

«No digas chorradas.»

«Vuelven a hablar de mí, lo he oído.»

«No es más que un programa de mierda, tómate el Nembutal.»

«Te digo que estoy harto de vegetar.»

«Te quitará la jaqueca.»

«De lo otro no me das, te lo has metido todo, ¿a que sí? —Iñaki me traspasa con sus ojos verdes—. Mírame a la cara y dime que no te lo has metido todo.»

«Iñaki.»

«Dímelo.»

«Te quiero, Iñaki.»

Iñaki desnuda las encías inferiores, inicia un movimiento hacia mi mesita de noche. Agarro los bordes de la manta, me abalanzo sobre él, le cubro con ella. Rodamos por el colchón hasta que cae aprisionado bajo mi panza. Su cabeza es un melón entre mis manos. Jadeos sofocados, gritos felinos. Sus pies alzan el vuelo, patalean inútiles en el aire. Aprieto con más fuerza, noto la carne de Iñaki comprimiéndose contra sus huesos, su cuello doblándose hacia atrás. Aprieto y aprieto hasta que las sacudidas pierden ímpetu, hasta que los bufidos remiten. Los pies de Iñaki aterrizan sobre la sábana, quedan en reposo.

Los leds del techo han variado su intensidad, tintan la estancia de sepia. Gateo por el colchón sin aflojar mi presa, desciendo hasta que mi barba acaricia la manta. Iñaki emite un quejido. Aflojo la presión, le oigo coger aire.

«Te quiero y no voy a permitir que te hagas daño, ¿me oyes Iñaki? —susurro—. No queremos que todo vuelva a empezar, ¿a que no, Iñaki?»

«Están hablando de mí», solloza a través de la manta.

«El Nembutal, Iñaki.»

«No.»

«Te lo estoy pidiendo por favor.»

«No.»

«¿Quieres tener otra sobredosis de caballo? ¿Es eso lo que quieres?»

«No.»

«¿Quieres que siga apretando?»

«No.»

«Entonces vas a ser un buen chico y vas a tomarte el Nembutal y vas a estarte quietecito, ¿a que sí?»

«Sí.»

Aflojo la presión atendiendo a cada movimiento sospechoso. Iñaki emerge de entre las mantas, me lanza una mirada inquisitiva. Mira la píldora, mira el tetrabrik que le tiendo.

Me los arrebata de las manos, engulle el Nembutal, bebe zumo de naranja. Sigue mirándome con fijeza.

«Te lo has metido todo, ¿verdad?»

«Descansa, Iñaki.»

Me dedica una mueca de desprecio, se da media vuelta, se queda mirando a la pared. Le palmeo la espalda, me aparta la mano. Le acaricio la cabecita, se deja hacer. Sigo acariciándole hasta que su respiración se normaliza, hasta que se vuelve lenta y profunda.

Solo entonces recupero mi móvil y apunto a la caja de opciones. Solo entonces maniobro con los cursores hasta recuadrar el tres. Seguidamente pulso Aceptar.

La cámara sobrevuela el graderío revelando ceños fruncidos, perplejidad. La presentadora respira hondo y dice:

—Tú tienes un Tucson Solaris™ en casa, ¿verdad, Toño?

—Sí.

—Estás satisfecho con él.

—Mucho.

—¿Cuánto cuesta el robot de cocina de Tucson Robotics, Toño?

—1.999 euros más IVA.

—¿No te parece un poco caro?

—Se suministra con veinticuatro accesorios y ofrece conectividad a través de Bluetooth y WiFi.

—Seguro que no es compatible con mi móvil.

—Tucson Manager está disponible para Android, para Mac iOS y para Windows Mobile.

—Sigue siendo mucho dinero. ¿Y si no puedo pagarlo de golpe?

—Te lo financiamos a veinticuatro meses, a un cero por ciento de interés durante las quince primeras semanas.

La presentadora cabecea meditabunda, luego niega.

—Ya, pero imagínate que llega un día en que necesito

disponer de cada céntimo que gano, Toño. Imagínate que se desatan contra mí todas las desgracias, que me veo abocada a un drama como el tuyo. Imagínate que de pronto tengo que pagar la clínica de mi madre, los detectives, los abogados.

La mujer del pañuelo irrumpe de nuevo en la esquina inferior izquierda de la pantalla, la mirada fija en el televisor. Come de un plato que le han servido. El pañuelo se ha deslizado por su mentón dejando al descubierto una franja de piel grisácea, unos labios casi negros. Su mandíbula itera un movimiento circular, masticando con avidez.

—No digo que el Tucson Solaris™ no ofrezca ventajas —prosigue la presentadora—, pero ¿ya has tenido en cuenta a tu madre? ¿Seguro que os lo podéis permitir?

—Gracias al Tucson Solaris™, mi madre y yo ahorramos todos los meses.

—¿Me estás diciendo que gracias al Tucson Solaris™ voy a sacarle el máximo partido a mi dinero?

—Efectivamente.

—¿Cómo es posible?

Toño prosigue de manera cada vez más maquinal, en un estado de desconexión creciente:

—Gracias a su alimentador de plutonio enriquecido, el Tucson Solaris™ es el primer robot de cocina premiado con siete estrellas en todos los apartados de eficiencia energética.

—¿Y qué repercusión tiene eso sobre mi consumo?

—Cocinando con el Tucson Solaris™ —recita Toño—, ahorras hasta un treinta por ciento en tu factura de electricidad.

—Dios mío, es una noticia increíble para el medioambiente, ¿a que sí, Toño?

La cabeza de Toño está definitivamente en otra parte.

Frunce el ceño, escruta el techo. Lo mismo hace su madre en la esquina inferior izquierda de la pantalla.

—Ya están viéndonos, ¿verdad? —pregunta Toño.

—Echas de menos a tu hermano, ¿no es así, Toño?

—¿A qué vienen esta vez? ¿Por qué vuelven siempre?

—Con el Tucson Solaris™ ayudas a preservar el planeta —dice la presentadora—, ¿no es así?

Toño se pone en pie, mira en derredor. Su madre le imita en la esquina inferior izquierda de la pantalla, replicando todos y cada uno de sus movimientos. Ambos miran muy fijamente a cámara, los focos les ponen los ojos a guiñar.

—Con el Tucson Solaris™ no solo ganas tú —insiste la presentadora—. Con el Tucson Solaris™ ganamos todos, ¿no es así, Toño?

—¿Qué hacen aquí? ¿Por qué no se marchan de una vez?

—Toño, tú quieres lo mejor para tu madre, ¿verdad?

La madre de Toño se cubre los ojos con el antebrazo, lo mismo hace Toño.

—¿Quieres a tu madre o no quieres a tu madre? —pregunta la presentadora.

—Sí.

—Pues entonces mírame.

Toño mira a la presentadora, se sienta. Lo mismo hace su madre en la esquina inferior izquierda de la pantalla.

—Necesito salir —dice Toño—. ¿Dónde está mi madre?

—Te está viendo, Toño.

—¿Falta mucho para que terminemos?

—Nosotros también queremos lo mejor para tu madre —prosigue la presentadora—. Nosotros queremos lo mejor para todas las madres de España, Toño. Por eso ahora necesito que me digas si no es cierto que el Boeuf Bourguignon es lo más rico que tu madre ha probado jamás. Si no es cierto que cada vez que tu madre se come un Boeuf Bourguignon se derrite de placer. Dime si no es cierto lo que digo. Dime si el Boeuf Bourguignon no es su plato favorito.

—A mi madre le están creciendo los dientes —dice Toño.

—Tu madre no puede vivir sin el Tucson Solaris™ —rabia la presentadora—, ¿me equivoco, Toño?

—A mi madre se le está pudriendo la carne.

—Toño, cuanto antes respondas, antes terminaremos.

En la esquina inferior izquierda de la pantalla, la madre de Toño empuña de nuevo el tenedor, sigue comiendo impasible. Toño se pasa una mano por la cara.

—¿Cómo come tu madre, Toño? ¿Cómo come desde que comprasteis el Tucson Solaris™? Dime la verdad.

—Como una reina —dice Toño al fin.

El público estalla en un aplauso, la angustia de Toño se congela. Queda recuadrada por el marco infográfico. Bajo la imagen estática parpadean las siguientes opciones:

1. Añadir Tucson Solaris™ al carrito de la compra.
2. Elegir un plan de financiación.
3. Próximo encuentro con Setpoint García.

Un estruendo se propaga por la estancia, me arranca de mi letargia. Los leds que penden del techo han aumentado su intensidad, la geometría de una cocina americana ha emergido más allá de la caja de opciones. Una silueta en calzoncillos zanquea abriendo armarios y cajones. Tira de la portezuela de la nevera, la estrella con fuerza contra el aislante de caucho.

«Iñaki», digo.

«He pensado que podríamos desayunar, ¿te parece?»

«Iñaki, para.»

Iñaki sigue rebuscando en los estantes.

«Saquemos un billete a París, tengamos un hijo —dice. Una histeria de baja intensidad sisea entre sus dientes—. Hagamos algo chulo, vivamos como la gente normal.»

«Iñaki, joder.»

Un plato cae del estante, se hace añicos contra el suelo. Iñaki se detiene, se vuelve hacia mí. Baja la vista a los fragmentos de vajilla.

«No tenemos nada», balbucea.

«Iñaki.»

«Solo plástico y vidrio y metal, ni una triste galleta.»

«Te prometo que mañana voy al supermercado.»

«Me duele mucho la cabeza, no puedo seguir soportándolo.»

«Te curarás, Iñaki.»

«Lo que me enferma es seguir encerrado, ¿entiendes? —dice—. Necesito salir a la calle, correr bajo el sol, aclarar mis ideas.»

«Haremos eso y mucho más, Iñaki, pero primero necesitas reposo.»

«Ya sabes lo que necesito.»

«Ya sabes que eso no puede ser.»

«Solo un poquito», solloza Iñaki.

«Estás asustado, es normal.»

«¿Normal? ¿Qué es lo normal? —brama Iñaki—. Eres tú quien debería tener miedo. —Ríe señalando la caja de opciones—. ¡Ahí adentro hay una mujer pudriéndose, una mujer a la que la carne se le está gangrenando! ¡Le están creciendo los dientes y los órganos! Por el amor de dios, ¿te parece normal?»

«No es más que basura sensacionalista, Iñaki.»

Iñaki agarra otro plato, lo estrella con violencia contra el suelo.

«¡Jo-der, esto es un puto bucle! ¡Ni siquiera me escuchas!»

«¿Recuerdas el dolor, Iñaki? Sabes de qué dolor hablo, ¿verdad? ¿A que no queremos que vuelva?»

Iñaki no aparta la mirada de mí, aprieta los dientes con fuerza. Luego suaviza su expresión. Muy lentamente, se agacha, se pone a recoger los platos rotos.

«A veces la vida es esto, Iñaki —digo—. Dejar pasar el tiempo, recuperarse de las heridas.»

«Hablan de nosotros —murmura Iñaki enfrascado en su tarea—. La caja de opciones está hablando de nosotros y está diciendo la verdad.»

Iñaki arroja otro montón de cristales al cubo de la basura.

«Deja ya eso, te vas a cortar.»

Iñaki se vuelve hacia mí blandiendo un triángulo de vidrio largo y afilado. Traza con él una diagonal sobre su pecho, luego lo encesta en el cubo de basura. La sangre escurre por su torso desnudo.

«Dios mío, Iñaki.»

Iñaki se agacha, sigue recogiendo.

«Crees que soy débil pero soy más fuerte de lo que piensas —dice—. Cuando me cure, prepárate.»

«Somos débiles, Iñaki, mejor asumirlo.»

«¿Te enseño lo débil que soy? ¿Quieres verlo otra vez?»

Iñaki empuña un nuevo pedazo de vidrio, lo acerca a su pecho ensangrentado. Sus pupilas se enanizan cuando me ve desdoblar la papelina.

Iñaki da un paso hacia mí, luego otro. Vacío los restos en la cucharilla.

«¿Es?», pregunta Iñaki.

«Tú ganas. ¿Es esto lo que querías?»

«No te la habías metido toda.»

«Ven.»

Iñaki se mete en la cama, se cubre con las mantas, me da un beso en la mejilla. La llama del encendedor oscila bajo la cucharilla, el burbujeo nos hipnotiza. La sábana se está tintando de rojo, adhiriéndose al torso de Iñaki.

«Hay gasa en el botiquín», digo.

«No es nada.»

«Ponte algo, hombre.»

«Date prisa.»

Cargo la jeringa hasta arriba. Nos chutamos la mitad cada uno.

Tendidos bocarriba, doblamos y desdoblamos el brazo en una coreografía sincopada. La heroína gana velocidad por nuestro torrente sanguíneo, impacta contra nuestros cerebros. Nos secuestra la respiración y los pensamientos, nos catapulta a un viaje por Venus. Sabor a bronquios encharcados, el aire escapa de nuestros pulmones en un estertor cálido y lento. La caja de opciones se disuelve, la estancia se disuelve, el universo entero se disuelve.

Abro los ojos. Mis párpados fluctúan, y lo mismo hace la pantalla. Pierdo foco a intervalos. Los leds del techo han cubierto otro ciclo, la oscuridad que nos rodea deja constancia de largas horas de desmayo.

Releo las opciones que me brinda la caja, me cercioro de que los ronquidos de Iñaki son genuinos. Luego apunto con el móvil, recuadro el tres. Pulso Aceptar.

* * *

—Regresáis a casa de Setpoint García pero aquí se abre un paréntesis, ¿verdad, Toño?

—Sí.

—¿Cuánto tardáis en visitarle por tercera vez?

—Unos quince días.

—Tu hermano y tú os reunís en el Leñero a la salida del trabajo, os tomáis unas copas.

—Sí.

—Conducís hasta casa de Setpoint García.

—Sí.

—Iñaki os recibe, empuja la silla de ruedas de Setpoint García hasta la cocina negra.

—Sí.

—¿Qué es lo primero que notas, Toño? ¿Qué ha cambiado respecto de la otra vez?

—Setpoint luce un muñón a la altura de la ingle.

—¿Qué le ha pasado, Toño?

—Iñaki dice que ha sufrido una infección.

—Han tenido que amputarle la pierna, ¿no es así, Toño?

—Sí.

—Continúa.

—Iñaki abre las bolsas, saca los ingredientes.

—Continúa.

—Ponemos los cuchillos a trabajar, introducimos las verduras en el alimentador.

—Continúa.

—Introducimos el vino blanco, introducimos la carne.

—Continúa.

—El Tucson Solaris™ se pone a vibrar.

—Setpoint García pregunta si no será peligroso.

—«El único peligro es enloquecer de placer.»

—Setpoint García pregunta por qué las mujeres terráqueas no hablan.

—«Desde que mi esposa probó el Boeuf Bourguignon, vive en un estado de éxtasis permanente.»

—Volvéis a ser el Profesor Solaris y Anastasia.

—Sí.

—Setpoint García e Iñaki vuelven a ser el matrimonio extraterrestre.

—Sí.

—Cuando la alarma se dispara, le sirves el Boeuf Bourguignon a tu hermano, que se lo come a cámara rápida.

—Sí.

—De nuevo las náuseas.

—Sí.

—De nuevo las arcadas.

—Sí.

—Tu hermano vomita.

—Sí.

—Pero se lo termina.

—A excepción de un trocito que le ofrece a Setpoint García.

—Setpoint García empuja a Iñaki hacia vosotros, reitera su oferta.

—Iñaki a cambio del Tucson Solaris™.

—¿Qué le responde tu hermano?

—Que ni hablar.

—Setpoint García enrojece de rabia, os declara la guerra.

—Venus contra la Tierra.

—Bum.

La presentadora asiente, hace una pausa.

—Setpoint García hace pasar a tu hermano a la habitación

—dice—, vuelves a quedarte a solas con Iñaki, ¿verdad, Toño?

—Sí.

—¿De qué habláis Iñaki y tú?

—Dice que le gusto.

—¿Qué más dice?

—Que mi hermano también le gusta.

—¿Qué más dice?

—Que yo le gusto más.

—¿Por qué le gustas más, Toño?

—El Profesor Solaris es un falócrata y un protofascista. Personifica una avaricia ciega que no se detiene ante nada ni ante nadie.

—Y.

—En el futuro que persigue el Profesor Solaris no hay sitio para la ternura. No hay sitio para las chicas como nosotras.

—Y.

—Anastasia es la heroína de esta historia, la única capaz de plantar cara al Profesor, de hacer valer sus derechos como mujer. La única capaz de evitar la guerra.

—Y.

—Hace mucho que mi hermano es un esbirro al servicio del capital, al servicio del neoliberalismo.

—Y.

—Ahora mi hermano es además un esbirro de Setpoint García. Mi hermano nació esclavo y esclavo morirá.

—Y.

—Iñaki dice que Setpoint García y él confían en Anastasia. Que tienen fe en ella desde que me vieron por primera vez.

—Y.

Toño se encoge de hombros.

—Y que por eso le gusto más.

La presentadora aguarda a que el dato cale entre el público antes de seguir adelante.

—Tu hermano sale del dormitorio —dice.

—Mi hermano me hace un guiño.

—Os despedís, atravesáis los jardines.

—Nos metemos en el coche.

—Tu hermano te da los cien euros.

Toño asiente. Nueva pausa dramática.

—¿Cuántas veces se repite esta historia, Toño? —pregunta la presentadora— ¿Cuántas veces regresáis a casa de Setpoint García y escenificáis el anuncio?

—Muchas.

—¿Más de diez?

—Más de treinta.

La cámara planea por el graderío. Apatía, tedio. Dos mujeres intercambian cuchicheos, ríen al unísono.

—Llegado cierto punto, les visitáis casi a diario.

—Sí.

—Setpoint García nunca abandona su silla de ruedas.

—No.

—Más adelante se abre otro paréntesis.

—Sí.

—¿Cuál es el motivo de ese segundo paréntesis, Toño?

—Setpoint García ha perdido la otra pierna.

—¿Cuál es la explicación que os da Iñaki?

—Que la infección se está propagando.

—Setpoint García está muy sedado.

—Sí.

—Las representaciones prosiguen a pesar de todo.

—Sí.

—Setpoint García sigue llevándose a tu hermano aparte cada vez que termináis.

—Sí.

—Iñaki y tú esperáis en el comedor.

—Sí.

—Iñaki sigue insistiendo en que Anastasia debe rebelarse.

—Sí.

—¿Qué más te dice Iñaki mientras estáis a solas?

—Que está celoso de mi hermano.

—¿Y?

—Iñaki se arrima a mí en el sofá y me mete mano.

—¿Y?

—Iñaki tira de mí para que me meta con él en un dormitorio.

—¿Y?

—Me aparto, le río las gracias.

—¿Y?

—Un día se abalanza sobre mí, me agarra del paquete, me mete la lengua en la boca.

—¿Y?

—Me siento muy incómodo.

La presentadora arruga la frente, se encorva hacia Toño.

—¿Tú qué crees que está pasando en esa casa, Toño? —pregunta—. ¿Qué se te pasa por la cabeza cada vez que troceas las verduras y troceas la carne convertido en Anastasia? ¿Qué sientes mientras tu hermano te lanza órdenes, mientras introduces los ingredientes en el alimentador, mientras ejecutas el Tucson Manager? ¿Qué piensas cuando tu hermano sale del cuarto y te guiña el ojo, cuando la pareja extraterrestre destruye nuestro planeta haciendo ruidos con la boca?

—Que están todos locos.

—¿Y qué más piensas?

—Que están todos drogados.

—¿Y qué más piensas?

—Que mi hermano está teniendo una aventura con Setpoint García.

—¿Y qué más piensas?

—Que si Iñaki vuelve a agarrarme del paquete no voy a poder soportarlo.

—Eso es lo que le dices a tu hermano un día cuando subís al coche.

—Sí.

—Le dices: mira, hermano, estoy harto de ese maricón.

—Más o menos.

—¿Qué sucede al día siguiente, Toño?

Toño se reacomoda en la silla, bufa.

—¿Qué sucede al día siguiente cuando Iñaki os abre la puerta?

—Tiene un ojo morado.

—Tiene los labios partidos, ¿no es así, Toño?

—Sí.

—Tiene una ceja rota.

—Cojea visiblemente.

—Tiene que apoyarse en la silla de ruedas que empuja porque apenas puede caminar, ¿verdad, Toño?

—Sí.

—Pese a todo interpreta su papel en la función.

—Sí.

—Pese a todo la representación se desarrolla con normalidad.

—Sí.

—Pese a todo llega el final y vuelven a dejaros a solas.

—Sí.

—¿Qué te dice Iñaki esa noche cuando os dejan a solas, Toño?

—Me insulta.

—Qué te dice.

—Plebeya. Cerda. Guarra.

—Qué más.

—Que le he decepcionado, que soy una cobarde.

—Qué más.

—Se sienta al otro extremo del comedor, me mira en silencio durante largo rato. Entonces se pone en pie, se llega hasta mí, acerca sus labios a mi oreja.

—Qué te dice, Toño.

—Cobarde.

—Cobarde.

—Cobarde, cobarde, cobarde. Zorra, puerca, cobarde.

—Tu hermano y Setpoint García entran en ese preciso instante y lo oyen.

—Setpoint García se pone hecho una furia.

—Se precipita contra Iñaki, lo arrolla con la silla de ruedas, le grita.

—Iñaki está muy asustado.

—Setpoint García le llama fresca, le lanza puñetazos al estómago.

—Iñaki reacciona, comienza a devolver los golpes.

—Ahora es Setpoint García quien se cubre.

—Ahora es Iñaki quien golpea.

—Los muñones de Setpoint García se agitan inútilmente allá abajo.

—Iñaki sigue golpeándole.

—Tu hermano tira con fuerza de ti en dirección a la salida.

—Atravesamos los jardines, subimos al coche.

—Conducís hasta casa.

—Sí.

—Le preguntas a tu hermano qué está pasando.

—Sí.

—Tu hermano te da los cien euros y te dice que cierres el pico.

—Sí.

—¿No vuelves a preguntarle?

—No.

—Estás ganando mucho dinero.

—Sí.

—Llevas ganados más de dos mil euros.

Toño mira en derredor, las aletas de su nariz se dilatan.

—No lo hacíamos por avaricia ni tampoco por vicio, ¿entendéis? El tratamiento de mamá generaba unos gastos enormes.

—Estoy aquí, Toño —dice la presentadora—. Estamos aquí para ayudarte.

—Lo siento tanto, hermano —gime Toño—, siento tanto lo que ha pasado.

—Estás en prime time, Toño, ahí tienes una cámara. Es muy posible que tu hermano nos esté viendo, dile lo que necesites decirle.

El encuadre se cierra sobre Toño, que se sorbe las narices, que traga saliva. Que dice:

—Vuelve y entrégate, hermano. Sé que eres inocente. No necesitas seguir escondiéndote, todo se aclarará.

—¿Qué más?

—No te preocupes por las mentiras que se han dicho ni

por el dinero ni por nada. Lo importante es que tú estés bien. Lo importante es que te desintoxiques y que rehagas tu vida.

—¿Nada más, Toño?

Toño consulta con la mirada a la presentadora, que asiente con un rictus de impaciencia.

—En Tucson Robotics me han prometido que, si vuelves, te readmitirán, hermano —prosigue Toño con la voz quebrada—. Vendrás a Madrid conmigo, trabajaremos juntos de nuevo.

El público prorrumpe en un aplauso clamoroso. La presentadora se pone en pie, se cubre la boca con las manos.

—¿No es increíble? —grita haciéndose oír por encima del estruendo—. Me dicen que ya están apareciendo en pantalla los números de teléfono. Llámennos si pueden aportar pistas sobre el paradero del hermano de Toño. Y atención al segundo número que están viendo, porque puede cambiar sus vidas para siempre.

El entusiasmo de la presentadora se congela, regresa el marco infográfico. El listado de opciones vuelve a destellar contra él.

1. Conviértete en representante de Tucson Robotics en tu provincia.
2. Penetración de Tucson Robotics en la Eurozona (publireportaje).
3. Ayuda a Toño y a su madre sin abandonar el sofá.

Los leds del techo resplandecen anunciando la proximidad de un nuevo día. La respiración de Iñaki es lenta y sincopada, como si de un momento a otro fuera a parar. La herida de su pecho ya no sangra. Mantiene los brazos cruzados sobre ella. Mira fijamente la pantalla, llora en silencio.

Me vuelvo hacia la mesita de noche.

«No te molestes, no queda nada —dice Iñaki—. Volvemos al punto de siempre.»

«Solo si tú quieres, Iñaki.»

«Es inútil. La enfermedad me vence.»

«Tienes que superarlo.»

«No puedo.»

«Claro que puedes.»

«¿Para qué seguir engañándose? Se ha puesto en marcha otra vez, ya no podemos pararlo.»

«Necesitamos descansar, eso es todo.»

«¿Es que no te das cuenta? ¿Qué hacemos viendo esto? Lo único que sabemos es que vamos a terminar de verlo. Vamos a terminar de verlo aunque los dos sabemos perfectamente cómo termina.»

Me reacomodo en la cama.

«Deja de decir tonterías y relájate.»

«Ya estamos relajados. Por eso mismo ahora vas a extender el brazo, vas a pulsar el tres, vas a seguir revolcándote en esta bazofia.»

Miro con extrañeza a Iñaki, que mantiene la mirada fija al frente, que no mueve un músculo. Apunto a la caja de opciones con el móvil, recuadro el tres. Pulso Aceptar.

La presentadora aguarda a que los aplausos se extingan antes de retomar su interrogatorio.

—Hay una cosa que no me cuadra, Toño —dice—. Han pasado semanas desde que aparecieron los cadáveres.

—Sí.

—Semanas desde que tu hermano desapareció.

—Sí.

—Supongo que eres consciente de que lo que hicisteis puede dañar la imagen de Tucson Robotics.

—Sí.

—No teníais los derechos para representar el anuncio del Profesor Solaris y Anastasia, ¿verdad que no, Toño?

—No.

—Vuestras cifras de ventas tampoco eran para tirar cohetes, ¿verdad que no, Toño?

—No.

—Y sin embargo no solo acaban de asignarte una zona emblemática de Madrid, sino que encima se han ofrecido a readmitir a tu hermano.

—Sí.

—¿Cómo te explicas eso, Toño?

La cámara cierra el plano sobre un Toño cada vez más apático, cada vez más abatido.

—Tucson Robotics es una empresa diferente —dice.

—Tucson Robotics cuida al máximo de sus trabajadores, ¿no es así, Toño?

—No sé si voy a poder aguantar mucho más. —Toño crispa una mueca.

—Tucson Robotics cuida al máximo de sus trabajadores —repite la presentadora haciendo hincapié en cada sílaba—, ¿a que sí, Toño?

Toño asiente cabizbajo.

—Quiero oírtelo decir, Toño.

—Sí.

Un aplauso a medio gas. Luego, silencio en el graderío.

—Atiende, Toño, porque esto es importante. Después de presenciar este despliegue de generosidad, muchas de las personas que nos están viendo estarán más ansiosas que nunca por adquirir un electrodoméstico Tucson. Sin embargo tal vez algunas de ellas no puedan permitírselo a pesar de vuestros magníficos planes de financiación. ¿Qué les dirías, Toño?, ¿qué les dirías a esas personas?

—Que están de enhorabuena, porque esta noche regalamos un Tucson Solaris™.

—Eso no te lo crees ni tú.

—Es cierto.

—¿Un Tucson Solaris™ de regalo? ¿Así por las buenas?

—Sí.

—¿Qué hay que hacer para conseguirlo, Toño?

—Enviar Toño al 1771.

—Quieres decir al 1661, ¿verdad, Toño?

—Sí.

—Lo único que tienen que hacer es enviar Toño al 1661 y participarán en el sorteo que se celebrará ante notario el día 30 de este mes, ¿no es así, Toño?

—No me merezco esto.

—Naturalmente que te lo mereces. ¿Me estás diciendo que por el precio de un mensaje puedo tener un Tucson Solaris™? ¿Con todos sus complementos y tres años de garantía?

—Te estoy diciendo que ya he cumplido con mi parte, que terminemos de una vez.

—Toño.

—Sí.

—¿Qué haremos con el tres por ciento de lo que recaudemos a través de todos esos mensajes que ya están empezando a llegarnos?

Toño se sorbe las narices, mira a cámara con los ojos muy brillantes.

—¿Me estás escuchando, Toño? ¿Qué pasará con ese dinero, joder?

Los labios de Toño tiemblan, su mirada deambula por el infinito.

—Se destinará al tratamiento de mamá.

El público prorrumpe en otro clamor. El marco infográfico congela las expresiones de júbilo en el graderío, congela las palmas que entrechocan entregadas. En pantalla aparecen las siguientes opciones.

1. Enviar Toño al 1661 a través de la caja de opciones.
2. Obtener un bono de descuento para la compra de cualquier electrodoméstico Tucson.
3. La extraña desaparición de Iñaki.

Los leds nos han amanecido de nuevo. Iñaki permanece bocarriba, el pecho costroso, la mirada perdida en la caja de opciones. Su expresión se ha vaciado.

«Esta porquería no te está haciendo ningún bien, más te valdría dormir», digo.

Le observo durante un minuto entero. No parpadea una sola vez.

«¿Y si te tomas otro Nembutal?», digo.

De un salto Iñaki sale de la cama, camina resoluto hasta el armario. Saca unos pantalones, tira del cinturón hasta extraerlo. Le veo cruzar tras la caja de opciones, le veo arrastrar una de las sillas hasta situarla en el centro del refugio.

Iñaki se sube a ella.

«No empecemos, Iñaki. Vas a curarte.»

«Por supuesto que voy a curarme.»

«Hablo en serio.»

«Yo también.»

Iñaki se abrocha el cinturón alrededor del cuello.

«Iñaki, así no solucionas nada, ¿me oyes?»

Iñaki localiza la alcayata entre las vigas. Engancha el extremo del cinturón en ella.

«Iñaki, por lo que más quieras.»

Iñaki lanza una patada, la silla sale despedida. Sus piernas patalean en el aire, sus manos se curvan como garras, buscándose la garganta como si pretendieran arañarla.»

«Iñaki», digo.

Iñaki emite una serie de graznidos acuosos, moja los calzoncillos. El pataleo languidece, los graznidos aflojan. Iñaki se queda quieto y silencioso como un objeto absurdo.

Busco mi móvil entre las sábanas, lo enciendo. Apunto a la caja de opciones, maniobro con los cursores hasta recuadrar el tres. Pulso Aceptar.

—Es en la siguiente visita a Setpoint García cuando todo se rompe, ¿verdad, Toño?

—Sí.

—Ese día no es Iñaki quien os abre.

—No.

—¿Quién os abre, Toño?

—Un chico pelirrojo.

—¿Dónde está Iñaki?

—Ha salido de viaje.

—Eso dice el chico pelirrojo.

—Sí.

—Pese a todo lleváis a cabo la representación del anuncio.

—Sí.

—Setpoint García abre la bolsa, extrae los ingredientes.

—Sí.

—Tu hermano vuelve a hacer de Profesor Solaris, tú vuelves a hacer de Anastasia.

—Sacamos los cuchillos.

—Troceáis los vegetales y la carne.

—Los introducimos en el alimentador.

—Ejecutáis el programa.

—La alarma del Tucson Solaris™ indica que el Boeuf Bourguignon está listo.

—¿Qué haces entonces, Toño?

—Le sirvo un plato a mi hermano.

—¿Qué haces a continuación, Toño?

—Sirvo otro plato para mí.

—¿Por qué, Toño?

—Tengo hambre.

—Tu hermano ya se ha sentado, se está comiendo el estofado a cámara rápida.

—Sí.

—Se atraganta, tose.

—Sí.

—Sufre arcadas.

—Vomita.

—¿Qué haces tú, Toño?

—Me siento frente a mi hermano. Como de mi plato.

—¿Cómo reacciona tu hermano?

—Se detiene en seco, trata de arrebatármelo.

—¿Qué haces tú, Toño?

—Sujeto el plato con fuerza.

—Te lo llevas al otro extremo de la mesa, sigues comiendo.

—Eso es.

—Tu hermano se levanta, hace un nuevo intento de quitarte el plato.

—Le lanzo un manotazo, sigo comiendo.

—Tu hermano no sale de su asombro, ¿no es así, Toño?

—Mira a Setpoint García en plan y ahora qué.

—¿Qué hace Setpoint García?

—Gesticula indicando que sigamos.

—Os observa impávido mientras coméis.

—Sí.

—No paráis hasta vaciar los platos.

—Excepto por un último pedazo, que mi hermano le ofrece a Setpoint García.

—¿Qué sucede con ese último pedazo, Toño?

—Se lo arrebato, me lo como.

—¿Por qué, Toño?

—Tengo hambre, ¿vale?

—Setpoint parece contrariado.

—Empuja al chico pelirrojo hacia nosotros, ofreciéndolo como artículo de canje.

—El chico pelirrojo a cambio del Tucson Solaris™.

—Sí.

—¿Qué haces entonces, Toño?

—Me pongo en pie, cojo el Tucson Solaris™. Se lo entrego a Setpoint García.

—Setpoint García lo toma entre sus manos.

—Le digo que puede quedárselo.

—Está absolutamente perplejo.

—Entonces rompe a llorar.

—¿Está triste, Toño?

—Está emocionado.
—Setpoint García aplaude con fuerza.
—Dice que nos hemos ganado una paga doble.
—Saca billetes de su cartera, os entrega un fajo a cada uno.
—Sí.
—Tu hermano hace ademán de entrar con él en el cuarto.
—Sí.
—Setpoint García niega con la cabeza.
—Sí.
—Simplemente os despedís y enfiláis hacia la puerta.
—Sí.
—Simplemente atravesáis los jardines y subís al coche.
—Sí.
—¿Qué hace tu hermano apenas entráis en él?
—Se abalanza sobre mí, me agarra de las solapas, me zarandea.
—¿Por qué, Toño?
—Me grita que no vuelva a hacerlo.
—¿El qué, Toño?
—Que nunca, nunca, bajo ninguna circunstancia, vuelva a salirme del guion.
—Tú también estás enfadado.
—Sí.
—Setpoint García te ha dado mucho dinero.
—Sí.
—¿Cuánto te ha dado, Toño?
—Quinientos.
—Qué le dices a tu hermano.
—Que es un ladrón, que ha estado estafándome.
—¿Qué responde tu hermano a eso?
—Que cierre el pico, que la peor parte se la lleva él.

—¿Qué respondes a eso, Toño?

—No lo sé, no me acuerdo.

—Toño, hemos venido a escucharte. Qué le respondes a tu hermano.

Toño mira en derredor. Sus labios apenas se mueven cuando dice:

—Que cuando eres un drogadicto de mierda, poner el culo no es problema.

—Y tu hermano qué responde a eso.

—Se ríe.

—¿Se ríe?

—Se parte la caja.

—Te sientes ultrajado, manipulado.

—Sí.

—Le gritas durante todo el trayecto de vuelta.

—Sí.

—Sales del coche dando un portazo, le dices que no quieres volver a verle.

—Sí.

—Esa noche no tienes que volver a cocinar, esa noche ya has cenado.

—Sí.

—¿Estaba bueno el Boeuf Bourguignon, Toño?

Toño entreabre la boca, vacila. Cobija la cara entre las manos, se pone a llorar desconsoladamente.

—Toño, hostia puta. ¿Estaba bueno o no estaba bueno?

—Sí —gimotea Toño.

Aplausos en la grada. El marco infográfico recuadra a Toño, las opciones hacen su aparición.

1. Receta exclusiva: Boeuf Bourguignon paso a paso.

2. Último encuentro con Setpoint García.
3. Posgrado en Resolución de Conflictos: una especialización llena de futuro.

Los leds del techo se han apagado, la oscuridad es casi total. Iñaki no ha pronunciado palabra desde que ha vuelto a la cama. Sigue tendido junto a mí, mirando la caja de opciones con una sonrisa beatífica. Como si tras el plano estático todo siguiera moviéndose, dando vueltas y más vueltas.

Iñaki se vuelve hacia mí. Sin perder la sonrisa, dice:

«¿Es que no piensas hacer lo que se espera de ti? ¿A qué esperas para seleccionar el dos?»

La herida de su pecho se ha abierto, las sábanas vuelven a estar mojadas. Su cuello está amoratado por el cinturón, desollado a la altura de la laringe.

«Ya no vuelves a salir, Iñaki», digo.

«Sabes perfectamente que sí.»

«¿Y si resulta que esta vez no? ¿Y si resulta que esta vez es diferente?»

«¿Y si resulta que no estás eligiendo? ¿Y si resulta que te has quedado sin opciones?»

Iñaki me arrebata el móvil, extiende el brazo hacia la caja de opciones. Acciona los cursores hasta recuadrar el dos. Pulsa Aceptar.

—Al día siguiente sales a trabajar como de costumbre, ¿no es así, Toño?

—Sí.

—Peinas tu zona exhibiendo el Tucson Solaris™ de hogar en hogar.

—Sí.

—Cuéntanos más cosas sobre el robot de cocina de Tucson Robotics, Toño. Cuéntanos qué lo convierte en el mejor electrodoméstico del mercado.

Toño se encoge de hombros.

—Así, Toño, no vas a lograr convencerme.

Toño se levanta de la silla, cruza el plató a la carrera. La cámara bascula tras él, capturando retazos de público borroso, de tramoya desenfocada.

—¿Se puede saber qué haces, Toño? —dice la presentadora.

Toño agacha la cabeza, se interna bajo la grada, enfila por un corredor que progresivamente se oscurece.

—Haz el favor, Toño. Ya casi hemos terminado.

—Nunca volveré a Madrid, ¿verdad? —Toño sigue avanzando en la penumbra, la cabeza baja. Al fondo brilla una luz.

—Ven conmigo, Toño.

—Nunca volveré a ver a mi hermano —solloza Toño apresurándose hacia el extremo del túnel—. Nunca volveré a ver a mi madre.

Toño parpadea envuelto en una luz potente y blanca, en el mismísimo centro del plató. Un plano cenital le retrata junto a la presentadora, dando vueltas sobre sí mismo, deslumbrado por los focos. Corre en dirección opuesta hasta desaparecer por el lado izquierdo de la pantalla. Reaparece por el derecho.

—Harías lo que fuera por tu madre, ¿verdad, Toño?

Toño corre hasta desparecer por el lado derecho de la pantalla. Reaparece por el izquierdo.

—Piensa en tu madre, Toño.

—¡Mi madre está muerta! —grita Toño corriendo en la dirección opuesta, internándose en la salida de emergencia.

—Piensa en tu hermano, Toño. Tu hermano no está muerto, ¿a que no?

—¡No!

—¡Pues piensa en lo que podría pasarle, joder!

Toño da unos pasos vacilantes, mira a su alrededor incrédulo. Vuelve a estar en el centro del plató. Lentamente arrastra los pies hasta la presentadora. Se sienta en la silla de mimbre.

—Lo olvido todo —dice.

—Para eso estamos, Toño, para ayudarte a recordar, ¿entiendes?

—No.

—Darías lo que fuera por tu familia, ¿verdad, Toño? Harías lo que fuera por tu hermano.

—Sí.

—Entonces concéntrate un poco. Convénceme de que el Tucson Solaris™ me va a compensar.

Toño mira a cámara, se enjuaga las lágrimas con el dorso de la mano. Se aclara la garganta.

—Con el Tucson Solaris™ —dice— puede usted cortar, picar, exprimir, amasar, rallar, batir y combinar toda clase de alimentos. Todo en un tiempo récord y sin moverse del sofá. El Tucson Solaris™ le dispensa de las tareas más pesadas y rutinarias del hogar —Toño se sorbe los mocos, lanza miradas de reojo—. Sorprenda a su familia y a sus invitados con sabrosos y coloridos platos sin apenas esfuerzo. Con el Tucson Solaris™ —canturrea Toño al borde de la histeria— ser la reina de la fiesta es tan sencillo como apretar un botón. Compre hoy el electrodoméstico del mañana, el único equipado con un núcleo de plutonio, el único con cien años de autonomía. Especificaciones sujetas a cambios, consulte disponibilidad.

La voz de Toño queda sepultada bajo otro aplauso clamoroso, la presentadora aguarda hasta que se desintegra.

—Un producto a todas luces excelente, ¿no es así, Toño?

—Sí.

—¿Cómo es posible entonces que cierres tan pocas ventas?

—No lo sé.

—Estás agobiado y disperso, ¿verdad, Toño?

—Sí.

—Has perdido la confianza en ti mismo y eso es algo que ningún comercial puede permitirse, ¿verdad, Toño?

—Sí.

—Finalmente llamas a tu hermano.

—Sí.

—Qué le dices a tu hermano, Toño. Qué le preguntas cuando por fin te coge el teléfono.

—Le pregunto que cómo está.

—Le preguntas que para cuándo la próxima representación en casa de Setpoint García, ¿no es así, Toño?

—Sí.

—¿Qué responde tu hermano, Toño?

—Que la he cagado.

—Tu hermano te cuelga.

—Sí.

—Sigues llamándole pero no hay manera.

—Sí.

—Subes al coche, conduces hasta su casa.

—Sí.

—Llamas al timbre, la puerta se abre.

—Sí.

—Tu hermano te apremia a pasar, cierra con llave.

—Sí.

—Está paranoico perdido.
—Sí.
—Tu hermano debe mucho dinero.
—Sí.
—Las deudas del drogodependiente, ¿verdad, Toño?
—Y las facturas del hospital de mamá.
—Cree que vienen a por él.
—Sí.
—Hay botellas, colillas, papel de aluminio por doquier.
—Sí.
—El piso está hecho una pocilga.
—Sí.
—Continúa.
—Mi hermano rechina los dientes, está súper acelerado.
—Continúa.
—Dice que Setpoint García ya no tiene interés en vernos.
—¿Por qué, Toño?
—Hemos profanado la liturgia.
—¿En qué sentido?
—Solo Setpoint García entiende sus liturgias.
—Apremias a tu hermano para hacer una última intentona.
—Le pido que piense en mamá.
—Y en los camellos.
—Y en nosotros, joder, en nosotros. Somos una familia, ¿no?
—Le suplicas, le gritas, le amenazas.
—Sí.
—Tu hermano está muy colocado.
—Sí.
—Pese a todo le empujas hasta meterlo en el coche, conduces hasta casa de Setpoint García.

—Sí.

—Esta vez os abre él en persona.

—Sí.

—Le dices que venís a prepararle un Boeuf Bourguignon.

—Sí.

—Dice que en ese instante está ocupado, que si eso ya os llamará.

—Sí.

—Le dices que ha habido un malentendido, que necesitas hablar con Iñaki.

—Me dice que sigue de viaje.

—Le preguntas que hasta cuándo.

—Me dice que no volverá.

—Setpoint García maniobra en su silla de ruedas, comienza a cerrar la puerta.

—Sí.

—Tu hermano se precipita contra él, lo empuja pasillo adentro.

—Lo arrincono, lo estrello contra la pared.

—Tu hermano cose a Setpoint García a preguntas.

—Le suplico que me diga dónde está Iñaki.

—Setpoint García se limita a mirarte, te sonríe como en el día en que os conocisteis.

—Enloquezco, grito ¡Iñaki!, tiro de los picaportes de las puertas.

—Tu hermano pierde las formas, se impacienta.

—Agarro a Setpoint García del pelo, le amenazo.

—Tu hermano le da un puñetazo en la cara.

—Golpeo a Setpoint García hasta que las manos se me insensibilizan. Entonces le golpeo otra vez.

—Setpoint García tiene una ceja abierta, una hemorragia en las narices.

—Sigue sonriendo, le abofeteo con fuerza.

—Setpoint García le pide a tu hermano que pase a la habitación con él.

—Cojo un cenicero de mármol, lo descargo contra la boca de Setpoint García.

—Setpoint García sigue riéndose de vosotros.

—Vuelvo a descargar el cenicero contra su boca.

—Setpoint García se dobla, escupe sangre y fragmentos de dientes.

—Se endereza en dirección a mí, despliega su sonrisa rota.

—Te dice que eres muy mona, ¿no es así, Toño?

—Me dice que no le interesan las niñas díscolas.

—Tu hermano le patea, le insulta.

—Le sacudo a Setpoint García una patada en los testículos que lo deja doblado.

—«Por última vez, dónde está Iñaki.»

—Setpoint García lagrimea, gime.

—«¿Estás seguro de que quieres saberlo, Toño?»

—Sí.

—¿Seguro?

—Sí.

—Así que le acompañáis por el pasillo hasta el fondo.

—Sí.

—Subís al ascensor con él.

—Sí.

—Descendéis hasta el refugio nuclear.

—Sí.

—Es una estancia equipada con luces led, una cama de matrimonio, una cocina.

—Sí.

—Presidida por una caja de opciones.

—Sí.

—Setpoint García rueda en su silla hasta la nevera, la abre.

—Sí.

—¿Qué hay en la nevera de Setpoint García, Toño?

—La cabeza del chico pelirrojo.

—¿Qué más?

—La cabeza de Iñaki.

—¿Qué más?

—Hay codos y pies y costillares. Montones de carne apilada.

—También hay verduras, ¿verdad, Toño?

—Sí.

—Huele a Boeuf Bourguignon, ¿no es así, Toño?

—Sí.

—Setpoint García extrae del congelador lo que queda de sus piernas.

—Sí.

—¿Qué dice Setpoint García entonces, Toño? ¿Qué os dice a tu hermano y a ti?

—Dice que podemos seguir comiéndole, pero que esta vez no piensa pagarnos.

—Tu hermano alza el cenicero, lo estrella contra la coronilla de Setpoint García.

—Soy yo quien estrella el cenicero contra la coronilla de Setpoint García.

—Tu hermano le asesta a Setpoint García otro golpe, y otro más.

—La sangre mana a borbotones, me salpica cada vez que golpeo.

—El cráneo de Setpoint García se astilla, se hunde.

—Sí.

—Huyes despavorido en dirección al ascensor.

—Es mi hermano quien huye, yo sigo golpeando.

—Atraviesas los jardines, subes al coche.

—Es mi hermano quien sube al coche, yo sigo golpeando.

—Pisas a fondo hasta abandonar la zona residencial, llamas a la policía.

—Es mi hermano quien llama a la policía, yo sigo golpeando.

—Desapareces para siempre.

—Es mi hermano quien desaparece para siempre. Yo me encaramo a una silla, engancho mi cinturón en una alcayata y me cuelgo de una viga.

Desde el público se eleva un sonoro oh. Intercambios de murmullos, muecas de aprensión. Horrorizada y coqueta, la presentadora se lleva una mano a la boca.

En la esquina inferior izquierda de la pantalla, la madre de Toño se ha quitado el pañuelo. Muestra a cámara sus encías desnudas, sus dientes largos y amarillos. Tiene la carne gris, perforada por la podredumbre.

—¿Cómo queda la cabeza de Setpoint García, Toño? —pregunta la presentadora—. ¿Qué queda de ella cuando terminas?

—No lo sé.

—¿Cómo puedes no saberlo, Toño?

—Todavía no he dejado de golpear.

—Hace semanas que encontraron tu cadáver.

—Sí.

—Los medios os tratan de caníbales.

—Sí.

—No han parado de golpearos desde entonces, ¿no es así, Toño?

—Sí.

—Sabes que nunca vamos a parar, ¿verdad, Toño?

—Sí.

—Y todo por culpa de Setpoint García, ¿a que sí?

—Sí.

—¿Es por eso que no has dejado de golpearle?

—Sí.

—¿Cuándo vas a dejar de golpear, Toño?

Toño mira a cámara y dice:

—Nunca.

Su expresión fría y distante empequeñece bajo el empuje del marco infográfico. Tres opciones se superponen a él.

1. Golpear a Setpoint García con el cenicero de mármol.
2. Golpear a Setpoint García con el cenicero de mármol.
3. Golpear a Setpoint García con el cenicero de mármol.

Aguardo a que la acción se detenga, pero Toño se ha puesto en pie, saca algo de su bolsillo. Un móvil con el que me apunta desde la caja de opciones.

La presentadora también ha sacado el suyo. Me apunta con él a su vez.

Un movimiento periférico me arranca de mi narcosis. Algo cruza el refugio a toda prisa, de izquierda a derecha, de derecha a izquierda. Rebotando de pared en pared. Extiendo el brazo, palpo la cama vacía.

«¿Se puede saber qué estás haciendo, Iñaki?», digo.

Iñaki rebota otra vez, se encarama al respaldo del sillón, donde se concreta en una silueta. Serpentea por debajo de la cama, silba entre dientes, asoma por una esquina.

«No tenemos por qué volver a pasar por esto, Iñaki», digo.

Iñaki sale disparado hasta el centro de la estancia, se adhiere al techo.

«Lo tengo —dice—. Ya me acuerdo de lo que pasó.»

Pongo a bucear el brazo entre las mantas pero mi móvil ya no está ahí. Iñaki lo agita burlón.

«Dame eso, Iñaki», ordeno.

En pantalla, la cámara efectúa un barrido sobre el graderío. Todos los integrantes del público tienen un móvil en la mano. Todos apuntan hacia mí.

«Te quiero, Iñaki —digo—. Te quiero como nunca he querido a nadie.»

Iñaki aterriza de pie, queda encuadrado entre mis muñones. Da un paso hacia mí, sonríe malévolo. En su mano libre sostiene un cenicero.

«Ya estoy curado, señor García», dice.

Índice